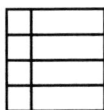

BEST
CHINESE
FICTION

中 国
好 小 说

刘醒龙

刘醒龙，1956 年生于古城黄州，现为中国作家协会全委会委员，《芳草》文学杂志主编，兼职湖北省作协副主席、武汉市文联副主席。

代表作中篇小说《凤凰琴》《挑担茶叶上北京》、长篇小说《圣天门口》《天行者》、长篇散文《一滴水有多深》等。

曾获第八届茅盾文学奖、第一届鲁迅文学奖、第七届庄重文文学奖、第二届中国小说学会奖长篇小说大奖、首届世界华文长篇小说红楼梦奖决审团奖（香港）、联合文学奖（台湾），根据其小说改编的电影《凤凰琴》《背靠背脸对脸》曾囊括国内所有电影大奖，为第二十九届中国电影金鸡奖评委。

中国好小说
刘醒龙

Best Chinese Fiction

Liu Xinglong

中国青年出版社

目录

凤凰琴

阳历九月，太阳依然没有回忆起自己冬日的柔和美丽，从一出山起就露出一副让人急得浑身冒汗的红彤彤面孔，一直傲慢地悬在人的头顶上，终于等到它又落山了时，它仍要伸出半轮舌头将天边舔得一片猩红。这样，被烤蔫了的垸子才从迷糊中清醒过来，一只狗黑溜溜地从竹林里撵出一群鸡，一团团黄东西惊得满垸咯咯叫，暮归的老牛不满地哼了一声，各家各户的烟囱赶紧吐出一团黑烟。黑烟翻滚得很快，转眼就上了山腰，而这时的烟囱开始徐徐缓缓地飘洒出一带青云。

　　天黑下来时，张英才坐在垸边的大樟树下看完手里拿的那本小说上的最后一页。这本小说名叫《小城里的年轻人》，是县文化馆的一名干部写的，他很喜欢它。七月初高中毕业回家时，他把它从学校图书室里偷来了。那次偷书是较大的行动，共有六个人参加，都是些高考预选时筛下来的，别人尽挑家电修理、机械修理、养殖种植等方面的书，他只挑了这一本，然后就到外面去望风放哨。张英才不记得自己已看过几遍，听说舅舅要来，他就捧着这书天天到垸边去等。一边等一边看，两三天就是一遍，越看越觉得死在城里也比活在农村好。近半个月，他至少两次看见一个很像舅舅的男人在远远地走着，每每到前面的岔路口便变了方向，走到邻垸去了。今天是第三次，太阳下山之前，他又见到那个像是舅舅的人在那岔路口上，和他的目光分手了。张英才闭上眼睛，往心里叹气。天一暗，野蚊子都出动起来，有几只很敏捷地扑到他的脸上，叮得他肉一跳，一巴掌扇去将自己打得生痛。他爬起来，拿上书往家里踱去。

进门时，母亲望着他说："我正准备唤你挑水呢。"张英才将书一撂说："早上挑的，就用完了？"母亲说："还不是你讲究多，嫌塘里的水脏，不让去洗菜，要在家里用井水洗。"张英才无话了，只好去挑水，挑了两担水缸才装一小半，他就歇着和母亲说话，说："我看到舅舅到隔壁垸里去了。"母亲一怔："你莫瞎说。"张英才说："以前我没作声。我看见他三次了。"母亲怔得更厉害了，说："看见也当没看见，不要和别人说，也不要和你父说。"张英才说："妈你慌什么，舅舅思想这样好不会做坏事的。"母亲苦笑一声："可惜你舅妈太不贤德。不然，我早就上他家去了，免得让你天天在那里苦盼死等。"张英才说："她还不是仗着叔叔在外面当大官。"母亲说："也怪你舅舅不坚决，他若是娶了隔壁垸的蓝二婶，也不至于像现在这样在女人面前抬不起头来。人还是不高攀别人为好。"张英才很敏感："你是叫我别走舅舅的后门？"母亲忙说："你这伢儿怎么尽乱猜，猜到舅舅头上去了。"张英才咬咬牙说："我可不怕攀高站不稳。我把丑话说在先，你不让舅舅帮我找个工作，我连根草也不帮家里动一动。"说着他操起扁担，挑着水桶出门去，在门口，脚下一绊险些摔倒，他骂了一声："狗日的！"母亲生气了："天上雷公，地下母舅，你敢骂谁？"张英才说："谁我都敢骂，不信你等着听。"果然挑水回来时他又骂了一声。母亲上来轻轻打了他一耳光，自己却先哭了起来，嘴里声称："等你父回来了，让他收拾你。"

张英才因此没吃晚饭，父亲回来时他已睡了。躺在床上听见父亲在问为什么，母亲说刚才他突然头疼起来了。父亲说："屁，是读书读懒了身子。"说着气就来了，"十七八的男人，屁用也没有，去年预选差三分，复读一年反倒读蚀了本，今年倒差四分。"张英才蒙上被子不听，还用手指塞住耳朵。后来母亲进房来，放了一碗鸡蛋在他床前，小声说："不管怎样饭还是要吃的，跟别人过不去还可以，跟自己过不去那就比苕还苕了。"又说："你也真是的，读了一年也不见长进，哪怕是比去年少差一分，在你父面前也好交代些呀？"闷了一会儿，张英才就出了一身汗，他撩开被子见母亲走了，就下床，闩上门，趴到桌子上给一位女同学写信，他写道：我正在看一本《小城里的年轻人》，里面有篇叫《第九个售货亭》，写得棒极了！而你就像里面那个叫玉洁的姑娘，你和她的心灵一样美。写了一通后，他忽然觉得没话写了，想想后，又写道：我舅舅在乡文教站当站长，他帮我找了一份很适合我个性的工作，过两天就去报到上班，这个单位大学生很多。至于是什么单位，现在不告诉你，等上班后再写信给你，管保你见了信封上的地址一定会大吃一惊。写完后，他读了一遍，不觉一阵脸发烧，提笔准备将后面这段假话划掉，犹豫半天，还是留下了。回转身去吃鸡蛋，一边吃一边对自己说："天下女伢儿都爱听假话。"鸡蛋吃到一半，他忽然想起自己一分钱也没有，明天寄信买邮票这样的小事，还得伸手朝父母讨钱。他勉强再吃了两口，怎么也吃不下去了，推开碗，仰面倒在床上无声地哭起来。

张英才醒来时，才知道自己睡了一夜，连蚊帐也没放下，身上到处是红疱疱，痒死个人。他坐起来看到昨夜吃剩下的半碗鸡蛋，觉得肚子饿极了，他想起学校报栏上的卫生小知识说隔夜的鸡蛋不能吃，就将已挨着碗边的手缩回来。这时，母亲在推房门。他懒得去开门，他知道那门闩很松，推几次就能够推开。

推几下，门真的开了，母亲进来低声对他说："你舅舅来了，你态度可要放好点，别像待我和你父一样。"母亲扫了几眼那半碗鸡蛋和张英才，叹口气，端起碗三两口就吃光了。张英才想提醒母亲，话到嘴边停住了。他穿好衣服走到堂屋，冲着父亲对面坐着的男人客客气气地叫了声舅舅。

舅舅说："英才，我是专门为你的事来的。"父亲说："蠢货！还不快谢谢。"张英才看了一眼舅舅的脚，从乡里到这儿有二十多里路，这大清早的露水重得很，舅舅的皮鞋上却是干干净净的，他觉得自己心中有数了，嘴上还是道了谢。舅舅说："我给你弄了一个代课的名额。这学期全乡只有两个空额，想代课的却有几十个，所以拖到昨天才落实。你抓紧收拾一下，吃了早饭我送你到界岭小学去报到。"张英才听了耳朵一竖："界岭小学？"母亲也不相信："全乡那么多学校，怎么偏把英才送到那个大山岙子上去？"舅舅说："正因为大家都不愿去，所以才缺老师，才需要代课的。"父亲说："不是还有一个名额么？"舅舅愣了愣才回答："乡中心小学有个空缺，站里研究后，给了隔壁垸的蓝飞。"母亲见父亲脸上在变色，忙抢着说："人家蓝二婶守寡养大一个孩子不容易，照顾照顾也是应该的。"父亲掉过脸冲着母亲说："那你就弄碗农药给我喝了算了，看谁来同情你。"舅舅不高兴了："别有肉嫌肥，不干就说个话，我好请别人家的孩子，免得影响全乡的教育事业。"父亲一听软了："当了宰相还想当皇帝呢，人哪不想好上加好呢，我们这是说说而已。"母亲抓住机会说："英才，还不赶快收拾东西去！"一直没作声的张英才说："收拾个屁！我不去代课。"

父亲当即去房里拎出一担粪桶，摆在堂屋里，要张英才随粪车一路到镇上去拉粪。张英才瞅着粪桶不做声。舅舅挪了挪椅子，让粪桶离自己远点，离张英才近点，边挪边说："你没有城镇户口，刚一毕业就能到教育上来代课就算很不错咧，再说你不吃点苦，我怎么有理由在上面帮忙说话呢？"父亲在一边催促："不愿教书算了，免得老子在家没个帮手。"

张英才抬起头来说："父，你放文明点好吗？舅舅是客人又是领导干部，你敢不敢将粪桶放在村长的座位前面？"父亲愣愣后将粪桶拎了回去。

母亲早就进房帮张英才收拾行李去了。堂屋只剩下舅甥二人。张英才也挪了一下椅子，和舅舅离得更近些，贴着耳朵说："我知道，你是昨天来的，先去了隔壁垸里。"停一停，他接着说："假如我去了那上不巴天、下不接地的地方，你被人撤了职那我怎么办？"舅舅回过神来："你这伢儿，尽瞎猜，我都快五十的人了，还不知道卒子该怎么拱？先去了再说。我在那儿待了整十年才解决户口和转正。那地方是个培养人才的好去处，我一转正就当上了文教站长。"

舅舅从怀里掏出一副近视眼镜，要张英才戴上。张英才很奇怪，自己又不是近视眼，戴副眼镜不是自找麻烦么。舅舅解释半天，他才明白，舅舅是拿他的所谓高度近视做理由，站里其他人才同意让他出来代课的。舅舅说："什么事想办成都得有个理由，没有理由的事，再狠的关系也难办，理由小不怕，只要能成立就行。"张英才戴上眼镜后什么也看不清，而且头昏得很，他要取下，舅舅不让，说本来准备早几天送来让他戴上适应适应，却耽搁了，所以现在得分秒必争。还说，界岭小学没人戴眼镜，他戴了眼镜去，他们会看重他一些，另外，他戴上眼镜显得老成多了。

张英才站起来走了几步，连叫："不行！不行！"父母亲不知道情由，从房里钻出来说："都什么时候了，还在叫不行！"父亲还骂："你是骆驼托生的，生就个受罪的八字。"

张英才用手摸摸眼镜说："你除了八字以外什么也不懂。"说完便进房里去，片刻夹着那本小说出来说："舅舅，我们走吧！"母亲说："还没吃早饭呢！"张英才说："我今天走上工作岗位，该舅舅请我的客。"舅舅很爽快地点点头，让张英才的父母很是吃惊，几乎同时说："这不是屁股厕尿——反了么！"

张英才背着行李出门时，垸里的几个年轻人还来劝他别去，说我们这块地盘和界岭比，就像城里和我们这儿比一样。张英才不听，说人各有志，人各有命嘛。父亲听了这句话很高兴，认为儿子长进多了，这一年复读总算没白读。临和家里人分手时，母亲哭了，父亲不以为然，在一旁数落说："又不是去当兵，哭个什么！"在路上，张英才一直想这个问题，怎么去当兵的就可以哭，大家不都是抢着去么？

舅舅是诚心请张英才的客，一路上逢卖吃食的地方就进去问，但大家卖的都是隔夜的油条。到上山前的最后一处店子仍是这样，舅舅只好买上十根油条塞进他提着的网兜里，却又将十只皮蛋塞进了张英才挎包里。

山路有二十多里远，陡得面前的路都快抵着鼻尖了。路不好走。又戴着很别扭的眼镜，张英才很少顾得上和舅舅说话。歇脚时，他问学校的基本情况，舅舅要他别急，等会一看就清清楚楚。他又问当小学老师要注意些什么。舅舅说，看见别的老师打学生时装作什么也没看见就行。张英才见舅舅对这类话不感兴趣，就不再问这些，回头问蓝飞的母亲年轻时长得漂不漂亮，等了半天不见动静，朦胧中他觉得有些异样，摘下眼镜一看舅舅正在揉眼窝。

　　之后没有再歇，一口气爬上界岭。一排旧房子前面一杆国旗在山风里飘得叭叭响，旧房子里传出一阵读书声，贴在墙上的两张红纸写着两条标语：欢迎上级领导来校指导工作！欢迎新老师！张英才摘下眼镜读了标语后，心里多少有点激动。这时，不知从哪里钻出一个中年男人，很响亮地叫："万站长，怎么这早就来了，这可是杀我们一个措手不及呀！"舅舅笑笑说："还不是想来赶早饭！"说着就向张英才介绍，说这人就是校长，姓余。又将张英才向余校长作了介绍。

　　余校长招呼他们进屋弄早饭吃。余校长亲自动手炒了两碗油盐饭端上来，正吃着又进来了两个年轻一些的男人。经介绍，知道一个是副校长，叫邓育梅。另一个是教导主任，叫孙四海。张英才装着擦镜片上的水雾，想将他们观察得清楚些，看了半天，除了觉得他们瘦得很普通外，没有什么特别的印象。

　　舅舅这时吃完了，抹抹嘴说："也好，全校的教职工都到齐了，我就先说几句！"张英才听了吃惊不小，来了半天没见到学生下课休息，他以为教室里还有别的老师呢。舅舅说的无非是些新学期要有新起色新突破之类的套话，说得很起劲，一本正经的，张英才听得一点意思也没有。他装作出去小便，走到外面遛了一圈，才发现几间教室里一个老师也没有，他猜不出哪是几年级，三间教室是如何装下六个年级呢？黑板上也辨不出，都是语文课，都是作文、生字和造句等内容。他回去时舅舅终于讲完了，接下来是余校长讲。余校长讲了几句嗓子就沙哑了。邓育梅见了毫不客气地说："你嗓子痛就歇着，我来向站长汇报。"说着打开捧在手里的小本子，一五一十地说起来，刚说了入学率和退学率两个数字，舅舅就打断他的话，说这些报表上都有，说点报表上没有的情况。邓育梅眼睛一转，就说了几件他如何动员适龄儿童上学的事，还说他垫了几十块钱，给交不起学费的学生买课本，邓育梅说了半天，见站长既不往心里记也不往本子上记，就知趣地打住了。接下来是孙四海说，孙四海低低地说了一句："村里已经有九个月没给我们发工资了。"然后就没话。

　　舅舅也不追问，起身说到教室去看，到了第一间教室，余校长说这是五六年级，张英才看到大部分学生都没有课本，手里拿的是一本油印小册子，正想问，却听到舅舅说："这些油印课本又是你老余的杰作吧？"余校长说："我这手再也刻不动钢板了，我让他们自己刻。"张英才看见舅舅抓着余校长那双大骨节的手轻轻叹了口气。第二间教室是三四年级，是孙四海带的，学生们用的却是清一色新课本。一问，学生们都说是孙老师帮他们买的。再一问，孙四海却说这是学生们自己的劳动所得。张英才见舅舅想追问，余校长连忙将话岔开了，要他们去看看一二年级，无疑，这个班是邓育梅带的，所以，一进教室，他就接上刚才汇报时的话题，指着一个个学生说自己动员他们入学的艰难。正说着，舅舅忽然打断他的话问："今年招了多少新生？"邓育梅说："四十二个。"舅舅说："你数数看，怎么只有二十四个。"邓育梅说："别人都请假了。"舅舅说："连桌子椅子也请假了？老余，马上要搞施行《义务教育法》检查，不要到时弄得你我都过不去哟！"邓育梅红着脸不说话。余校长一边连连点头。孙四海嘴角挂着一丝冷笑。张英才把这些全看在眼里。回头整理余校长给他腾出的一间宿舍时，他瞅空问舅舅这三人之间是不是面和心不和。舅舅要他少管这些闲事，并记住阶级矛盾和民族矛盾的关系，舅舅说，在这儿他和他们算不上是一个民族的，他是外来人，他们会将他看成是一个侵略者。张英才对这话似懂非懂。

房间的壁上挂着一只扁长的木匣子。张英才取下来打开后，才知道这是一只琴，他没见过这种琴，一排按键写着1234567，底下是几根金属弦，他用手指拨了一下，声音有些沙哑，像余校长的嗓门。他问："舅舅，这是什么琴。"舅舅看也不看，边挂蚊帐边说："那上面写着字呢！"他摘下眼镜细看，果然琴盖上印着凤凰琴三个字，还有一排小字是：北京市东风民族乐器厂制造。房间收拾好后，张英才将那本《小城里的年轻人》拿出来，端端正正地摆在床头边。

正好余校长来了，他看了看书说："这个作者我认识，他以前也是民办教师，我和他一起开过会。他幸亏改了行，不然，恐怕和我现在差不多。"张英才正想问点什么，舅舅说："老余，你这不是泼冷水吗？"余校长忙说："我还敢摆弄冷水？我这身风湿病再弄冷水，恐怕连头发都要生出大骨节来。"

这时学校放学了。张英才后来才熟悉这学校的规矩，因为学生住得散，来得晚，走得早，所以一天只有两节课，上午一节，下午一节。一些学生往山凹跑，一些学生往山上跑。

张英才不明白，邓育梅告诉他，上下都是去采蘑菇，扯野草。余校长叫他们去吃饭。正吃着，学生们都回来了，将野草和蘑菇分别放进余校长家的猪栏和厨房里。张英才望着直纳闷，这不是剥削学生欺压少年么？正想着，余校长起身离座走进厨房。听动静，像是在里面给学生打饭，果然就有许多学生端着饭碗从里面走出来，到另一间屋子里去了，跟着余校长双手捧着一盆菜出来。舅舅开口叫："老余，你等等。"说着转身叫张英才回屋去将那些油条拿来，交给老余，让老余分给学生。张英才看见学生们大口大口地吃着分到手的半片油条，心里有些不好受。舅舅问余校长，哪几个孩子是他自己的，余校长指了三下，张英才连续三次想到电视里的非洲饥民。舅舅尝了尝学生们的菜后，脸色阴冷地说："老余，你老婆已拖垮了，再拖几年恐怕你全家都得垮。"余校长叹气说："我不是党员，没有党性讲，可我讲个做人的良心，这么多孩子不读书怎么行呢？拖个十年八载，未必村里经济情况还不会好起来么？到那时再享福吧！"

　　张英才听了半天终于明白，学校里有二三十个学生离家太远，不能回家吃中午饭，其中还有十几个学生，夜晚也不能回家，全都宿在余校长家。家长隔三岔五来一趟，送些鲜菜咸菜来，也有种了油菜的，每年五六月份，用酒瓶装一瓶菜油送来。再就是米，这是每个学生都少不了要带来的。

　　吃罢饭，张英才的舅舅要进房里去看看余校长的老婆。余校长拦住坚决不让进门，口口声声称谁见她那模样，准保要恶心三天。拉扯一阵，动静大了，惊动了房里的人，那女人就在里面蔫妥妥地说："领导的好意我领了，请领导别进来。"作罢后，余校长就劝张英才的舅舅下山，不然赶不上太阳，黑了就不好办。舅舅说："是该走，你们都陪着我，都不去上课，学生们都放了鸭子。"停了停又道："我这外甥初出茅庐，就此托付三位了。"邓育梅抢在余校长前面说："已研究过了，高低都不就，就中间，让他跟孙主任两个月，然后接孙主任的班，孙主任再接余校长的班，余校长腾出来抓全盘工作和全村的扫盲工作。"舅舅第一次笑了。邓育梅见缝插针，猛地问："万站长，今年还有没有民办教师转正的名额？"张英才听了心里一愣，他见旁边的孙四海也竖起耳朵等回音，舅舅想也不想，坚决地回答："没有！"大家听了很失望，连张英才也有点失望。

看见舅舅走远了，张英才忽然感到孤单。旁边的邓育梅忽然说："快去，你舅舅在招呼你呢！"一看舅舅在招手，他连忙跑过去，到了近处，舅舅说："忘了件事，他们要问你这眼镜是几多度，你就说是四百度。"张英才说："我还以为你跟我说什么秘密事呢？"舅舅没理，走了。

剩下他和他们三个时，他们果然问他的眼镜多少度，他不好意思说，但最终仍说是四百度。孙四海借去试了试，然后说，"不错，是四百度。"张英才见遇上了真近视，不由得有些后怕，同时佩服舅舅想得真周到，这样的人，犯了错误也不会让别人察觉。

下午仍然只有一节课，张英才陪着孙四海站了两个多小时。孙四海怎么样讲课他一点也没印象，他一直在琢磨六年级分三个班，这课怎么上。中间孙四海扔下粉笔去上厕所，他跟上去趁机问这事，孙四海说，我们这学校是两年招一次新生。返回时，教室里多了一头猪。张英才去撵，学生们一齐叫起来，说这是余校长养的，它就喜欢吃粉笔灰。孙四海在门口往里走着说，别理它就是。往下去，张英才更无法专心，他看看猪，看看学生，心里很有些悲凉。

山上黑得早，看着似黄昏，实际才四点左右。学校放学了，没有走的留在余校长家住宿的十几个学生，在一个个头较高的男孩带领下，参差不齐地往旁边的一个山凹走去。眼里没有学生，只有猪，张英才感到很空虚。他取下那只凤凰琴，拧下钢笔帽，左手拿着拨弦，右手按那些键，试着弹了一句曲子，不算好听，过得去而已，弹了几下，就没兴趣。他歇下来后，忽地一愣：怎么音乐还在响？再听，才知是笛子声，张英才趴到窗口一望，见孙四海和邓育梅一左一右背靠背靠在外面的旗杆上，各人横握一根竹笛，正在使劲吹着。

山下升起了雾，顺着一道道峡谷，冉冉地舒卷成一个个云团，背阳的山坡铺着一块块阴森的绿，早熟的稻田透着一层浅黄，一群黑山羊在云团中出没着，有红色的书包跳跃其中，极似潇潇春雨中的灿烂桃花。太阳正在无可奈何地下落，黄昏的第一阵山风就吹褪了它的光泽，变得如同一只绣球。远远的大山就是一只狮子，这是竖着看；横着看，则是一条龙的模样。

吹出的曲子觉得很耳熟，听下去才搞清是那首《我们的生活充满阳光》，节奏却是慢了一半。两支笛子一个声音高一个声音低，缓慢地吹出许多悲凉。张英才心里跟着哼一句试试，那节奏，半天才让他哼出"幸福的歌儿"几个字。他也走到旗杆下，道："这个曲子要欢快些才好听。"他们没理他。张英才就在一旁用巴掌打着节拍纠正。可是没用。张英才惆怅起来，禁不住思索一个问题：能望见这杆旗的地方，会不会听见这笛声？

忽然哨声响起，余校长叼着一只哨子，走到旗杆下，跟着那十几个学生从山凹里跑回来，在旗杆面前站成整齐的一排。余校长望望太阳，喊了声立正稍息，便走过去将带头的那个学生身上的破褂子用手理理。那褂子肩上有个大洞，余校长扯了几下也无法将周围的布扯拢来，遮住露出来的一块黑瘦的肩头。张英才站在这个队伍的后面，他看到一溜瘦干干的小腿都没有穿鞋。这边余校长见还有好多破褂子在等着他，就作罢了。这时，太阳已挨着山了。余校长猛地一声厉喊："立正——奏国歌——降国旗！"在两支笛子吹出的国歌声中，余校长拉动旗杆上的绳子，国旗徐徐落下后，学生们拥着余校长、捧着国旗向余校长的家走去。

这一幕让张英才着实吃了一惊。一转眼想起读中学时，升降国旗的那种场面，又觉得有点滑稽可笑。邓育梅走过来问他："晚上有地方吃饭没有？"张英才答："我在余校长家搭伙。"邓育梅说："你是想回到旧社会么？走，上我家去吃一餐，习惯了，以后干脆咱们搭伙算了。"张英才推了几把，见推不脱就同意了。

路不远，只是要翻两个山包。邓育梅的老婆长得很敦实，左边生了个疤瘢眼。见张英才老看她，就说："她本是个丹凤眼，前年冬天我在学校开会没回，她夜里来接我，半路上被狼舔了一下，就落下个残疾。"张英才说："这么苦的事，我舅舅他们了解么？"邓育梅说："都是余校长嘴严言辞短，什么苦都兜着不说出去，从不跟上面汇报，还说万站长在这儿待了十年，他还不知道这儿的底细么？不说人家心里会记着，说多了人家反会记嫌。"张英才说："我舅舅是常挂惦着你们，所以才特地放我来这儿锻炼的。"邓育梅说："你锻炼一阵就可以走，我是土生土长的哪怕是转了正，也离不开这儿。"说着忽然一转话题："万站长一定和你交了底，什么时候有转正的指标下来？"张英才说："他的确什么也没说，他是个老左，正派得很。"邓育梅的老婆插嘴说："疼外甥，疼脚跟，舅甥伙的中间总隔着一层东西。"邓育梅瞪了一眼："你懂个屁，快把饭菜做好端上来。"复又说："我打听过，我的年龄、教龄和表现都符合转正要求，现在一切都等你舅舅开恩了。"

香喷喷的一碗腊肉挂面端到张英才面前。邓育梅说："不是让你搞酒么？"老婆说："太晚了，来不及，反正又不是来了就走，长着呢，只要张老师不嫌，改日我再弄一桌酒。"邓育梅说："也罢，看在小张的面上，不整你了。"张英才听出这是一台戏，在家时，来了客，父亲和母亲也常这样演出。一般人做客这碗里的肉只能吃一小半留一多半，张英才饿极了，又知道邓育梅有求于他，就将碗里全吃光了。直吃得满头大汗，才记起这是夏天。山上凉得很，刚出来的汗不用擦马上就干了。张英才打了个喷嚏，他怕得感冒，就起身告辞。邓育梅拿上手电筒送他。

路上，他忽然介绍起孙四海的情况，他说孙四海打着勤工俭学的幌子，让学生每天上学放学在路边采些草药，譬如金银花什么的，交到一个叫王小兰的女人家里，积成堆后再拿去卖。孙四海不结婚就是因为从十七八岁起，就和王小兰搞上了皮绊，王小兰的丈夫得了黄瓜肿的病，就是慢性黄疸肝炎，什么事也做不了，一切全靠孙四海。邓育梅最后说要是哪天半夜听到笛子响了起来，那准是王小兰在他那里睡过觉，刚走。

要是没有后面这句话，张英才一定会讨厌孙四海这个人。有后面这句话，张英才觉得孙四海活像他那本小说里那小城中的年轻人，浪漫得像个诗人。有一句话，他掂量了一番后才说："邓校长，我舅舅他不喜欢别人在他面前打小报告，他说这是降低了他的人格。"邓育梅听了他编造的这句话，就不再说孙四海了，回头说自己有哪些缺点。这时他们爬上了学校前面的那个山包，张英才就叫邓育梅回去。

回到屋里点上灯，拿起小说看了几行，那些字都不往脑子里去。搁下书，他拿起琴，将《我们的生活充满阳光》弹了一遍，有几个音记不准，试了几次。到弹第五遍时，才弹出点味道，山空夜寂，仿佛世外，自己弹自己听，挺能抒情。

这时，门被敲响了。拉开后，门外站着余校长，欲言又止的样子。张英才问："有事么？"余校长支吾着："没有事。山上凉，多穿件衣服。"张英才想起一件事："正想过去问你，这琴盒上写着的明爱芬同志是谁？"琴盒上写着：赠别明爱芬同志存念1981年8月。余校长等一会儿才回答："就是我老婆。"张英才说："用她的琴，她会生气么？"余校长冷冷说："你就用着吧，什么东西对她都是多余的。她若是能生气就好了。她不生气，她只想寻死，早死早托生。"张英才吓了一跳。

睡不着，他想不出再给女同学写信用怎样的地址。半夜里，低沉而悠长的笛子忽然吹响了。张英才从床上爬起来，站到门口。孙四海的窗户上没有亮，只有两颗黑闪闪的东西。他把这当成孙四海的眼睛。笛子吹的还是《我们的生活充满阳光》，吹得如泣如诉，凄婉极了，很和谐地同拂过山坡的夜风一起，飘飘荡荡地走得很远。

夜里没有做梦，睡得正香时，又听到了笛声，吹的又是《国歌》。张英才睁开眼，见天色已亮，赶忙爬下床，披上衣服冲到门外。他看到余校长站在最前面，一把一把地扯着旗绳，余校长身后是邓育梅和孙四海，再后面是昨天的那十几个小学生。九月的山里晨风大而凉，队伍最末的两个孩子只穿着背心裤头，四条黑瘦的腿在风里瑟瑟着。张英才认出这是余校长的两个孩子。国旗和太阳一道，从余校长的手臂上冉冉升起来。

张英才说："我迟到了。怎么昨天没人提醒我？"余校长说："这事是大家自愿的。"张英才问："这些孩子能理解么？"余校长说："至少长大以后会理解。"说着余校长眼里忽然涌出泪花来。"又少了一个，昨天还在这儿，可夜里来人将他领走了，他父亲病死了，他得回去顶大梁过日子。他才十二岁。我真没料到他会对我说出那样的话。他说他家那儿可以望见这面红旗，望到红旗他就知道有祖国、有学校，他就什么也不怕。"余校长用大骨节的手揉着眼窝。孙四海在一旁说："就是领头的那个大孩子，叫韩雨，是五六年级最聪明的一个。"张英才知道这是说给自己听的。

张英才感动了，说："余校长，这些事你该向我舅舅他们反映，让国家出面关心一下这些孩子。"余校长说："这山大得很咧，许多人连饭都吃不饱，哪能顾到教育上来哟。"又说："听说国家派了科技扶贫团来，这样就好，搞科技就要搞教育。孩子们就有希望了。"邓育梅插嘴："还希望我们几个都能转正。"张英才的情绪就被破坏了，他扭头进屋去刷牙洗脸。

拿上毛巾牙刷牙膏，走到屋子旁边的一条小溪，掬了一捧水润润嘴，将牙刷搁到牙床上带劲地来回扯动。忽然感觉身边有人，一看是孙四海。孙四海提一只小木桶来汲水，舀满后并不急着走，站在边上说："你不该动那凤凰琴。"张英才没听清："你说什么？"孙四海又说了一遍："我们是从不碰那凤凰琴的。"张英才想再问，忙用水漱去嘴里的白沫。孙四海却走了。

早饭是在余校长家吃的。是昨夜的剩饭加上野芹菜一起煮，再放点盐和辣椒压味。没有菜，有的学生自己伸手到腌菜缸里捞一根白菜秆，拿着嚼。旁边的想学他，伸手捞了几下没捞着，缸太大，他人小够不着缸底，就生气，说先前的学生多吃多占他要告诉余校长。张英才站在他们中间勉强吃了几口，就走了出来，回到房间摸出两个皮蛋，揣在口袋里，又到溪边去。他倒掉碗里那种猪食一样的东西，涮干净后，独自坐在水边的青石上剥起皮蛋来。一边剥一边哼着一首歌，刚唱到"路边的野花你不要采"一句，一只影子现在他的脸上。他吃了一惊，冲着走到近处的孙四海道："你这个人是怎么了，阴阳怪气的，像个没骨头的阴魂。"见到滚落溪中的是只皮蛋，孙四海也不客气地道："我也太自作多情了，见你吃不惯余校长家的伙食，就留了几个红芋给你，没料到你自己备有山珍海味。"他把手中的红芋往地上一扔，拔腿就走。

张英才捡起红芋，来到孙四海的门口，有意大口大口地吃给他看。孙四海见了不说话，埋头劈柴。红芋吃光了，张英才只好去开教室的门。孙四海在背后叫："张老师，今天的课由你讲。"张英才毫不谦虚："我讲就我讲。"连头也没有回。

山里的孩子老实，很少提问，张英才照本宣科，觉得讲课当老师并不艰难，全凭嘴皮子，一动口就会。孙四海从头到尾都没来打照面，他也一点不觉得慌。先教生字生词，再朗读课文三五遍，然后划分段落，理解段落大意，课文中心思想，最后是用词造句或模拟课文做一篇作文，上学时老师教他们用的一套他记得一点没走移。余校长在窗外转过几回，邓育梅装作来借粉笔，进了一趟教室，他拿上两支粉笔后道："张老师一定得了万站长真传，课讲得好极了。"

捱到下学，张英才看到孙四海一身泥土，从后山上下来，钻到屋里烧火做饭。他也尾随着进了屋,见孙四海不大理他,讪讪地说:"孙主任,干脆我上你这儿来搭伙吧?"孙四海冷冷地说:"我不想拍谁的马屁,也不愿别人说我在拍谁的马屁。其实,你没必要和人搭伙,自己屋里搭座灶就成。"张英才说:"我不会搭灶。"孙四海说:"想搭?我和班上的叶碧秋说一下,她父亲是个砌匠,让他明天来。"张英才说:"这不合适吧?"孙四海说:"要是你自己动手做,那才真不合适,家长知道了会认为你瞧不起他。"说着话旁边来了一个女孩。

女孩长得眉清目秀,挺招人喜爱,身上衣服虽然也补过,看起来却像天然的。女孩笑笑径直到灶后帮忙烧火。张英才问:"这是谁家的女伢儿?"孙四海答:"她叫李子,她妈就是王小兰。"说时把目光直扫张英才,仿佛说想问什么就尽管问。张英才由于听邓育梅说过孙四海与王小兰的事,见孙四海这么直爽,反倒不好意思起来。于是转过话题,说:"灶没搭起来,我就在你这儿吃,你撵不走我的。"孙四海怪自己主意出坏了,说:"让你抓住把柄了。先说定,灶一做好就分开。"张英才连忙点点头,孙四海正在切菜,吩咐李子给锅里添一把米。

吃饭时,孙四海和李子坐在一边,张英才越看越觉得两人长得极像。他记起教室学习栏上有篇范文好像是李子写的,他便端上饭碗边吃边走到教室,范文果然是李子写的。

题目叫《我的好妈妈》。李子写道:妈妈每天都要将同学们交到我家的草药洗净晒干,再分类放好,聚上一担,妈妈就挑到山下收购部去卖。山路很不好走，妈妈回家时身上经常是这儿一块血迹，那儿一块伤痕。今年天气不好，草药霉烂了不少，收购部的人又老是扣秤压价，新学期又到了，仍没凑够给班上同学买书的钱，妈妈后来将给爸爸备的一副棺材卖了，才凑齐钱，交给孙老师去给同学们买书。妈妈的心很苦，她总怕我大了以后会恨她，我多次向她保证，可她总是摇头，不相信我的话。

张英才看完后，没有回到孙四海的屋里，孙四海喊他将碗送去洗，他才从自己屋里出来，碗里盛着剩下的八只皮蛋。他对李子说："放学后将这点东西带回去给你妈，就说有个新来的张老师问她好！"李子不肯接。孙四海说："拿着吧。代你妈谢谢张老师。"李子谢过了，张英才忍不住用手在她的额上抚摸了几下。

下午是数学课，他先不上数学，将李子的作文抄在黑板上，自己先大声朗诵一遍，又叫学生们齐声朗读十遍。学校教室破旧了，窟窿多，不隔音。上午上语文，下午上数学，这是全校统一安排的，目的是避免读语文时的吵闹声，干扰了上数学课所需要的安静。三四年级的大声读书声，搅得一二和五六年级不得安宁。邓育梅跑过来，想说话，看到黑板上抄着的作文，脸上有些发白，就一声不吭地回去了。余校长没进教室，就在外面转了两趟，也没说什么。

放学后，笛子声又响了起来。老曲子，《我们的生活充满阳光》。张英才站在一旁用脚打着拍子，还是压不着那节奏，那旋律慢得别扭，他有点不明白这两支笛子是如何配合得这么好。后来，他干脆就着这旋律朗诵起李子的作文来。他的普通话很好，在这样的傍晚里又特别来情绪，一下子就将孙四海的眼泪弄了出来。降了国旗，张英才拦住邓育梅问："邓校长，李子的这篇作文你认为写得怎么样？"邓育梅眨眨眼答："首先是你朗诵得好，作文嘛不大好说，你说呢，孙主任？"孙四海一点不回避："只说一个字：好！"邓育梅逼了一句："好在哪里？"孙四海答："有真情实感。"余校长这时踱过来说："孙主任，我看你那块茯苓地的排水沟还是不行，如果雨大一点就危险了。"孙四海说："底下太硬了，挖不动，我打算叫几个学生家长来帮忙挖一天。"余校长说："也好，我那块地的红芋长得不好，干脆提前挖了，让学生们尝个新鲜。家长们来了，叫他顺带着把这事做了。"又说："邓校长，你家有什么事没有？免得再叫家长来第二次。"邓育梅："我没事要别人干。我说过，我们又不是旧社会教私塾的先生——"话没说完，孙四海扭头走了，一边走一边狠狠甩笛子里面的口水。

李子回家去了，放学时垸里有人路过学校顺路带她回去的，在平时，都是孙四海送她。张英才蹲在灶后烧火，几次想和孙四海说话，但见他满脸的阴气就忍住了。直到吃饭，两人都没开口。一顿饭快默默地吃完了，油灯火舌一跳，余校长的小儿子钻进门来："孙主任、张老师，我妈头痛得要死，我父问你们有止痛的药没有，有就借几粒。"孙四海说："我没有，志儿。"张英才忙说："志儿，我有，我给你拿去。"临出门，他回头说："孙四海，你像个男人。"回到屋里，他将预防万一的一小瓶止痛药，全部给了志儿。

夜里，张英才无事可干，又弄起了凤凰琴。偶然地，他觉得有些异样，琴盒上写的赠别明爱芬同志存念与1981年8月这两排字之间，有几个什么字被别人用小刀刮去了。刮得一点墨迹也没剩，留下一片刀痕。

外面的月亮很好，他把凤凰琴搬到月亮地里，试着弹了几下。弹不好，月光昏昏的，看不见琴键上的音阶。他好不扫兴，就用钢笔帽猛地拨动琴弦，发出一阵阵刺耳的和声。忽然间余校长屋里有女人发出一声尖叫，宿在余校长屋里的学生惊慌地哭起来。张英才疾步过去，大门闩得死死的，敲不开，他就叫："余校长！余校长！有事么？要人帮忙么？"余校长在屋里答："没事，你去睡吧！"他趴在门上，从门缝中听到余校长的老婆在低声抽泣着，那情形是安静下来了。他想了想就绕到屋后，隔着窗户对屋里的学生们说："别害怕，我是张老师，在替你们守着窗户呢！"刚说完，山坡上亮起了两对绿色的小灯笼，他死死忍住没有惊叫，脚下一点不敢迟疑，飞快地逃回自己屋里。

进屋后，才记起将凤凰琴忘在外面，还忘了解小便。他不敢开门出去，在后墙根上找了个洞，哗哗啦啦将身子放干净了，就去床上捉蚊子睡觉。凤凰琴在外面过一夜，明早再拿不要紧。

捉完蚊子，再看几页小说，困意就上来了，这是昨夜没睡好的缘故。他本打算吹灭灯，噘起嘴巴，又变了主意，从蚊帐里伸出一只手，将煤油灯拧小了。一阵风从窗口吹进来，手臂凉丝丝的。他想父母这时一定还在乘凉，大山垮子上就只有一宗好处，再热的天也热不着。

虽然困，心里总像有事搁着睡不稳。迷迷糊糊中，听到窗口有动静，一睁眼睛，看到一只枯瘦的白手，正在窗前的桌子上晃动着要抓什么。张英才身上的汗毛一根根都竖起几寸高，枕边什么东西也没有，只有一本小说集，他抓起来隔着蚊帐朝那只手砸去，同时大叫一声："抓鬼呀！"那只手哆嗦了一下，跟着就有人说话："张老师别怕，是我，老余呀。见你灯没熄，想帮你吹熄。睡着了点灯，浪费油，又怕引起火灾。"末了补一句："学生们交点学杂费不容易呀！"一听是余校长，张英才就没好气了："这大年纪了，做事还这么鬼鬼祟祟的，叫我一声不就行了！"余校长理拙地应道："我怕耽误了你的瞌睡。"

这事过去不一会儿，张英才刚寻到旧梦，余校长又在窗前闹起来，叫得有些急："张老师，赶快起来帮我一把。"张英才躁了："你家水井起火了还是怎么的？"余校长说："不是的，志儿他妈不行了，我一个人动不了手。"张英才赶忙一骨碌地爬起来，跟着余校长进了他老婆的房。前脚还没往里迈，后脚就在往后撤。明爱芬光着半个上身，直挺挺地躺在床上，满屋一股恶心的粪臭。余校长在里面说："张老师，实在无法，就委屈你一回！"张英才看看无奈何了，只有进去。

一看明爱芬只有出气没有进气，脸上憋得像只紫茄子。余校长分析一定是吞了什么东西憋在喉咙里，并简要地数了她以前吞过瓦片、石子和小砖头等东西，张英才心里一动，脸上发愣，想这女人命真大，自杀几多次仍还活着。余校长和他简单地商量了一下，决定由一个人扶着明爱芬，另一个人用手拍她的背，看看能不能让她吐出什么东西来。明爱芬大小便失禁身上脏得很，余校长自己习惯了，就上去扶，露出背心让张英才拍。张英才不敢用力，拍了几下没效果，余校长就叫他在床沿上练练，连连拍几下余校长不满意，要他再用力些。他心一横，想着这是下谁的黑手，一掌下去，打得床一晃。余校长说："就这样。非得这样才出得来。"张英才看准那地方猛地一巴掌下去，只见明爱芬颈一哽，哇地吐出一只小瓶子来。正是刚天黑时，志儿去借药，张英才给他的那一只。余校长将明爱芬安顿好，看着她睡过去。明爱芬喉咙一咕哝，说了一句梦话："死了我也要转正。"

出得屋来，余校长将志儿从学生们睡的那间屋里，一把提到堂屋，朝屁股上打了几巴掌，骂他多大了还不开窍，又将不该给的东西给他妈。志儿不哭，全身缩成一团。张英才上去讨保，余校长才将他送回床上，并对那些吓醒了的学生说："没事，明老师又闹病了，大家安心睡吧；明天还要起早升国旗呢！"

送他回屋的路上，两人站在月亮地里说了一会儿话，余校长解释，他家过去发生这类事，从不请别人帮忙，现在一身的风湿，使不上劲才求他。张英才很奇怪，怎么过去不叫孙四海帮一帮，余校长说自己天黑以后从不去孙四海屋里，怕碰见不方便的事。说了之后又声明，孙四海是少有的好人。张英才请他放心，孙四海的事就是自己的事，任谁也不告诉。

张英才又追问邓育梅为人怎么样，余校长表态说这个人其实也是不错的一个。张英才于是说："你果真是和事佬一个。"余校长问："谁告诉你的！"张英才供出是邓育梅，余校长听了反而高兴起来道："我怕他会对我有很大意见呢！"

张英才抓住机会问："那凤凰琴是谁送你爱人明老师的？"余校长反问："你问这个干什么？"张英才道："问问就问问呗！"余校长叹口气："我也想查出来呢，可明老师她死也不说。"张英才不信："你俩一个学校里住这么久，还不知道？"余校长说："我比她来得晚，最早是她和你舅舅万站长两个。之前，我在部队当兵。"

张英才有些信这话，分手后，他顺便将凤凰琴拣进屋。到灯下一看，凤凰琴琴弦被谁齐齐地剪断了。

天刚现亮，就有人来敲门。张英才以为是余校长叫他起来升国旗，开开门，门口站的是怯生生的叶碧秋。叶碧秋说："张老师，我父来了。"这才看见旁边站着一个模样很沧桑的男人。叶碧秋的父亲很恭敬地道："张老师，我来打扰了。"张英才忙说："剥削你的劳动力，真不好意思。"叶碧秋的父亲紧忙答："张老师你莫这样说，烂泥巴搭个灶最多只能用个十年八载，你教伢儿一个字，可是能受用世世代代的。"张英才不解："能用一辈子就不错了，哪能用世世代代的？"叶碧秋的父亲说："过几年，她找了婆家，结婚生孩子后，就可以传到下一代，认的字不像公家发的这票那证，不会过期的。"张英才听了心里一动："你这孩子聪明，婚姻的事别处理早了，让她多发展几年。"叶碧秋的父亲说："我是准备响应号召，让她搞好计划生育的。"

听出这话是言不由衷的。叶碧秋的父亲放下工具，也不歇，在地上画了一个圈，就开始搭起灶来。他本来在别处做屋，将人家的事搁一天，先赶到这儿来，到外面两支笛子吹奏国歌时，灶已搭到齐腰高。张英才忽然想起自己还没有备着锅。他问孙四海哪里有锅卖，邓育梅一旁听着接腔应了，说自己家里有口锅闲着没用，给他拿来就是。到上课时，邓育梅果然顶着一口黑锅来了。张英才只有谢过并收下。

大约是在上午十点钟左右，张英才从窗户里看到山路上走来了父亲。父亲给他带来了一封信和一罐头瓶猪油，还有一瓷缸腌菜。他对父亲说："正愁没有油炒菜，你就送来了及时雨。"父亲说："我还以为学校有食堂，带点油来打算让你拌菜吃。"他问："妈的身体好么？"父亲说："她呀，三五年之内没有生命危险。"张英才见父亲说了一句很文气的话，就说："父，没想到你的水平也提高了。"父亲说："儿子为人师表，老子可不能往你脸上抹粪。"张英才嫌父亲后一句话说得太没水平了，就去拆信看。

信是一个叫姚燕的女同学写来的，三页信纸读了半天才读完。前面都是些废话，如同窗三载，手足情长等等，关键是后面一句话，姚燕在信上说，毕业以后，除了这一次给他以外，她没有给任何男同学写过信。虽然这话的后面就是此致敬礼，张英才仍读出许多别的意思来。姚燕的歌唱得特别好，年年元旦、元宵、三八、五一、五四、五二三、七一、八一、十一等时节，只要县文化馆举办歌手比赛或晚会，她就报名参加，为此影响了学习，但她总说自己不后悔。姚燕长得不漂亮，但模样很甜很可爱。所以，张英才想也不想就趴到桌子上赶紧写回信，说自己也是第一次给女同学写信等等。

想到姚燕唱歌，就想到自己将来可以用凤凰琴为她伴奏。他去动一动凤凰琴，才记起琴弦已被人剪断了。不知是谁这样缺德。张英才将琴打开后，搁在窗台外面，让断弦垂垂吊吊的样子，去刺激那做贼心虚的人。

因是第一次来校，余校长非要张英才的父亲上他家吃饭。灶还没有搭好，没理由不去。吃了饭出来，父亲直叹息余校长人好，自己的家庭负担这么重，还养着十几二十个学生，还说："你舅舅的站长要是让我当，我就将他全家的户口都转了。"张英才说："你莫瞎表态，舅舅那小官能屙出三尺高的尿？转户口得县公安局长点头才行。"

说着话，忽然山坡上有人喊余校长派人到下面垸里去领工资。余校长便拉上张英才做伴。到了垸里才搞清，乡文教站的会计给这一带学校的老师送工资和民办教师补助金时，在路上差一点被抢了，幸亏跑得快，只是头上被砸破了一个窟窿，流了很多血，走到垸里后就再也走不动了。余校长签字代领了几个人的补助金，走时安慰那会计说："这案子好破，你只要叫公安局的人到那些家里没人读书的户里去查就是。"张英才拿了钱后，随口问："补助金分不分级别？"余校长说："大家一样多。"张英才一默算竟多出一个人的钱来，心想再问，又怕不便。回校后他就给舅舅写了一封信，要舅舅查查为什么这里只有四个民办教师，余校长却领走五个人的补助金。

两封信都交给了父亲。还嘱咐父亲将姚燕的信寄挂号，怕父亲弄错，他说邮费涨了价，现在挂号得五角。父亲要他给钱。他有点气，说："父子之间，你把账算得这清干什么，日后有我给钱你用的时候。"父亲听出这话的味："好好，谁叫水往上涨，恩往下流呢！"

父亲走时，他正在上课。听见父亲在外面叫一声："我走了哇！"他走到教室门口挥挥手就转回来。刚过一会，叶碧秋的父亲搭好了灶也要走。张英才放下粉笔去送他，他对张英才说："你父让我转告你，他将那一瓶猪油送给余校长了，他怕你生气，不敢直接和你说。他说他中午在余校长家吃饭，那菜里找半天才能找到几个油星子。"

这天特别热闹，放学后，国旗刚降下，呼呼啦啦地来了一大群家长。总有十几个，也不喝茶，分了两拨，一拨去挖孙四海茯苓地的排水沟，一拨去帮余校长挖红芋。大家都很忙乎，没人注意到张英才，更没人注意到断了弦的凤凰琴。张英才到孙四海的茯苓地里转了转，大家都在议论。孙四海这块地的茯苓丰收了，地上裂了好些半寸宽的缝，这是底下的茯苓特大，涨的。孙四海头一回笑眯眯地说，自己头几年种的茯苓都跑了香。张英才问什么叫跑了香。孙四海说，茯苓这东西怪得很，你在这儿下的香木菌种，隔了年挖开一看，香木倒是烂得很好，就是一个茯苓也找不到，而离得很远的地方，会无缘无故地长出一窨茯苓来，这是因为香跑到那儿去了，有时候，香会翻过山头，跑到山背后去的。张英才不信，认为这是迷信。大家立即对他有些不满，只顾埋头挖沟不再说话。张英才觉得没趣，便走到余校长的红芋地里。几个大人在前面挥锄猛挖，十几个小学生跟在身后，见到锄头翻出红芋来，就围上去抢，然后送到地头的箩筐里。红芋的确没种好，又挖早了，最大的只有拳头那么大。余校长说，反正长不大了，早点挖还可以多种一季白菜。张英才看见小学生翘屁股趴在地上折腾，初始，心里直发笑，尔后见到他们脸上粘着鼻涕粘着泥土，头发上尽是枯死的红芋叶，想到余校长将要像洗红芋一样把他们一个个洗干净。他喊道："同学们别闹，要注意卫生，注意安全。"余校长不依他，反说："让他们闹去，难得这么快活，泥巴伢儿更可爱。"余校长用手将红芋一拧，上面沾的大部分泥土就掉了，送到嘴边一口咬掉半截，直说鲜甜嫩腻，叫张英才也来一个。张英才拿了一个要去溪边洗，余校长说："莫洗，洗了不鲜，有白水气味。"他装作没听见，依然去溪边洗了个干净，他不好再回去，只有回屋烧火做饭。

　　走到操场中间，听见有童音叫张老师，一看是叶碧秋。他问："你怎么没回家？"叶碧秋答："我细姨就住在下面垸里，我父让我上她家去为张老师要点炒菜的油来。"果然，半酒瓶菜油递到了面前。张英才真的有些生气了："我又没像余校长一人照顾二十几个，怎么会要你去帮我讨吃的呢？"叶碧秋吓得要哭。张英才忙变换口气："这次就算了，以后就别再自作聪明了。"叶碧秋忙放下油瓶，转身欲走。张英才拉住她说："你帮我一个忙，问问余校长的志儿，他知不知道是谁弄断了凤凰琴的琴弦。"见叶碧秋点了头，他就送她回细姨家。进垸后才知道，她细姨就住在邓育梅的隔壁。

邓育梅见到后又留他吃晚饭，他谎称已吃过，坚决地谢绝了。往回走时，张英才记起叶碧秋刚才走路时款款的样子，很像那个给他写信的女同学姚燕，他有点担心父亲会不会将他的回信弄丢。他又想，可惜叶碧秋比姚燕小许多。

天气一天比一天凉，学校里的事几天就熟悉了，每日几件旧事，做起来寂寞得很，凤凰琴弦断了一事，便成了真正的大事件。等了几个星期不见叶碧秋找他汇报情况，反而老躲着他，一放学就往家里跑。星期六下午一上课张英才就宣布，放学后叶碧秋留下来一会。叶碧秋果然不敢抢着跑。

张英才问她："你问过余志儿没有？"叶碧秋说："问过，他说是他干的，还要我来告诉你。"张英才说："那你怎么迟迟不说？"叶碧秋说："他说他知道我是你派来的特务汉奸。我要是说了，就真的成了特务汉奸。"张英才说："那你为什么还要说？"叶碧秋说："我父说，是你问我、要我说就不一样。"他说："我不相信是志儿干的。"叶碧秋说："我也不相信，志儿尽冒充英雄。"他说："那你再去问问他。"叶碧秋说："我不敢问了。上一回，他说他吃了蚯蚓，我说不信，他就当面捉了一条蚯蚓吃了。"眼看谈不妥，张英才就放叶碧秋走了。

星期六的国旗降得早些，原因是老师要送那些路远的学生回家。尽管降国旗时，全校的学生都参加了，但由于太阳还很高，天空还很灿烂，邓育梅和孙四海的笛子吹不出黄昏时的那种深情，气氛也就没有往日的肃穆。降完旗，邓育梅、孙四海和余校长各带一个路队，往校外走。学校里显得特别冷清。张英才试过几回这种滋味了，星期六、星期天这两天夜里，就像山顶上的一座大庙，寂寞得瘆人。余校长总说他路不熟，留他看校。张英才这回耍了个小心眼，悄悄地跟上了孙四海这一路。直到走出两三里远，才从背后撵上去打招呼。孙四海见了他有点意外，嘴上什么也没说，依然牵着李子的手，一步步稳稳地走着，还不断提些课堂上的问题，让李子回答。李子若是到路边采山楂时，孙四海必定在旁边紧紧守护着。这一路队有六个学生，到第一个学生的家时，已走了近十里路。张英才走热了，脱下上衣只穿一件背心，说："这十里路，硬可以抵我们畈下的二十里。"孙四海说："难走的还在后头呢！"

　　路的确越来越难走。草丛中的蛇蜕也越来越多，孙四海从裤兜里掏出一个塑料袋，将拣到的蛇蜕小心地装进去。张英才看到一只蛇蜕，鼓起勇气把手伸了出去，刚一触到那发糙的乳白色东西时，心里就一阵阵起疙瘩。李子在旁边说："张老师怕蛇了！"孙四海说："李子你用一个成语来形容一下。"李子想了想说："杯弓蛇影。"孙四海轻轻抚了一下那片微微发黄的头发。张英才不由得尴尬起来。蛇蜕有许多了，塑料袋装得满满的。孙四海不让学生们再拣，要他们赶紧走路。张英才站在山梁上还以为离天黑还有会儿，一下到山沟，就很难看清路了。

　　学生们陆续到家，只剩下一个李子。最后李子也到家了。李子的母亲就站在家门口，一副等了很久的样子。孙四海将塑料袋递过去，李子的母亲也将一只装得满满的袋子递过来。都交换了，孙四海才说："李子这几天夜里有些咳嗽。"又介绍说："这是新来的张老师，以后由他带李子的课。"张英才不知道怎么称呼好，只有点点头。李子的母亲也在点头，点得很深，像是在鞠躬。然后问："不进屋坐会？"孙四海忧郁地答："不坐了。"黑暗中，张英才似乎看清这女人是个哀戚戚的冷美人。

女人身后的屋里传出一个男人的呼唤："李子回来了么？"孙四海立刻说："我们走了。"女人什么话也没说，牵过李子倚在门口伫望着离去的黑影。

远远望去，山上有一处灯火很像学校。一问，果真是的。张英才奇怪："李子回家不是多绕了十里路么？"孙四海说："路是绕了点，但能多采些草药，她愿意。她不绕别的学生就要绕。"张英才壮壮胆后，忽然说："李子她妈不该嫁给她父。"孙四海愣了愣说："谁叫她娘家穷呢，这个男人那时是大队干部，又实心实意地喜欢她，她抗拒不了。谁知搞责任制后，他上山采药挣钱，摔断了腰。"张英才胆更大了，追问一句："那你当初怎不娶她？"孙四海叹口气："还不是因为穷，一听说我是民办教师，她娘家就将我请的媒人撵出大门。"

正待再问，前面有人呻吟着唤他们。听声音是余校长。他们走拢去，见余校长挂着一根树枝靠在路边石头上。余校长解释自己是怎么成了这样子的。他送完学生返回天就黑了，路过一个田垄，明明看见一个人在前面走着，还叼着一只烟头，火花一闪一闪的，他走快几步想撵上去做个伴。到近处，他一拍那人的肩头，觉得特别冰凉，像块石头。他仔细一打量，果然是块石头，不仅是块石头，还是块墓碑。他心里一慌，脚下乱了，一连跌了几跤，将膝盖摔得稀烂。余校长说："我想等个熟人做伴，回去看个究竟。"孙四海说："也太巧了。我们去看看，你丢下什么没有。"张英才知道这风俗，人走黑路受了惊吓，一定要赶忙回去找一找，以免有精气或魂魄失散了，不然迟早要大病一场。张英才不信这个，他胆子特别小，家里人总说这是受了惊吓找得不及时的缘故，所以，有时他又有点相信。

回去一找，果然是座墓碑。看铭文知道是村里老支书的。学校就是老支书拍板让全村人，那时叫大队，勒紧裤带修建的。过去余校长常叹息说若是老支书在世，学校也不至于像现在这个破样子。这时，孙四海开口说："老支书，你爱教育爱学校我们都知道，可你这样做就是爱过头了，你要是将余校长惊出毛病来，事情可就糟了。你要想爱得正确，就请保佑我们几个人早点转正吧！"余校长一旁说："孙主任，你可别像邓校长，为了转正，不论是神是鬼，见到了就烧香磕头。"孙四海苦笑一声："余校长放心，我这是开玩笑。"

大家又说墓碑的事，一致认为是余校长看花了眼，再有另一种可能是遇上了磷火加上心里太紧张的缘故，引出幻觉。末了，余校长说，这种事山里常发生，不用大惊小怪。边说边走，走到邓育梅的家，门外喊了一声，他老婆出来应，才知道他还没有回来，邓育梅送学生的路最远，有个学生离学校足有二十里，来回一趟整四十里，三个人进屋去说了一会话，邓育梅在外面叫门。开门进屋，四人一凑情况，不由得吓了一跳，倒不是因余校长遇上怪事，而是邓育梅撞着一群狼了。说巧都巧到一块儿去了，邓育梅刚绕过一座山嘴，狼群就迎面冲过来，他吓得不知所措，站在路中间一动也不动，那狼也怪，像赶什么急事，一个接一个擦身而去，连闻也不闻他一下。

说到底，大家都笑。邓育梅的老婆揉着泪汪汪的眼睛说："真是应了老古话，穷光蛋也有个穷福分。"余校长添一句："穷人的命大八字小。"

星期天，张英才就起床往家里赶。从山上往山下走，几乎是一溜小跑。二十里山路走完，山下的人才开始吃早饭。路上碰见了蓝飞，他也是星期天回家看看。两人只是见面熟，走到岔路上自然就分手了。一进家门他就问："妈，父呢？"母亲说："你父一早就到镇上拉粪去了。"他正想问她知不知道父亲寄过一封挂号信没有，一扫眼发现灶头上搁着一封写给他的信，也是挂号。拆开一看，只有一句话：时时刻刻等你来敲门。他先是一怔，很快就明白了意思，心里高兴地说，没有料到姚燕还这么浪漫有诗意。

母亲给他做了一碗腊肉面，正吃着，舅舅从外面走进来，见面就说："听说你回了，就连忙赶来，有个通知，正愁送不及时，你就赶紧带回学校去。"张英才说："刚到家，就要返回？"舅舅说："这是大事，贯彻义务教育法的精神，下下个星期要到你们那儿搞扫盲工作验收，一天也不能捱了。"张英才知道舅舅一定又在蓝二婶那儿，听蓝飞说他回了，就跑过去抓他的公差。不过收到了姚燕的信，回家的主要目的就算达到了，早回校迟回校都是一个样。他便从舅舅手里接过了通知，回头扒完碗里的面条腊肉，提上母亲匆匆给他收拾的一些吃食就上路了。

上山路走得并不慢，歇气时，他忍不住拿出姚燕的信来读，信纸上有一种女孩特有的香味，他贴在鼻子上一闻就是好久，这样就耽误了，还在半腰上，就看见路旁独户人家开始吃午饭。他也不急，从包里抠出两只熟鸡蛋，剥了壳咽下去，依旧走走停停。走到邓育梅家的后山上，他弃了正路，从砍柴人走的小路插下去。

邓育梅家门口的粪凼里，有几个人正在忙碌着，将粪凼里的土粪一担担地往一块地里挑，地头上已堆起了一座黑油油的土粪堆。张英才认出其中两个人，是上次帮孙四海挖茯苓地排水沟那帮家长中的。邓育梅也挽着裤腿在一旁走动，脚背以上却一点黑土也没粘。

见张英才来，邓育梅不好意思地说："马上要秋播了，我怕到时忙不过来，昨天和家长们随便说起，没想到他们就自动来了。其实，这土粪再沤一阵更肥些。"张英才说："现在你和余校长、孙四海摆平了。"邓育梅说："其实，那天我那话没说清楚。"张英才抢白道："那天你是想说民办教师本来就是教私塾的先生，是不是？"邓育梅说："你可不要对我有什么看法！"张英才说："你不是怕我，你是怕我舅舅。你洗洗手！"邓育梅眉毛一扬："是不是有转正的名额下来了？"张英才说："可不能先透露，等大家当面了再说不迟。"

邓育梅走在前面，乐得屁颠颠的，这个样子让张英才觉得很好笑。余校长不在家，领着志儿他们上菜地浇水去了，只有孙四海坐在门口吹笛子，曲子是黄梅戏"夫妻双双把家还"，又是将快乐吹成了忧伤。邓育梅冲着他喊："孙主任，到张老师屋里来开会。"孙四海放下笛子："星期天开什么会？这地方，抓得再紧也不能提前达到小康水平。"邓育梅说："来吧来吧，这回亏不了你。"在等余校长期间，张英才将熟鸡蛋分给他俩一人一个，他自己也吃一个。边吃边说："我有个俗语对联，看你们能不能对上：时时刻刻等你来敲门。"邓育梅和孙四海想了一阵，认为这没有什么，再想想就能对出来。这时余校长来了，手也没洗满是泥土。邓育梅说开会。张英才不急，要余校长帮忙对对联。余校长听了就说："这个上联很难对，主要是那个你字。"邓育梅忙插嘴："你能对的字太少了，只有我和他两个字。"余校长说："是原因之一，主要的还在之二，这个你字用在这里表示两人在互相盼望，下联只能用一个我字，就是这个我字来对也很勉强，所以，在这里是难有很好的下联的。"一席话说得大家都服了气，张英才心中有苦不便说出来，就岔开话说："我舅舅让捎个通知给你们，要你们按通知上的要求，尽快执行，做好准备工作。"

余校长接过通知看了看，就手递给将颈伸得老长的邓育梅，让他读读。邓育梅接过去，咳一下，清清嗓子响亮地读道："西河乡文教站文件，西文字第 31 号，《关于迎接全县扫盲工作检查验收的紧急通知》。"刚读完标题，邓育梅脸就变色了，最后几个字几乎能听出一些哭腔。余校长问："邓校长，你怎么啦？"邓育梅实在忍不住沮丧："我还当它是通知转正的文件，前几次的文件总是这个季节发下来。"邓育梅不愿再读。孙四海不用人叫，自己拿过去，自己读起来。读得余校长一脸的严肃。

孙四海一合上文件，余校长就说："满打满算才剩十天时间，没空讨论研究了，今天我就独裁一回，从星期一起，咱们四个人作这样的分工，张老师正式带三四年级的课，孙主任将一二和五六年级的课一担挑了，抽出邓校长和我突击搞扫盲工作。"张英才打断余校长的话："我不懂，十天时间怎么能扫除文盲呢？"余校长头一回用不客气的语气说："不懂的事多得很，以后可以慢慢学，现在没空解释，这事关系到学校的前途，一点也放松不得。"余校长还宣布了几条纪律：一切为了山里的教育事业，一切为了山里的孩子，一切为了学校的前途。张英才听不懂这叫什么纪律，他想说这倒像是誓词。余校长这一认真，显得像个领导者，让张英才生出几分畏惧，不敢乱插嘴。

余校长话不多，说完后就叫大家补充。邓育梅提出，要村里派个主要干部参加准备工作。孙四海说："来个人又不能帮忙做作业、改作业，不如乘机叫村里将拖欠的工资补给我们。"邓育梅连声叫好。余校长苦笑一下："也只好出此下策了。不过各位也得出点血，借此机会请支书和村长来学校吃餐饭。每人十块钱，怎么样？"邓育梅说："可以是可以，在谁家做呢？"余校长每人看了几眼，才犹豫地说："就在我家吧，明老师做不了饭，就另外请个会做饭的女人来帮帮。"孙四海低声说："我没意见，还可以让村干部感受一下学校里艰难的气氛。"至于请谁，商量半天唯有王小兰合适，她做的饭菜又省料又清爽。这一切都定下来后，天就黑了。

吃过饭后，张英才就趴在煤油灯下冥思苦想，如何写上一句话，才能在姚燕的那句话上来个锦上添花。他将那本小说集从头到尾翻了一遍，其中每一句有关爱情的话，都细细品过，竟没有一点现成的可供参考。枯坐到半夜，余校长又在窗外察看，见他没睡，就打个招呼走回去。他灵机一动，冒出一句话来：敲门太费时了，我要直接翻进你的窗户。写了这句话后，张英才很激动，也不怕外面的黑暗，跑去敲孙四海的门。刚敲一下，孙四海还没醒，他就觉得没意思，这样的话怎么和孙四海说呢，说了也不会有共同语言的。他悄悄地退回去，身后孙四海醒了，问："谁呀？"张英才学了一声猫叫："喵——"

村长、支书和会计是星期二来学校的，加上王小兰与学校本身的四个人，刚好一桌。王小兰的菜其实做得不怎么的，就是佐料放得重，他们都说这菜做得有口劲。吃饭之前，干部们先说了一个好消息：尽管村里经济困难，还是决定先将拖欠教师的工资支付五个月，同时还希望全体老师能在这次扫盲工作中，为村党支部和全村人民增光添彩。大家都为这话鼓掌，余校长的老婆明爱芬，也在里屋鼓了掌。然后吃饭喝酒。

酒至半酣就开始逗闹。会计死死拉着王小兰的手，非要王小兰和他干一杯。学校的人都为她讨保，说她真的不会喝酒。会计不答应，不喝酒他可以代她喝，喝一杯她必须亲他一下。也不等王小兰分辩，会计端起王小兰的酒杯，一口喝干，便将老脸往王小兰嘴上凑。孙四海的脸顿时涨得像一大块猪肝，余校长怕出事，用手连连扯孙四海的衣角，邓育梅见势不妙，起身解手去了。张英才本与此事无关，又有很硬的亲戚作后台，大家对他很客气。他见会计闹得有些过分，就挺枪出马杀到两人中间，一手分开王小兰，一手将酒瓶倒过来，斟满桌上的空酒杯，说："我代王大姐和你连干三杯。"也不管会计同意不同意，一口气将酒杯喝干了三次。会计是快六十岁的人了，一见张英才血气方刚的样子，就连忙甘拜下风。孙四海的脸色也开始平和了。张英才岂肯白喝三杯，拉扯之间会计叫起了头昏，说："我服了你，但酒是不敢喝的，我从桌子底下爬过去行啵？张英才答应了，会计真的趴到地上去。村长见了道："行行，就这样，意思到了就行。"张英才心里对村干部本是有意见的，自己来这儿教书都这长时间了，没有一个人来看看他，如此见村长在他面前打官腔，就来了气。他也不说话，绕到会计的背后，双手抵住会计的屁股直往桌子底下推。对面坐着的孙四海，将自己和凳子一起往后移了移，露出空当，让张英才将会计推到桌子这边来了。会计恼羞成怒，爬起来时手里攥着一个肉骨头，要砸张英才，支书连忙抱住他，口称："醉了！醉了！别再喝了，撤席吧。别让孩子们看见笑话我们！"

　　送走了村干部，张英才看见王小兰趁人不注意，溜进了孙四海的屋子。他装作走动的样子，轻轻到了窗外，听见里面女人的哭声嗡嗡的，像是电影镜头里两个人搂在一起时的那种哭声。这天夜里，孙四海的笛声响了很久，搞不清楚是什么时候歇下来的。

第二天早上，见到孙四海时，人明显消瘦了许多，眼圈挨着的地方都是凹凹。升完国旗，余校长吩咐，三四和五六年级，各抽十个成绩差的学生，交给他和邓育梅安排。按照成绩单倒着排，叶碧秋应该是前十名，这倒数前十名轮不上她。张英才不理解余校长搞扫盲工作，要抽成绩差的学生做何用处。问又得不到回答，因而多了个心眼，把叶碧秋派了去。

隔天，他问叶碧秋："余校长安排的事你都做了么？"这次他吸取上次的教训，说话时绕了弯。叶碧秋果然很坦白地回答："余校长安排我代替余小毛的一年级的作业，我很认真地做了，余校长还表扬了我。"张英才问："你认识余小毛？"叶碧秋说："认识。前年他和我一起报名上一年级，上了两天课就没有再来，今年报名余校长又动员他来了。只报个名就回去了。他家困难读不起书！"张英才说："我们班的同学，总共要代多少个报名不上学的学生做作业？"叶碧秋说："余校长说，一个同学负责两个人的。做完了，每个学生奖一支铅笔、两个作业本。"张英才说："明天放学时，你把给余小毛做的作业本拿给我，我替你改一改。"叶碧秋一点也没怀疑，点头答应了。

过了一天，叶碧秋果然将作业本带来交给他。他一看，完全和一二年级已经做过的作业一模一样。由于成绩差，哪怕是高年级学生了，做一年级的作业还是常出差错。张英才一点也不明白，这样做是什么目的。

转眼十天过去，舅舅带着检查团来了。检查团来时，余校长又要孙四海将五六年级的课，也交给张英才，理由是孙四海也要参加一部分接待工作。所以，张英才忙得团团直转，连和舅舅打招呼的工夫也没有。他只是觉得一二年级的学生，似乎比平时多出许多，却难得有空想其中的缘故。

检查团在学校待了一天，下午总结时，张英才给两个班的学生布置了同一个作文题《国旗升起的时候》，三四年级要求写五百字，五六年级要求写八百字，自己抽空去听了一下总结报告。报告是县教委的一个科长讲的，他认为，在办学条件如此恶劣的情况下，界岭小学能达到百分之九十六点几的入学率，真是一个奇迹！他还拍了拍放在桌子上的几大堆作业本。张英才听完报告才明白。这次检查只是查扫盲工作最迫切的问题：适龄儿童是否入学。张英才的舅舅只是检查团的一名普通成员，他发言说："老万我不怕大家说搞本位主义，如果界岭小学这次评不上先进，我就不当这个文教站长了。"余校长带头鼓起了掌，检查团的成员也都鼓了掌。

山上没地方住，检查团看着余校长指挥学生降下国旗后，就踏黑下山了。临走时，张英才对舅舅说："舅舅，我有情况要反映。"舅舅边走边说："你的情况我知道，等回家过年时，再好好聊一聊吧！"舅舅走出两百米远，张英才记起忘了将写给姚燕的信，交给舅舅带到山下邮局寄出去。他喊了两声，撒腿追上去。跑了百来米，看到舅舅在那儿拼命摆手，他停下脚步，怔怔地望着那一行人，在黑沉沉的山脉中隐去。

检查团走后，张英才越想越觉得不对头，平时各处弄虚作假的事他见得多，那些事与他无关，看见了也装作没看见。这回不同，不仅他是当事人，舅舅也是，而且学校里其他人明摆着是串通一气，怕他泄露玄机，事事处处都防范他，把他和舅舅都耍了，就像他耍叶碧秋一样。这一想就有气往上涌，他忍不住，拿起笔给舅舅和县教委负责人写了两封内容大致相同的信，详细地述说了界岭小学和界岭村，在这次检查中偷梁换柱、张冠李戴等等一些见不得阳光的丑恶伎俩。信写好后，他有空就站到学校旁边的路边上，等那个三天来一趟的邮递员。等了四天不见邮递员来，也不知是错过了，还是邮递员这次走的不是这条路线。他不愿再等下去。拦住一个要下山去的学生家长，将两封信托他带下山寄出去。不过姚燕的信他没交给他，他只会将它托付给像父亲和舅舅这样万分可靠的人。

这几天，学校里气氛很好，村干部来过几趟了，大家一道每间屋子细细察看，哪儿要修，哪儿要补。村长表态，发下来的奖金，村里一分钱不留，全部给学校作修理费，让老师和学生过一个温暖舒适的冬天。余校长将这话在各班上一宣布，学生们都朝着屋顶上的窟窿和墙壁上的裂缝欢呼起来。余校长还许诺，若是修理费能省下一点，就可以免去部分家庭困难的学生的学费。

大约过了十来天，下午，张英才没课，到溪边上洗头和晚上换下来的衣服，边洗边吹着口哨，也是吹那首《我们的生活充满阳光》，还一边想孙四海和邓育梅的笛子里，这一段总算有了些欢乐的调子飘出来。听到身后有人喊他，四处一打量，才看见舅舅站在很高的石岸上。他甩甩手上的泡沫，正待上去，舅舅已跳下来了。舅舅走过来，铁青着脸，不问三七二十一，劈头盖脸就是几个耳光，打得张英才险些滚进溪水中。

张英才捂着脸委屈地说："你凭什么一见面就打我？"舅舅说："打你还是轻的，你若是我的儿子，就一爪子掐死你！"张英才说："我又没有违法乱纪。"舅舅说："若是那样，倒不用我管。你为什么要写信告状？天下就你正派？天下就你眼睛看得清？我们都是伪君子？睁眼瞎？"张英才说："我也没写别的，就是说明了事实真相。"舅舅说："你以为我就不知道这儿实际入学率只有百分之六十几？你知道我在这儿教书时，费尽九牛二虎之力，入学率才达到多少么？臭小子，才百分之十六呀！我告诉你，别以为自己比他们能干，如果这儿实际入学率能达到百分之九十几，他们个个都能当全国模范教师。"舅舅要他洗完衣服后回屋里待着，学校里无论发生了什么事，都不要出来。

几巴掌打怕了，张英才老老实实待在自己屋里，天黑前，笛子声一直没响，直到余校长用异样的声音喊："奏国歌！"笛声才沉重地响起来。之后，孙四海开始拼命地劈柴，用斧头将柴连劈带砸，弄成粉碎，嘴里一声声咒骂着："狗日的！狗日的！"直到余校长叫他去商量一件事。

舅舅很晚才到张英才房中，灯光下脸色有些缓和了，叹口气说："你花两毛钱买一张票，弄掉了学校的先进和八百元奖金，余校长早就指望这笔钱用来修理校舍。其实，这儿的情况上面完全清楚，这儿抓入学率，比别处抓高考升学率还难，都同意界岭小学当先进，你捅了一下后就不行了，窗纸捅破了漏风！"张英才想辩几句，舅舅不让他说："我让余校长写了一个大山区适龄儿童入学难的情况汇报，作个补救，避免受到通报批评。我和他们谈了，让他们有空将每个学生入学时的艰难过程和你说说，你也要好好听听，多受点教育。"话音刚落，人就睡着了。

舅舅的鼾声很大，吵得张英才入梦迟了。早上醒来一看，床那头已没有了人。

早饭后，张英才拿着课本往教室那边走，半路上碰见孙四海，对他说："你休息吧，课我上！"张英才说："不是说好，这个星期的课由我上么？"孙四海不冷不热地说："让你休息还不好么！"张英才听了不高兴起来："休息就休息，累死人了，我还正想请假呢！"说着转身就走。第二天，几乎是在头天的同一个地方又碰见了孙四海，孙四海说："你不是请假了，怎么还往教室跑！"张英才说不出话来，心里却是真生气了。

从舅舅走后，他很明显地感到大家对他的反感。孙四海见他时，只要一开口，那话里总有几根不软不硬的刺。邓育梅干脆不与他对面。看见他来就躲到一边去了。余校长更气人，张英才向他汇报，说孙四海剥夺了他的教学权利，他竟然装聋，东扯西拉的，还煞有介事地解释，自己的耳朵一到秋冬季节就出问题。开头几天，张英才还以为只是孙四海发了牛脾气，闹几天别扭也就过去了，过了两个星期仍没让他上课。余校长和邓育梅也不出面干涉，他就想到这一定是他们合谋设下的计策，其目的是撵他走。

晚上，他看见一只手电筒灯光往余校长屋里走。到了门口亮处，张英才认出是邓育梅，随即，孙四海也去了。他猜一定是开黑会，不然为何单单落下他一人！越想越来气，他忍不住推门闯进会场。进屋就叫："学校开会，怎么就不让我一人参加？"孙四海答："你算老几？这是学校负责人会议。"张英才一下子愣住了，退不得，进不得。最后还是余校长表态："就让张老师参加旁听吧！"张英才就不客气地坐下来。听了一阵，搞清楚是在研究冬天即将来临，如何弄钱修理校舍等问题。

大家都闷坐着不说话，听得见旁边屋里，学生们为争被窝细声细语的争吵。闷到最后，孙四海憋不住说："只有一个办法。"大家精神一振，盼孙四海快点说，孙四海犹豫一番，终于说："只有将我那些茯苓提前挖了，卖了，变出钱来先借给学校，待学校有了收入时再还我。"余校长说："这不行，还不到挖茯苓的季节，这么多茯苓，你会亏好大一笔钱的。"孙四海说："总比往年跑了香强多了。"余校长说："既然这样，那我就代表全校师生愧领了。"一直低头不语的邓育梅抬起头小声嘟哝："要是评上了先进，不就少了这道难关！"说了之后，又一副后悔的样了了，恨不能收回说出口的话，赶紧重新低下头，余校长问："还有事没有，没有事就散会。"

张英才说："我有件事，我要求上课。"余校长说："过几天再研究，这是小事，来得及。"张英才说："不行，人都在，你们今天就得给我回个话。"孙四海开口说："张英才，你别仗势欺人。什么时候研究是领导考虑的事，就是现在研究，你也得先出去，等研究好了，再将结果通知你。"

张英才无话，只好先行退出，他又没胆子候在门外的操场上，回到自己的屋里，用耳朵和眼睛同时注意着外面的动静。不一会儿，孙四海过来，隔着窗子对他说："我们研究过了，决定下一回再研究这事。"这话让张英才气得直擂床板，用牙齿将枕巾咬成团，塞在嘴里狠命嚼才没哭出来。

学校一如既往，不安排张英才的课。哪怕是请了学生家长来帮忙挖茯苓，孙四海不时要跑去张罗，也不让张英才替一下。茯苓挖到第二天，中午山上一片惊哗。张英才以为出事了，心里有些幸灾乐祸。没过多久，孙四海兴冲冲地从山上下来，手里捧着一个灰不溜秋的东西，嘴里叫着："稀奇，真稀奇，茯苓长成人形了。"张英才忍不住也凑拢去看，果然，一只大茯苓，长得有头有脑，有手有脚，极像一个小娃娃。余校长从孙四海手里接过茯苓人。细看一遍后，遗憾地说："可惜挖早了点，还没有长成大人，要是长得分清男女，就值大价钱了，说不定还能成为国宝。"

孙四海愣怔之后，手一用力，将茯苓人的头手脚一一掰下来，一下一下地扔到张英才的脚下。张英才见孙四海的眼里冒着火，不敢吱声，扭头回屋，将自己反锁起来。

他想，老这么斗也不是事，回避一阵也许能使事情有所转化，他就向余校长交了一张请假条，余校长立即签了字，还说一个星期若不够，你还可以延期一两个星期都行。张英才拎上一只包，装上牙刷毛巾和给姚燕的信，外加那本小说集就下山了。

下山后，他没有回家，直接去了乡里，想见舅舅，舅妈拦在门口，告诉他舅舅到外地参观去了，一点也没有让他进屋的意思。他心里骂：难怪舅舅会偷偷和蓝二婶相好——这个母夜叉！嘴里依然道了谢。

出了文教站，看见回县城的末班客车停在公路边上。车上人不多，有不少空位，他摸摸口袋里的钱，打定主意，干脆上一趟县城，将信直接交给姚燕，他一上车，车就开了，走了三个小时，在县城边他叫了停车，姚燕家在城郊，父母是种菜的，问了半天路才找到。找到和没找到一样，她一家人全上黄州走亲戚去了，大门上着锁。他一下子就紧张起来，原以为晚上可以住在姚燕家，现在要掏住宿费了，便觉得囊中羞涩。他记得县城有家下等旅社，过去父亲来学校看他总住那儿，同学们尽拿此事笑话他，他和父亲说了几次，父亲不肯改，仍住那农友旅社。张英才找到农友旅社，交了两块钱，登记了一个床铺，也不去看看，拿了牌牌就出门瞎逛。几个月没来，县城就变了样，别的没有，主要是人们穿的裤子，从十几岁到三十几岁的人，不论男女统统穿一条绷得紧紧的牛仔裤，他想搞清这裤子的叫法，就走到一个成衣摊子上，远远地用手一指，要摊主拿条裤子来看看，摊主拿着取衣杆，碰一下说："是要牛仔细裤？"又碰了一下说："还是要萝卜裤？"他知道这种裤子叫萝卜裤，便说："算了，这式样不好。"转到天黑，找个小吃店买了碗面，三下两下吃完，就回到农友旅社，蒙头睡了。后半夜，农民赶早去占集贸市场上好位置，将他吵醒，他没表不知几点，跟着起来去车站搭车，到了候车室一看那钟才三点一刻，候车室里只有几个要饭的躺在那儿。

好不容易回到乡里，刚下车就碰上蓝飞。相互简单说了些情况，蓝飞就替他出主意，要他回去装作准备进行转正考试的样子，不信那几个民办教师不来巴结他。张英才对这个主意很满意，抵消了先前对蓝飞的不满。

张英才回家吃了顿中饭，又让母亲准备几样可以存放的菜，就赶着回校。

回到学校，他就将初高中的课本以及学习笔记，全部铺开，陈列在桌面上，窗户也用报纸糊死，不露一点缝隙。一连两天，除了大小便和必要的室外活动，譬如升降国旗等，其余时间决不出屋，即使要出屋也将门随手锁上。第三天早上，他去厕所回来，发觉窗纸被人抠了一个小洞。他什么也没说，找了一块纸，把那个小洞又补上。中午，他闩着门在屋里做饭，听见有人叫门，打开了，是叶碧秋。叶碧秋站在门外说："张老师，我有个问题搞不懂，你能教我么？"张英才说："什么问题？"叶碧秋说："最小的个位数是哪个数？"张英才一愣："谁让你回答这个问题的？"叶碧秋说："是邓校长和孙主任两个人一起来考我的，还说若不懂可以问张老师。"张英才心里明白是怎么回事，就说："你进屋来等着，我查查资料。"装模作样地将一本本书都露给叶碧秋看过，他才拍了一下头："记起来了，不用查，最小的个位数是1。"叶碧秋说："谢谢老师。"张英才故意说："如果没有特别重要的事，不要再来敲门，我要复习，准备考试。"叶碧秋走后，他忍不住一阵窃笑。下午放学后，他听到笛子的响声有些三心二意，就有意走出去，邓育梅立即放下笛子，冲他极不自然地笑一笑，他视而不见，嘴里喃喃地背着数学公式。

天一黑，他还要闩门，孙四海来了，对他说："明天我要下山一趟，配副眼镜，课就由你去上。"张英才说："我请了一星期假还未满呢！"孙四海说："我这是私人请你帮忙。"张英才说："如果是公对公，那可没门！"孙四海走到桌边，拿起那副近视眼镜："你这眼镜是几多度的？"张英才说："四百度。我告诉过你。"孙四海说："我记性差，忘了。"边说，眼睛狠狠地将每一本书盯了一下。

孙四海果然是下山去了，到伸手不见五指时才回来，背着一大摞书。张英才问李子，孙老师背回的是些什么书，李子告诉他全是中学的数理化课本。孙四海背书回来后，就没有在半夜吹过一回笛子，每次张英才夜里起来小便，都看到一个读书人的影子，映在窗纸上。

邓育梅也请假下山去了一趟，回来后神情忧郁，背后和余校长嘀咕："可能是这次转正的面很窄，名额很少，所以上面有意保密，一点口风不透。"邓育梅回来的当天，余校长就亲自来找张英才，询问他近来工作安心不安心。张英才矢口否认自己有过不安心。余校长就单刀直入，指着桌上的书本问他这是干什么。张英才用准备参加明年高考的理由来应付。见问不出什么，余校长走出去，对着守在一边的邓育梅仰天长叹。后来几次，张英才听到余校长恍惚地自语："邓育梅可以花钱买通人情后门，孙四海可以凭本事硬考硬上，张英才又有本事又有后门，我老余这把瘦骨头能靠点什么呢？"

张英才实在服了蓝飞这一招，几乎是一夜之间，他就成了这个学校的宝贝，被人或明或暗地宠着。他想，民办教师转正这一关，实在太厉害了。

往后的一个月中，邓育梅往山下跑了七八趟。每次都是失望而归，可见了张英才仍要做出笑脸，称又见到了万站长，万站长真是个好领导，等等。这天晚上，余校长蹑进了张英才的屋，寒暄一阵，就把目光转向凤凰琴："最近一段怎么没听见你弹琴，是不是弦断了？"张英才说："弦断了不要紧，主要是没工夫。"余校长从口袋里掏出一卷琴弦："我还有四根旧弦，不知合适不，你上上去试试看。"张英才也不推辞，伸手接过来，并说："只怕过不了两天又会弄断的。"余校长说："不会的，再也不会的，以前主要是明老师听不得这琴响，听了就犯病。现在我将门窗堵严实了。"支吾几句再转过话题："张老师，你听说这次转正，是不是对一些特别的人，譬如像——像我这样的人，有什么优惠政策？"张英才说："这次转正？没听说，一点消息也没听说。"余校长忧伤地转过脸："没听说就算了！你忙，我到孙主任那里去转转。"走了几步又回头："我考虑了很久，决定向上报你当教导处副主任。"张英才心里想笑，嘴上说："多谢余校长的栽培。"

余校长敲不开孙四海的门。孙四海声明过，这一段放学后，他谁也不见，连王小兰这一个月也没见来。余校长本也无事，隔着门说几句就打了回转。

　　正在这时，黑洞洞的操场上传来一个女人的哭声："余校长，余校长喂！你快救救伢儿他父、救救我的育梅吧！"邓育梅的女人跌跌撞撞地扑过来，一把抓住余校长。余校长有些急："你放开我，有话慢说，这黑的天，叫别人看见了如何说得清！"邓育梅的老婆仍不放手："我不管这些，育梅他让派出所的人抓去了，你要想法救他出来。"张英才这时从屋里钻出来："派出所的人怎么会抓他呢？"邓育梅的老婆答："还不是为了转正的事，别的人不是有学问就是有靠山，育梅他什么也没有，就想找路子走走后门，家里又没钱，送不成礼。没办法，育梅就到山上砍了几棵树，偷着卖了。没想到被查了出来——余校长，你可不能见死不救哇！"余校长一听急了："这不是丢学校的脸么！上次先进没评上，这次又来个副校长偷树，真是斯文扫地哟！"

　　见余校长又急又丧气，张英才就一旁劝："事已至此，还是得想个办法为妙。"余校长在操场上团团转，像只热锅上的蚂蚁。邓育梅的老婆坐在地上干嚎，声音又长又尖。张英才不耐烦地说："你哭得难听死了，像死了人一样，搞乱了别人的心怎么想主意呢！"经这一说，哭声低了很多。余校长这时叹了一口气说："只能这样了，就说是给学校砍的，学校要修理校舍，又拿不出钱，只好代学生忍辱负重，做此下策之事。"张英才说："行倒行，就怕孙四海不同意。"

余校长说："你去喊他来一下，我刚才去过，他不开门。你敲，他会开的。"张英才过去一叫，门就开了，说了经过，孙四海露出一脸鄙夷相："没本事就认命罢了，干吗一人做鬼，还拖着大家陪他去阴家呢？"余校长说："行还是不行，你表个态。"孙四海说："我没态可表，就当我不知道这事行了。"余校长说："这也算个话，你就把一切推给我得了。"邓育梅的老婆叫起来："姓孙的，别以为自己就那么清白，想坐在黄鹤楼上看帆船，是人总有栽跟头的时候！"孙四海将门掩到一半停下来，低声说："我同意，就算是学校决定的吧！"

余校长连夜独自下山，第二天下午才和邓育梅一道回来，邓育梅脸上有几道疤痕，开始还以为是让派出所的人打的，说过后才知道，是自己钻到床底下去躲时，被床底的杂物划伤的。邓育梅整个灰了心，一连几天，见人就说自己教一生的民办算了，再也不想转正，吃那天鹅肉了。

会计又送补助费来，还透露说，上次被抢一案有线索了。会计刚走，邓育梅的弟弟就被抓走，他一见到派出所的人就说："前几天你们来抓我哥哥时，我就以为是来抓我的。"他做木材生意亏了本，就横了心，专搞不义之财。这两件事一发生，邓育梅的背驼了许多，还向余校长递交了辞职申请。

只有孙四海无动于衷，继续在那里夜以继日地复习。星期六下午放学，照例是老师送学生回家。余校长见邓育梅情绪不好，怕出事就叫张英才跟着邓育梅。一路上很顺利，返回时，碰上了王小兰。王小兰慌慌张张地往学校里去找李子。张英才记得很清楚，站路队时，孙四海是牵着李子的手出发的，王小兰仍不放心，她心里感觉似乎要出事了，非要到学校看看。

到了学校，孙四海的窗口亮着，有人影一动不动地透出来，叫开门，王小兰气喘喘地问："李子呢？女儿呢？"孙四海说："她不是回家了？"王小兰说："你们是在哪儿分手的？"孙四海说："半路上，我想赶早回来复习，就没把她送到门口。"一听这话，王小兰哇哇地大哭起来，扭头就往门外跑。余校长也来了，大家意识到这个问题的严重性，立即分成两路：一路是孙四海和张英才，顺着路队走的路找，一路是余校长和邓育梅，沿近路往前找。孙四海跑得飞快，不一会儿就超过了王小兰，张英才跌了几跤，还是跟不上。幸亏孙四海要到沿途路边人家问问，才时断时续地跟住。跑到张英才头一回跟路队走时天黑的那道山岭上，月亮出来了，孙四海站在山梁上不动，等张英才跟上来后，就说："李子在那边树上，被一群狼围着。"张英才一看，那棵黑黢黢的木梓树上，果然有李子嘶哑的哭声，树下有十几对绿莹莹的狼眼睛。

孙四海吩咐张英才，看准路后，两人大叫着往那树下冲，千万不能停，然后迅速爬上树去，等余校长和邓育梅来。说着，孙四海大叫："李子——别怕——我来了！"张英才有些怕，不知叫什么好，嘴里哇哇地乱吼出一些声来，狼群吓得往后退了些，他们趁机爬上木梓树。孙四海一把将李子搂在怀里，李子没哭，他自己先哭起来，狼群又将木梓树围起来，但只过了半个小时，就被余校长带来的一大群人撵跑了。

回到学校，已是后半夜。孙四海不肯去睡，谁劝也没有用，一个人坐在旗杆下吹着笛子，一个个音符流得非常慢非常缓，沉沉地，苍凉得很，一如悼念谁或送别谁。张英才早上起来，看见操场上到处是焦黑的纸灰，他拣起一张没烧完的纸片一看，是中学课本。孙四海仍坐在旗杆下吹笛子，从笛孔里流出一点鲜艳的东西，滴在地上，变成一小块殷红。余校长坐在自己屋门口抽着烟，不远的山坡上，邓育梅双手掩面，躺在枯草丛中，都是一夜未眠。

晨风瑟瑟，初霜铺在山野上，褪得发白的国旗，被衬出一种别样风采。张英才对余校长他们说："我是今天第一次听懂了国歌。"他这话含有多层意思，其中一种，是对自己搞的这场恶作剧很悔恨。他不敢说明白了，只想找机会报答一下，作一种补救。晚上，他将自己上山后的所见所闻，如升国旗、降国旗、李子的作文、余校长家的十几个孩子，以及孙四海仅有的一次疏忽就能使学生遭到危险等，写成一篇文章叫《大山·小学·国旗》，又亲自下山送到邮局，寄给了省报。在门口正好和跑界岭这条线的邮递员走对了面，邮递员交给他一封信，又是姚燕的情意绵绵的话写了几页纸，他没读完就塞进口袋里。心里一点谈情说爱的兴趣也没有。

大约过了一个星期，文教站的会计领来一个陌生人，说是省教委下来搞落榜高中毕业生情况调查的，要和张英才好好谈谈，会计将这人扔下，自己回去了。那人自称姓王，张英才见他年纪较大，就喊他王科长。王科长和他谈得很少，却老爱往教室和学生中钻，还逐个同余校长、邓育梅和孙四海谈了话，张英才问起谈了些什么，他们都说只是拉拉家常。有一次王科长竟跑进明爱芬的房里，余校长发现得快，硬将他拉出来。第二天中午王科长不见人影，张英才以为他不辞而别，不料到天黑后又回来了，说是到下面垸里去看看风土人情，王科长最喜欢看学校升国旗、降国旗，每到这个时候，就拿着照相机按个不停，一点也不疼惜胶卷。

到了第三天下午，又逢星期六，王科长跟着孙四海的路队绕了一大圈，回来后才说了实话，王科长不是省教委的，而是省报的高级记者。收到张英才的稿件后，报社的人非常激动，就派他下来核实。大家开始改口叫他王记者。王记者说，他亲眼目睹了这一切，文章中所写每一点都是真实的。还说那篇文章一个星期以内就可以见报，要发头版头条，还要配编者按和照片。

刚好王记者走后的第七天，县教委、宣传部的人在张英才的舅舅的陪同下，亲自将报纸送上山来，声称张英才和界岭小学为全县教育事业争了光，在省报这么显要的位置发这么大一篇文章是从未有过的。张英才接过报纸，发现文章不是发在头条位置，那个位置上是一篇关于大力发展养猪事业的文章。界岭小学的文章排在这篇文章后面，编者按和照片倒是都有。

照片印得非常好。余校长抓着旗绳的大骨节的手，横吹笛子的邓育梅和孙四海，打着赤脚、披着余校长的破褂子、站在满地霜花中的志儿，趴在几块土砖搭起的木板上做作业的李子，以及围在桌边吃饭的一群小学生，这些全都看得一清二楚。余校长看了照片直惋惜："要知道报纸上要登这些，说什么也得帮他们整理整理。"

县里来的人在山上待了两天，走之前问有什么要求没有。余校长、邓育梅、孙四海都说望能拨点钱，添置一些课桌课椅。最后问张英才，张英才呛呛地说："请领导发点善心，给几个转正指标，解决这些老民办教师的后顾之忧。"领导将这些话都记下才下山。

又过了十来天，邮递员给学校送来一只大麻袋，打开一看里面全是信。是从全省各地寄来的，除了表示慰问敬佩和要求介绍经验外，还有二十多封信是说要和界岭小学一道开展手拉手活动。张英才不知道什么叫手拉手活动，余校长就解释，这是团中央一个什么基金会搞的，富裕地区的学校帮助贫困地区的学校的活动。这么多的学校都愿意来帮助界岭小学，大家自然很高兴。当即决定分头写信，一人分了一大堆。

忽然，邓育梅叫道："这么多信，都写回信要几多邮票钱呀？"大家受到提醒，忙点了点数。一共是三百一十七封，需邮费六十三元四角整。四个人都傻了眼，待了半天，余校长说："先将重要的挑五封出来回信，其余的以后再说。"大家一挑，发现几封专门写给张英才的。

张英才一一拆开看，都是差不多的意思，称他有文才，将民办教师写活了，也有说他敢于为民请命，有良心和同情心的。只有一封信很特别，只有一句话：速借故请假来我处一趟。开始还以为是姚燕写的，再看落款，方知是舅舅。他不敢再撒谎，舅舅说有事又不能不去，便想了个主意，写了个请假条，只写"因事请假一天"六个字，趁天没亮，余校长还未起床之际，塞进余校长的门缝里。

日上三竿时，张英才到了舅舅家。舅妈正蹲在门口刷牙，一只又肥又大的屁股将门堵得死死的，见人来也不挪出道缝。张英才只好等她刷完牙，进门时，见地上的白泡沫中有些血样，心里就骂了句活该。舅舅正在屋里洗女人的内衣，满手的肥皂泡。见了他，用手一指厨房："没吃早饭吧，还有两个馒头。"张英才也不谦让，自己进了厨房，一只大碗盛着两只肉包子和两只馒头。他懂得舅舅话里的意思，肉包子肯定是留给舅妈的，就用手移开上面的肉包子，拿出碗里的馒头，一手一个，捏着站到舅舅身边，望着他吃。张英才咽了一口问："什么事，这急的！"舅舅望了一下房门小声说："等忙完了再说。"于是，他知道这事得瞒着舅妈。舅妈从房里整整齐齐地出来，用纸包上肉包子，拿着就出门去了。他问："她这是去哪？"舅舅说："上班去呗！"

接下来就入了正题。张英才的那篇文章受到上面的重视，除了拨给界岭小学一笔三千元的专款以外，还破例给了一个转正的名额。并点名将这名额给了张英才，这不仅是他的文章写得好，还因为只有他各方面的条件比较适合，其余四个相差太远了，既超龄，学历又不够。

舅舅说："你把这表填了，快点的话，下个月就可以批下来。"张英才简直不相信这是事实，看了舅舅半天才说："这没搞错吧？"舅舅将登记表摊在他面前："白纸黑字，还错得了！"张英才终于拿起笔，正要填写，又止住了："舅舅，这表我不能填，应该给余校长他们，事情都是他们做的，我只不过写了篇文章。"舅舅说："你别茗，舅妈为了她表弟转正的事，都和我闹了几次离婚。这次的机会一生不会有第二次。"张英才说："如果在一个月以前，我不会让的，现在我想还是让给他们一次机会，我比他们年轻二十多岁，就算像你一样十年遇到一次，也还有两次机会呢！"

舅舅听完他说了自己假装准备转正考试，弄得他们差点出了大事故的经过后，心也动了："其实，我也想将他们转正，只是没有这个权力。"张英才说："你可以找领导做做工作。"舅舅想了想，态度又坚决起来："不行，姐姐把你交给我，我要替你的一生负责。你想想，转正后得马上到县里去读两年师范，这时就快二十一岁了，然后干上三五年，积蓄点钱正好可以结婚成家。"张英才说："你这样做，我是不会同意的。"舅舅说："你这伢儿！早知这样，还不如当初让蓝飞去界岭，把这个机会给他！"张英才说："这可是你自己说的，这些话我可是没向舅妈漏一点风声哟！"舅舅气得往门外走："你倒要挟我起来了！好好，你的事我不管了，自己看着办去！"过了几分钟，舅舅又从门外转回来："外甥风格高，舅舅当然不能拉后腿。不过你得回去问你父母同意不同意，免得到时弄得我是猪八戒照镜子，里外不是人。"

张英才坐在舅舅的自行车的后架上，半个钟头不到，两个人就进了张英才的家门。舅舅先说，张英才补充。刚说完，父亲就说："伢儿，这一年复读的确没白读，你思想也提高了，做人就得这样，该让的就要舍得让！"母亲还没开口，眼泪先流出来："伢儿，这样做对是对，只是你自己不知要多吃多少苦。"舅舅叹口气："你们都这样想，倒是我先前不对了。"

张英才边给母亲擦眼泪边对舅舅说："我也是为你做牺牲。你想想，堂堂的万站长，不将转正名额给自己那能写一手好文章的外甥，反给一位条件不如他外甥的人，说出去不等于给你脸上添光么，说不定因此将你提拔到县里当个局长、主任什么的呢！"一屋人都笑了起来。

两人随后上山去界岭小学。一路上舅舅说了几次，到了学校后名额肯定不好分，只能搞无记名投票。他搞过几次这种投票，有一百人参加，就有一百人能得到票，参加投票的都是自己投自己的票。这次投票张英才的票千万不能投给别人，投给了谁，谁就是两票，就是多数。舅舅要他给自己也留一点机会，同时也可以检查一下别人的风格如何。

三千元拨款加一个转正名额，弄得界岭小学人人欣喜若狂。投票时，舅舅坐在张英才身边，看见那笔在纸上写下余校长的名字，他气得恨不能给外甥一个耳光。他以为这个名额非余校长莫属了，不料唱票结果，仍是一人一票。张英才马上明白，余校长投了他一票。舅舅也明白是怎么回事，情不自禁地说："看来我还没能力将每个人都看透。"按照规定，投票无效时，就进行公开评议。

大家坐在一起，半天无话。张英才忍不住先说："我看这次的名额，大家就让给余校长吧！"过了好久仍没响应，他又说："不谈别的理由，余校长是学校元老，吃的苦最多。"又过了好久，孙四海低声说："给余校长我没意见。"邓育梅只好也表态："我也无话可说。"一直耷着眼皮的余校长，抬起头来，张英才以为他会说几句感激话来接受评议结果，听到的却是一句意想不到的话："万站长，我有几句话，想单独和你谈一谈。"

听到这话，邓育梅、孙四海和张英才起身往外走。舅舅忙说："你们人多，还是我和老余到外面去说话。"余校长也说："我们到外面去说话方便一些。"他俩起身出去，站在操场边上，面对面说了一会，余校长像是流了些眼泪，张英才的舅舅嘴唇动也没动，只是在最后时候点了点头。

舅舅招手叫张英才他们出来。大家站成了一圈。舅舅声音沉沉地说："余校长有件事想和大家商量一下。老余，你说吧。你说了，我再说。"余校长不安地扫了大家一眼："刚才大家投票时忘了一个人，就是明爱芬、我老婆，她也是我校的一名老师。那年腊月她生下志儿的第三天，就到县里去参加民办教师转正考试，没想到河上的桥板被人偷走了，为了赶车，她蹚了冷水河，还没进考场人就病倒了。抬回来后，下身就废了。拖了这多年，她心还不死，夜里做梦都念着转正。我想，就是还没转正这口气憋在心里没散，所以她每回到了死亡线上又返回来。我想，若是真给她转了正，说不定过不了几天，她就会死的。现在这个样子，她难受，我也难受，连带着国家、集体和大家都不好办。我想和大家商量一下，让她将这几步路走快点，走舒服点，让她这一生多少有点高兴的事。大家刚才的好意我心领了，转正的名额我不要，能不能把它给——给——明爱芬呢？"说完，他低下头，不敢看大家的神色。张英才的舅舅把每个人都看了一遍才说："明爱芬本来是不够条件的，给她挂个民办教师的衔，主要是因为照顾余校长的生活。所以，虽然只有四个人上课，站里仍给你们学校五个人的补助金。但是，我不是没有一点人性的人，只要大家同意给明爱芬转正，并且保守秘密不向外说她是个废人，哪怕是犯错误，我也要帮老余这一回。"孙四海什么也没说，缓缓地将手举起来，邓育梅也跟着举起了手，张英才见了，将自己的两只手都举起来。舅舅说："老余，你抬头看看表决结果。"余校长抬不起头，泪水哗哗直往外流，喃喃地说："我知道，天下尽是好人。"太阳挂在正当顶，地上的影子很清晰。

　　大家跟着余校长进了明爱芬的房。张英才第二次进这间屋，觉得气味比以前更难闻。上次是夜晚，加上慌张，没看清，这次不同，清楚地分辨出，明爱芬的模样，完全是一张白纸覆在一只骨架上。

　　余校长捧着表格，走到床前说："爱芬，你终于转正了。"明爱芬眼珠一动："你别骗我，你总是对我这么说。"余校长说："这次是真的，万站长刚刚主持开了会，大家都同意转你。"张英才的舅舅说："这次上面特别批给界岭小学一个名额。"邓育梅说："这还得感谢张老师那篇文章舆论造得好。"孙四海说："余校长，你快把表格给她填了吧！"

　　明爱芬接过表格，从头到尾细看一遍，脸上逐渐起了一层红晕。她忽然说："老余，快拿水我洗洗，这手哇，别弄脏表格。"张英才连忙到外面去端水，趁机猛吸几口新鲜空气。明爱芬用肥皂小心洗净了手，擦干，又朝余校长要过一支笔，颤颤悠悠地填上：明爱芬，女，已婚，汉族，共青团员，贫农，一九四九年元月二十二日生。那支笔忽然不动了。邓育梅说：

"明老师，快写呀，万站长今天要赶回去呢！"明爱芬没有一点动静。在背后扶着她的余校长眼眶一湿，哽咽地说："我知道你会这样走的，爱芬，你也是好人，这样走最好，大家都不为难，你也高兴。"

明爱芬死了。一屋的人悄无声息，只有余校长在和她轻轻话别。张英才忍了一会儿，终于叫出来："明老师，我去为你下半旗志哀！"张英才走在前面，孙四海跟在后面。邓育梅把在教室做作文的学生全部集合到操场上，说："余校长的爱人，明爱芬老师死了！"再无下文。张英才扯动旗绳。孙四海吹响笛子，依然是那首《我们的生活充满阳光》。国旗徐徐下落，志儿、李子、叶碧秋先哭，大家便都哭了。

余校长给明爱芬换上早就准备好的寿衣，点上长明灯，再赶到操场，见国旗真的降了下来，慌张地说："这半旗可不是随便降的，你们可别找错误犯。"他伸手去升旗，使劲一拉，旗绳断了。张英才说："这是天意。"余校长急了，对邓育梅说："这是政治问题，不能当儿戏。你快找个人到乡邮电所，借副爬电线杆的脚扒来。"张英才的舅舅这时说："老余，你去张罗明老师的后事吧，这些事你就别操心了。"停一停，又说："明老师这一走，名额的问题还得重新研究一下。"余校长说："万站长放心，这事我已考虑好了，保证不误你下山。"

张英才的舅舅在山上待了好几天，一直到明爱芬葬好了。文教站会计送安葬费时，带来了舅妈的口信，要舅舅马上回家有急事。舅舅对张英才说："屁事，一定是闻到风声了，想要我将这个转正名额给她表弟。"张英才说："你就硬气一回，看她能把你生吃了！"舅舅答："我是这样想的。"

葬礼来了千把人，把余校长都惊慌了手脚，都是界岭小学的新老学生和他们的家长亲属，操场上站了黑鸦鸦的一片。村长致悼词时说了这么一句："明爱芬同志是我的启蒙老师，她二十年教师生涯留下的业绩，将垂范千秋。"张英才见到村长说话时噙着泪花，就把上次喝酒时的不快扔在一边，倒了一杯水递过去让他润润嗓子。来的人都送了礼，有布料、大米，也有送鱼送肉、送豆腐鲜菜的。孙四海摆个桌子在那登记，大家都不去那儿，说这么多的人情，余校长若是还起礼来，哪还负担得起？孙四海坐在那儿没事干就去厨房帮忙，王小兰在那儿，她被请来负责筹办葬礼后的酒席。孙四海刚进去，还没和王小兰搭上话，邓育梅就来喊他，说余校长要他俩去商量一件事。

张英才和舅舅分别看到他们进了余校长的家，不一会儿就出来了，脸上很平静。他们没料到这是在开校务会，专门研究那仅有的一个转正名额问题。舅舅随后进去看看，见余校长正在那儿填表，就没有打扰，出来对张英才说："余校长转正后，这两年师范怎么个读法？三个孩子咋养呢？一二十个住在学校读书的学生又该怎么办呢？"张英才也没有答案，就说："车到山前必有路，谁能把后路看得一清二楚呢！"酒席在操场上摆了几十桌，桌子和碗筷都是从附近垸里借的，酒菜全是别人送礼送的。大家都说，就是上次老支书死，也没有明老师死得隆重热闹。

酒席散后，就到了黄昏。张英才送完最后一张桌子回来，见舅舅和余校长正在他家门口争论着什么，两人都很激动。张英才想拢去又有些不敢。站了一会，孙四海和邓育梅也来了。舅舅见了，就喊："你们都过来！"张英才走过去。舅舅递过一张表："你看余校长是怎么填的。"张英才一看，上面赫然写着张英才三个字。张英才结结巴巴起来："余校长，你怎么能把转正名额让给我呢？"舅舅说："我劝不转他，就看你的了！"余校长说："谁来也没有用，这是校务会决定的。"张英才不相信："真的么？"孙四海说："是真的，从上次李子出事后，我就一直在想，假如自己一走，李子一家怎么办，特别是李子怎么办。我的一切都在这儿。转不转正，其实是无所谓的。"邓育梅接着说："明老师这一死，我彻底想通了，不能把转正的事看得太重。人活着能做事就是千般好，别的都是空的。张老师，你不一样，年轻，有才气，没负担，正是该出去闯一闯的时候。"张英才仍说："我不信，这不是你们心里想的。"余校长正色道："张老师，你这样说太伤人心了。邓校长和孙主任的确是自愿放弃的。只有一点，大家希望你将来有出息了，要像万站长一样，不管到哪里，都莫忘记还有一个叫界岭的地方，那里孩子上学还很困难。"张英才听不下去，大叫一声："我不转正。"转身钻进自己屋里。

　　舅舅随后进来，不理他，打开凤凰琴拨了几个音。张英才说："你不要乱弹琴。"舅舅不管又拨了几下："你不是想知道，这琴的主人是谁么？就是我。"张英才一惊："那你干吗要送给明爱芬？"舅舅只顾说自己的："转正的事我不强迫你，我讲个故事，你再决定。十几年前，这个学校只有两个教师：我和明爱芬。那年，学校也是分到一个名额。论转正条件，明爱芬比我强一大截。我就想别的门路，迅速和你舅妈结了婚。你舅妈品行不好，已离了两次婚，但她却有一个军官叔叔做靠山。明爱芬当然明白这一点，她为了证明自己比我强，明知无望，又刚生孩子，仍硬撑着要去参加考试，想在考分上压倒我。结果就是前几天余校长所说的，将自己弄废了。我一转正就调到了文教站，走之前，我不敢见明爱芬，就想将凤凰琴作为礼物送给她，让她躺在床上时有个做伴的。写好字后，又怕自己的名字会刺激她，就用小刀把它刮掉。我将自己的东西全拿走了，就只留下凤凰琴，我想老余见了一定会拿回去的。没想到它一直搁在这里。"张英才听完了说："这叫有得必有失！"舅舅说："你真聪明，我就是要你明白这个道理。"张英才坐在桌子前不说话。舅舅说："我累了，先睡，你想好了就喊醒我。明天回去，还不知道你舅妈怎么跟我吵。"躺下后又补充："这次转正要两步棋一步走。明天就随我下山，一边到师范报到，一边办手续。别人都是九月份入的学，晚了赶不上考试，拿不到学分就麻烦了。"

一觉醒来，天已亮了，屋里不见张英才。舅舅开门一看，张英才独自靠在旗杆上出神。屋内他的行李都收拾好了。

天上纷纷扬扬地下起了雪。学校依然在升国旗，张英才要余校长让他亲手升一回国旗，他在笛声中一把一把地拉动绳子，忽然听到身后响起了凤凰琴声。他忍不住回头一看，见舅舅和余校长正在合作，弹奏着《国歌》。

张英才离开界岭小学时，大部分学生还未到校，这种天气余校长、邓育梅和孙四海都要到半路上去接学生，三人都为不能为他送行而感到不好意思。张英才将那副四百度的近视眼镜送给了孙四海。余校长将凤凰琴送给了张英才。然后，大家握手道别。各走各的路。张英才和舅舅下到半山腰时，遇见了邮递员。邮递员又给界岭小学送来了一麻袋信，还给了张英才一张汇票。看后，他对舅舅说："是报社寄来的稿费，一百九十三元。"舅舅说："真不少，比我一月工资还多。"他本想问问有没有姚燕寄给他的信，马上意识到问也是白问，又不能查，反正学校那些人会转给他的。舅舅忽然说："今后你要努力呀！那时，我总想，到了你们这一代人百事都好办了，没想到难办的事还有那么多。"正走着，身后有人喊。是叶碧秋的父亲，他要进城找活干。叶碧秋的父亲告诉他俩，余校长在举行葬礼那天，和那些孩子还没上学的家长都谈了话，大部分人的思想通了，表态说，过了年一定让孩子到学校里来。张英才和舅舅走累了，想歇歇，就让叶碧秋的父亲先走了。

雪越下越大，几阵风劲劲地吹过，天空就乱舞起来。转眼之间，地上没白的地方就白了，先前白了的地方变得浮肿起来。张英才望着雪景，不免说了句："瑞雪兆丰年。"舅舅说："别浪漫了，快走吧，不然就下不了山。"

秋风醉了

电视播完晚间新闻以后，王副馆长才回家。王副馆长进家门时，妻子仿兰已领着女儿睡着了。客厅里，只有老父亲趴在地板上，认真地补着一双旧胶鞋，屋里有一股胶水的香味。父亲见儿子回来，问他吃饭没有。听说儿子还没吃晚饭，父亲忙起身到厨房去弄。

　　王副馆长在客厅沙发上坐了一会，忽然闻到一股煤气味道，他连忙钻进厨房，一把将煤气罐拧死。父亲说："怎么关了？正准备点火呢！"王副馆长说："你不是点火，是打算放火。跟你说了一百遍，要先将火柴点着，再开煤气开关，你总是记反了。"父亲说："我见你媳妇也常常先开煤气，再划火柴。"停一下，又说："就怪她，怕女儿玩火，总将火柴藏得连我也找不着。"

王副馆长劈手夺过火柴，转身将门窗都打开，让风吹了一阵，再关牢后，这才将煤气灶点燃了。又随手将一只锅放上去，加了些水，说："煮点面条。"正要走，见父亲一双黑手从柜子里抽出来，他连忙说："我自己来，你歇着去吧！"一边皱着眉头从父亲手里接过两只鸡蛋，一边将父亲推出厨房。王副馆长将鸡蛋面做好了，盛到碗里，正要吃，父亲又返转来了，冲着王副馆长说："我听说，有件事对你不利。"王副馆长搁下筷子问："你能听说什么重要事情？"父亲说："下午，李会计的娘送鞋来时，亲口对我说的。我问到底是什么事，她说她也只偷了一耳朵，没听准什么，反正是李会计在家里说的。"王副馆长想了想说："你别瞎操心，到中间去搅和。我的事你想关心也关心不了。"父亲说："我只是提醒你一下。"说着就退回去。

吃完面条，顺带将手脸脚洗了一把，出厨房时，见父亲仍在客厅里补胶鞋，他说："一双破胶鞋，你想补出一朵花来？"父亲说："这天怕是要下雨了，人家到时要穿呢。"王副馆长懒得再理睬，开了房门，就往床上钻。仿兰仍没醒。王副馆长在床上坐了一阵，还是忍不住用手去摸妻子。摸了一阵，仿兰终于醒了，蒙眬地问："什么时候回的？快睡吧！"王副馆长说："有件喜事要告诉你。"仿兰振作了些。王副馆长继续说："组织部约我明天下午去谈话，我想，可能是要我当正馆长。"仿兰说："这也叫喜事？代馆长都代了快三年，人都累脱了几层皮。现在，你就是坐着不动，百事不做，也该送你一个馆长当一当。"王副馆长说："话是这么说，可人家如果成心不让你升这半级，你也没办法。"仿兰说："所以你就把这个响屁，当成了喜事。"王副馆长说："你以为我当上国家主席才是喜事？这好比月月发工资，明知这笔钱是你该得的，可一到领工资的时候，人人都挺高兴，都把会计当成了菩萨。"

仿兰打了一个呵欠。女儿忽然叫了一声："我要屙尿！"仿兰连忙跳下床，抱起女儿要去卫生间。一开房门，见公公正蹲在客厅地板上，忙又缩回来，仿兰只穿着乳罩和三角短裤。她将女儿往丈夫身上一扔，回头钻进被窝里。王副馆长抱女儿去上卫生间。路过客厅时，朝父亲说了几句重话。待他从卫生间返回，父亲已上床睡去，破布、破胶皮撒了一地板。关了房门，仿兰说："他又是没洗手脸就去睡了？下回，他的被窝你帮忙洗。"王副馆长不作声。放好女儿，他又续上刚才的话题，说："领一个月的工资，就说明自己有一个月的价值。让我当正馆长，也就说明我有正馆长的价值。不让你当，就意味着他们不承认你有这个价值。"

仿兰猛地说一句："就像猪婆肉不是正经肉一样？"王副馆长说："差不多是这个道理。"仿兰又说："只有你把狗屎当金子。换了我，我倒要先考虑考虑这个馆长能不能当。要当也得提它三五个条件。"王副馆长说："你是站着说话不腰痛。算了，睡吧！明天上午这一道难关，还不知道该怎么过呢！"仿兰说："谁叫你充好汉，领导要安排亲戚子女到文化馆，你答应就是，这个单位又不是你私人的。我们图书馆只有十个编制，却进了二十一个人，工资奖金反而比你们发得多。领导子女来是好事，可以通过他们走后门找财政要钱嘛。"王副馆长说："文化馆是搞文艺的，不考考试就答应进谁，那怎么行？"

有一阵两人都没说话。王副馆长一翻身，胸脯贴到仿兰的背上，他正要将手伸出去，仿兰又开口说："你父和李会计的娘关系怎么这密切，是不是在谈朋友？"王副馆长一愣。仿兰继续说："这一段你父经常带着孩子到李家去串门，今天下午，他又将李家的破鞋，抱了一大堆回来补。"

王副馆长记起父亲刚才说的话，他当时还以为父亲补的是自己家的鞋。但他仍替父亲辩解："我父当了一生的补匠。这两年不让他上街摆摊，他就像丢了魂似的。能帮人补鞋，就证明他活着有价值。你也别乱猜。"仿兰说："又不是我的亲老子，我才不管呢！你只告诉他，别脏了我的屋子就行。"

王副馆长的兴致一下子全没了，他翻了一下身，将自己的背对着仿兰的背。仿兰说风灌进被窝里了，他也懒得理。

睡了一阵，王副馆长感到有人在推自己。睁眼一看，天已经亮了。

仿兰见他醒了，就不再推。说："快起床去看看，你父在外面哭呢！"

王副馆长一听，真的有哭声，就连忙起床，披着衣服冲出房门。果然是父亲老泪纵横地坐在小板凳上哭泣。

王副馆长说："你怎么啦？"

父亲抹了一把眼泪，不说话。王副馆长有些急；"父！你是伤是病，先开个口呀！"

父亲喘不过气来。王副馆长上去帮忙在背上捶了几下。平缓后，父亲说："昨天夜里，他们狠狠地打了我一顿！"

　　王副馆长一惊："谁？"同时心里马上判断，可能是李会计他们见父亲老和他娘在一起，就起了报复之心。

　　父亲说："你爷你奶，你太爷太奶！"

　　王副馆长悬着的心立刻放了下来。"他们早已作古了，怎么会打你呢？"

　　父亲说："他们托梦给我，在梦里打我！说我不仁不义不忠不孝，所以王家香火在我手上断了，王家上千年的血脉让我毁了！"父亲抬起手，指着脸让王副馆长看，"我这张老脸都打乌了，灯儿，我只生你一个儿子，你说什么也要还我一个孙子呀！"

　　房门一响，仿兰款款地走出来。王副馆长刚放下的心，又悬了起来。仿兰故意轻描淡写地说："父，你也不必伤心，只要他愿意，我们离婚，让他再去娶个会生儿子的姑娘就是。"

　　王副馆长忙说："仿兰，你少说几句行不行？"

　　仿兰说："这话让人听了该多舒服！"说着就进了卫生间。

　　王副馆长好说歹说，总算将父亲劝歇住，不再哭了。原先他打算早上和父亲说说，要他别给外人补鞋，别丢他的面子。父亲这一闹，他就不好开口了。

　　洗漱完毕，他到厨房去，想和仿兰说话，做点父亲爱吃的泡蛋。进去后，见仿兰已经做了，他就转身去给宣传部的冷部长打电话。

　　冷部长是县委常委，电话自然是公家安装的。王副馆长的电话安装得不明不白。文化馆准备将旧房拆了盖舞厅，几家建筑公司来抢这笔活。其中八建公司借口说为了便于联系，抢先给他家里安了一部电话。所以，他一拿起话筒，就感到当不当一把手，确实不大一样。

冷部长有个幺姑娘叫冷冰冰，暑期参加高考，考了二百九十分。冷部长想到文化馆的干部只要有专长有才华，文化水平不高不要紧，就想将冷冰冰安排到文化馆工作。于是，他托人将幺姑娘写的几篇日记和作文送给王副馆长"指教"。经人一暗示，王副馆长明白，冷部长是要他主动去找他要人才。

今天上午这场考试，本是单独为冷冰冰安排的，不知怎样，走漏了风声，说文化馆公开招聘文艺人才，搞得全县来报名的不下一百人，光县委、县政府两个大院的干部子女就有十几个。弄得王副馆长骑虎难下，只得假戏真做，请了几个评委，将一百多人筛得只剩下十个人，参加今天上午的最后面试。

王副馆长拨了一个号码，等了片刻，那边就有人声传过来，娇滴滴地问找谁。王副馆长就说："你是冰冰吧？我是文化馆小王，请你爸，冷部长接电话。"说完这话后，王副馆长等了好一阵，话筒里没有人声，只响过一阵公鸡的打鸣声。仿兰都催了几次要他吃饭，可他不敢放话筒。那边终于传来了冷部长的声音。王副馆长先说自己昨天晚上在他家等到九点多，见部长忙还没回来，就只好先告辞，等等，然后，又说今天的面试已经全部准备好了，以冰冰的才华，名列榜首是一点问题也没有的。

这时，外屋里仿兰大声喝斥谁，说："送什么礼呀送——

王馆长不是见东西眼开的人，都给我提回去，凭真本事考嘛，何必来小动作。"

王副馆长见声音好大，忙将话筒上的送话器捂住，一转念头，他又放开了，并对着话筒说："评委都是我亲自挑选的，政治上绝对可靠，不会自行其是。"他说"政治上"三个字时，语气特别重。

等了一会儿，冷部长在那边说："有件事现在说不知误不误你们的事，冰冰她病了，不能参加面试。"

王副馆长正要再说点什么，那边电话已经挂上了。他感到事情有些不妙，出了房门，冲着仿兰说："你刚才发什么神经病？"

仿兰说："其实没人送东西来，我想和你作个配合，让领导更相信你。"

王副馆长说："你是在画蛇添足。"

这一变化，让王副馆长食欲大减，只喝了两口粥就提着皮夹子上班去了。

3

文化馆办公楼与宿舍楼本是一个整体，只是将一半设计成宿舍，另一半作办公用。王副馆长从家里走到办公楼大门前只用了两分钟。

还没到上班时间，看门的郑老头还没来，他从皮夹子里找出一把钥匙，将大门开了。人进去后，又反手将门重新锁上。

一进办公室，他就坐在椅子上发闷。闷了一会，他记起下午要到组织部去谈话，就连忙找出笔记本写起来，他先将代理馆长这几年的工作作了一些回顾。

一写到自己的工作成绩，王副馆长就兴奋起来。他推开门，走到阳台上，细细打量这一幢五层楼的建筑物。文化馆大楼县里叫了十几年，馆长换了几任，都没建起来。轮到他代理馆长，只用了十四个月，大楼就树了起来。县长还多次在一些重要场合里说，要向文化馆学习，账上没有一分钱，却盖起了一栋价值八十万元的大楼。所谓文化馆，实际上就是指的他。

王副馆长朝下看时，见宣传部秘书科的小阎领着一个人，正在楼下观望。他就叫起来："小阎，上来坐一会吧！"

小阎和那人说了句什么，就领路朝楼梯间走去。不一会，就到了办公室门口。

坐下后，小阎相互作了介绍。王副馆长知道随小阎来的这人是小阎的老师，听说文化馆公开招考干部，特来看个热闹。小阎的老师姓马，王副馆长看了几眼，总觉得有些面熟。老马看出他眼里的意思，就主动说，前年县里搞"金色的秋天"摄影作品展览，他有一幅作品入选了。他来文化馆拿入选证时，有些不好意思，就说自己是代人来领的。王副馆长记起有这件事，他还记得这幅作品名叫《秋风醉了》，作者是一个副乡长，作品本来很差，但名字取得好，作者身份又特别，王副馆长就力举让这幅《秋风醉了》参展。王副馆长本想问问老马现在做什么事，但见小阎起身告辞，他自己也忙，便作罢了。临出门时，老马握着他的手说："日后还望多关照。"

王副馆长说："对来自基层作者的作品，我一向强调要特别关照。这一点请放心。"

老马没说什么，只是轻轻一笑，有点意味深长的样子。

和小阎握手时，王副馆长半天不松开，扯着问："冷部长对我们这次考试，不知有何意见或指示？和我说一说，马上我们的舞厅做起来了，老哥每天送你两张票。"

小阎也学老马轻轻一笑，说："冷部长对你工作中的锐气很欣赏，多次要部里的中层干部向你学习呢！"

王副馆长说："他这么看重我，那他的冰冰今天怎么不来参加考试？"

小阎说："这是冷部长的私事，我也不知道。"

王副馆长从小阎脸上看不出什么暗示，只好放他走了。

小阎刚走，李会计来了。问他今天的考试是不是按时举行。王副馆长怀疑他怎么这样问，是不是他已经知道冷冰冰不来参加考试，加上想起父亲昨晚说的那些话，心里忽然有了一股气，就说："有什么变化，我会通知你的。"

李会计停了停，正要走，王副馆长递来一支烟，随口问："听人议论，宣传口最近像有什么人事变动，你消息灵通，知道是怎么回事吗？"

李会计一边低头点烟一边说："不知道，一点也不知道。"

王副馆长就问他，让通知人建公司今晚来人谈判，拆房盖舞厅的事，通知了没有。李会计说已经通知了，今晚他们正副经理都来。隔了一会儿，王副馆长又问他申报高级会计师的事进展如何，听说有些阻力，他答应过几天帮忙跑一下，疏通疏通。李会计当即表示感谢。王副馆长盼从他嘴里能透露点别的什么，见他问一句答一句，半句也不愿多说，知道无益，就叫他走了。

门外陆续走过一些人，是馆里的干部来上班了。王副馆长一看表是八点半，离考试开始还有一个钟头。他便又开始准备下午的工作汇报。

成绩自然有一大堆，不然他不会连续被评为省地文化系统先进个人。王副馆长想光说成绩人家会说你骄傲狂妄，还应该说点缺点。他最大的缺点是不大听话，上面的指示，他总要添点什么或减点什么，不能做到百分之百和不折不扣。譬如说这次招考文艺人才，本来看准一个好苗子选进来就是，他却要别出心裁，组织一个评委会，搞初试和面试。宣传口的干部全归冷部长管，没有他点头，谁也提拔不起来。王副馆长觉得既然冷部长不计较这点，将他由副转正，自己不就冷冰冰的事检个讨，就太不近人情了。这种缺点的根本问题是个性太强，宁折不弯，遇事不讲究调和，态度强硬，方法简单。王副馆长又安排自己在说了这一通后，一定要说说老罗的事。

老罗是馆里的音乐干部，他本是在下面一个乡电影队当放映员，因和县委书记是同学，才调到文化馆。来馆不到一年就搞了三个女人，其中两个是姑娘。弄得那一阵，天天有人来找老罗算账，搞得全馆乌烟瘴气。宣传部、文化局都不敢处理。那时，前任馆长刚调走，王副馆长刚刚开始代理馆长，上面将这事交给他处理。他将心一横，给了老罗一个行政记大过、停发当年奖金的处分。奖金停了半年，县委办公室就有人来说情，但他不客气地顶了回去，结果他在馆内的威信一下子起来了。

正在盘算这小骂大帮忙的主意时，电话铃响了，隔着一道墙，清晰得很。跟着李会计在那边屋里喊："王馆长接电话！"

他过去拿起话筒，听出是县政府文卫科的史科长。史科长说上午来考试的人当中，有个叫肖乐乐的，他是行署文卫科肖科长的妹妹，一定要特别关照。王副馆长嘴上应承了，心里却骂道："二十几岁，卵子还没长圆，就想在老子面前玩领导的味，真是睡着后笑醒了。"

放下电话后，李会计问他这次收的报考费怎么处理。王副馆长问清有差不多五百元时，就说："再添一点，凑一千元，将银行那笔贷款的利息付了。"

李会计说："是不是作奖金发了算了。银行的钱，一千两千地还，他还嫌麻烦。"

王副馆长说："没办法，银行这笔钱没还清，住在这房子里就不舒服，你同大家解释一下，现在为我捧捧场，将来会有大家的好处的。"

回到办公室，见屋里有一个挺好看的女孩。他心里有几分好感，就主动问她找谁。女孩说她叫肖乐乐，找王馆长。王副馆长想起刚才电话里史科长的口气，一点好感立即消失了。他接过肖乐乐递过来的条子，看也不看就放在桌上，借口叫肖乐乐出去放松放松，以免考试时太紧张，将她打发走了。

肖乐乐走后，接二连三地来了不少人，都是递条子的。王副馆长数了数，九个人参加考试，递的条子却有十三张。条子上落款的都是县里的头面人物，史科长在里面只算是一个小爬虫。

王副馆长瞅着那堆条子，犯了难，那些写条子的人都是不好得罪的。而这次招考只录取一人，原定是要录取冷冰冰，那九个人只是陪着练练，再好他也不敢录取。

他想了一阵，想出个主意，就唤李会计过来商量。

李会计听说他准备让每个评委，给参加考试的人，统统都打九分，就摇头，说："这会让人看出问题来。不如规定从八点五到九点四，共十个分数。评第一个人时，第一个评委打八点五分，第二个评委打八点六分，第十个评委就打九点四分。评第二个人时，第一个评委打八点六分，第二个评委打八点七分，第十个评委打八点五分，这样依次排下去，去掉最高分和最低分后，每个人都是七十一点六分。"

王副馆长见李会计脱口说这许多数字，就说："你好像预先就知道许多事一样？"

李会计说："王馆长这样说，以后我就不敢为你当参谋了。"

王副馆长说："等我当了馆长时，一定举荐你当副馆长。"

李会计望着他不说话。

王副馆长说："我还想将评委秘密打分，改为公开亮分，免得有个别人不听话，私下下我的绊马索。"

李会计说："这个主意好，不看僧面看佛面，不看粥面看饭面，谁若是抬谁的分，看得清清楚楚，谅他们无论如何不敢得罪冷部长。"

王副馆长说："很对，如果今天九个人得分一样，我就可以一个不取，这个名额还是冷冰冰的。"

商量好后，李会计就去通知评委们来开碰头会。

王副馆长数准十个人都到了以后，就说："我先给个东西大家看看，然后请大家说说今天这个分数，怎么个打法。"

说着，他将桌上的十三张条子，递给评委们过目。

评委们看后，一个个脸上很严肃。

王副馆长说："这样明目张胆地以权谋私，将后门开得比前门还大，我是很看不惯的。我的意见是一个也不录取。"

评委中有几个人齐声附和。

忽然评委中有人问："怎么没见到冷冰冰的条子？"

王副馆长："她病了，不能参加今天的面试。"

大家齐声"啊"了一下，然后都说就按王馆长的意思办。

九点半时，评委们鱼贯进入考场。一坐定，王副馆长就宣布面试开始。

由于不收门票，来观看的人很多。

开始几个七十一点六分出现时，大家都发出各种惊叹。特别是第九个七十一点六分出现时，考场轰地一响，像是天上打了一个滚雷。

等王副馆长重新出现在台上时，考场猛地静下来。

王副馆长说："出现这样的结果，是出乎人意料之外的。不管怎样，我们将尊重评委的意见，慎重地进行研究。"

参加考试的人，都没料到会是这种结果，一个个不知说什么好。王副馆长说了几句安慰话，他们就随大家往外走。

一屋人中，只有两个人在笑。王副馆长认出，这两人一个是小阎，一个是小阎的老师老马。

等人都走完后，王副馆长立即给冷部长打了个电话。他在电话里说，本来想下午亲自来汇报，但是组织部约他下午去谈话，所以就先将结果报告一下。他这样说，本是想探探冷部长的口气。冷部长只说了一句："你的高招真多，我都防不胜防了。"说完就放下了电话。

王副馆长猜不透冷部长话里的意思。回家吃中午饭时，说给仿兰听，仿兰也判断不准。

4

下午，各机关都是一点半钟上班。王副馆长一点钟从家里出发，到组织部只用了十五分钟。

干部科的门敞着，有两个人在办公桌上下象棋。王副馆长冲着执黑的一方叫姚科长，又冲执红的一方叫张科长。二人都朝他点点头，说声你来了，又埋头厮杀去了。王副馆长见红方张科长走错一步棋，就想提醒他，终究是强忍住没有开口。黑方姚科长赶紧挥车叫将。张科长一看，将虽将不死，却要丢一只马。他懊悔不及，连连说自己不该太冲了。太冲了总要吃亏的。后一句是姚科长说的。

这时，墙上的石英钟响了一下。张科长忙一推棋子，说："上班时间到了，不能下了。"

姚科长说："这盘棋你是输定了。"

张科长说："那倒未必，古话说先死而后生。老王你说是不是。"

王副馆长说："其实姚科长的棋也潜伏着危机。"

一边议论，一边将棋收拾好了。

姚科长又叫张科长给王副馆长泡茶，说张科长是输家，输家就得受罚。

张科长却反叫姚科长给客人泡茶，理由是姚科长爱跳舞，若不待王副馆长客气点，等文化馆舞厅建起来后，不买票就不许进。

姚科长不以为然，说他就不信王副馆长会拦在门口。

张科长说，王副馆长自然不会拦在门口，但他会请两个素不相识的民工守门，看谁有力气硬往里闯。

说着话又进来了一个人，是宣传部小阎的老师。老马进门后，腼腆地冲王副馆长点点头，找了一个凳子坐下来。

姚科长和张科长扯了半天皮，到底谁也没去泡茶。

王副馆长趁他俩扯皮刚告一段落，赶忙插进来说话。他知道一会儿管县直机关的徐副部长就要来了，等他来了自己就不好主动谈自己今后工作的设想。趁他没来，自己就开始说，等他来了，正好可以听到一部分，而这些事闲聊时说，比正式汇报效果要好。譬如说建一个高档舞厅，闲聊时可以说星期六晚十点半以后，舞厅灯光改为烛光，舞曲一律是慢

三、慢四，而且还要设几处屏风，跳到最抒情时，可以转到屏风后面去。又譬如：建一个镭射电影厅，专放一些进口电影，因为镭射视盘是采用激光信息处理的，无法进行剪接，所以刺激性很强的镜头特多。等等这些，都不能在正式汇报时说，说了就要犯大忌。

王副馆长说：他打算年内将舞厅建起来，明年再投资搞镭射电影，后年搞一个健身房，这中间再看准机会办一个公司。

徐副部长果然在王副馆长说到最精彩处时走进来，除了老马起身上前和他握手，别人都没多大反应。

徐副部长一直津津有味地听，直到王副馆长将话说完，才开腔。他说："我们开始谈正事吧！"

姚科长赶忙起身给徐副部长倒水，却被张科长捷足先登了。

徐副部长接着说："文化馆的工作，这两年在王代馆长的领导下，取得了一些成绩。考虑到上面对精神文明建设的高度重视，县里就不能小看它。所以，冷部长和我们商量过后，决定调西山乡副乡长马金台同志到文化馆担任馆长兼党支部书记。"

王副馆长听到这话，脑子里轰地一响，眼前泛起一层黑点。

徐副部长下面讲的什么，他听不大清。只见一只手伸到他的面前，他下意识地握住，抬头一看，见是老马。

老马说："从前我是你的业余作者，现在转到文化战线上来，我仍是你的业余作者，因为我不算太内行，有些事还需要王馆长你多加指点。"

王副馆长定了定神，勉强开口说："一个锅里吃饭的人，好说，好说！"

徐副部长又说："你俩一正一副，分工是这样的：老马抓全盘，兼管人事。小王抓业务，兼管财经。不知你们有别的意见没有。"

老马说："没有。我服从安排。"

王副馆长说："我只管管业务就行，别的都归老马吧！"

姚科长忽然说："一个人事，一个财经，是最重要的两件事，让一个头头管不好，缺少一种平衡机制。"

王副馆长本是赌气，听姚科长一说，就不再坚持了。他知道不管人事和财经就没有威信。

徐副部长说："小王，我知道你心里有意见，哪个副职不想转正？老马比你大十多岁不是？你在年龄上有优势嘛！年轻人要经得住磨炼和考验。"

王副馆长不作声。

徐副部长又问老马："有什么困难没有？住房问题？家属问题？"

老马说："家属是半边户，田里的事离不开人，就算了。但我的两个孩子都在县里读高中，看看能不能搞几间宽敞些的房子？"

徐副部长说："文化馆做了新房子，腾一套出来没问题吧？"

王副馆长想了想说："只有腾李会计的房子了，他在西街上买了一套私房，按政策有了私房的就不能住公房。"

徐副部长拍了一下巴掌说："就这样定了。"

张科长说："具体的还是王馆长去落实。这是老马的事，老马不便出面。"

王副馆长说："我这个副职说话，不知他听不听？"

姚科长说："我知道，你把文化馆几个人盘得像猴子一样，大家都听你的。"

王副馆长说："你这样说可不好，老马来当一把手了，可别让他以为我在搞拉帮结派。"

老马忙说："我们都是革命的左派。"

大家都笑起来，王副馆长也笑了笑，样子有点吃力。

于是，徐副部长就站起来说："今天的谈话是不是就到此结束。我还约了别的同志来谈话。"

老马和王副馆长一先一后走出来。在走廊上走了一阵，又在楼梯上走了一阵，二人都没说话。

走到办公楼外的花坛边时，王副馆长正想随便找句什么话和老马说说，老马先开口了。

老马说："王馆长，你看我几时上班合适？"

王副馆长忽然生起反感，说："你是一把手，想几时上班都行。"

老马说："那就明天吧！"

王副馆长说："那我就回去通知，明天上午开个欢迎会。"

老马说："大家见见面也行。"

又走了几步，二人就分手了。老马住在招待所，与王副馆长走的不是一条路。

王副馆长在回馆的路上碰见了李会计。李会计从银行取款出来，站在路边喊他。

王副馆长和他走对面后，立即就埋怨道："你知道要调外人来当馆长，怎么不直接告诉我？"

李会计说："怕你感情上受不了。只好让我妈向你父递个信，暗示一下。"

王副馆长说："刚谈过话。老马要来馆里住，还相中了你那房子。徐部长指名让我督促你将房子腾给老马。"

李会计说："老马没来馆，怎么知道的？"

王副馆长说："上午宣传部的小阎领他来实地看过了，只是你我还蒙在鼓里。"

李会计立即骂起来："我日他老马的娘，第一斧头想砍我，别想！"

王副馆长提醒他："你的党员还在预备期呢！"

李会计说："预备期我也要日他娘！"

王副馆长说："骂归骂，房子还是得让给老马。另外，你通知一下，明天上午开全馆大会，欢迎老马到任。"

说完扭头就走。走了几步又回头说："顺顺气，当心将取的款丢了。"

李会计在身后直蹬脚，像是说宁肯不在文化馆干，也难咽下这口气。

5

在家门口，王副馆长正碰见老罗从屋里出来。见了他，老罗边阴阴地笑，边点点头，并不说话，就走了。

王副馆长很奇怪，老罗平日见了他像见了仇人，怎么今天倒亲自上门了呢？

进了屋，就见父亲的一副驼背正对着门口。

听见脚步声，父亲说："还有什么要补的吗，罗同志？"

王副馆长一扬嗓子说："你同志个屁！"

父亲吓了一跳，转过身来，见是自己的儿子，就说："伢儿，你怎么了，也骂起老子来了？"

王副馆长一愣，避开这个话题："我问你，姓罗的来干什么？"

父亲说："没什么，让我给他补双鞋！"

王副馆长再也忍不住了。叫起来："姓罗的是什么东西？你这不值钱，给他补鞋？"父亲说："我补了一生鞋，只认鞋不认人。"停一下又说："你说老子不值钱，老子就不值钱。老子一生只认破鞋，不认好鞋。没有那些破鞋，能有你光亮堂堂的今天？"

王副馆长说："我不是说你，我是说姓罗的今天是在损我，欺负我。他知道老马要来当馆长，我没法管他了，才敢让你给他补鞋的。"

他说着便跳到走廊上，大声说："姓罗的，把你的臭鞋提回去。"

老罗在走廊另一头站着回答："你说话怕是算不得数的。你父亲说过，补好后亲自给我送来。"

王副馆长说："你不拿那我就扔到垃圾桶里去。"

老罗说："扔不扔我不管，我只找你父亲要这双鞋！"

王副馆长正要说什么，父亲从身后门里钻出来，平静地说："罗同志，请稍等会儿，这鞋我马上就补好给你送去！"

老罗和王副馆长忽然说不出话来。

父亲佝偻着身子趴在地上，一下一下地将鞋补好。然后稳稳地走到走廊那头，轻轻地将鞋交给老罗。

老罗说："王师傅，我给你钱，要多少？"

父亲说："我有儿子养，要钱做什么？只要你日后记得有个王老头给你补过鞋就行。"

老罗的脸一点一点地红了。

王副馆长知道父亲要对自己说什么，他没有在客厅里坐，径直进了卧室，关上门后，开始拨电话机上的拨号盘。

这次他要的是八建公司的经理。经理姓石。

他先将馆里领导班子变动的情况和石经理说清楚了。

电话里的石经理急了："那你们拆旧房建舞厅的事有变化没有？"

王副馆长说："从明天起就不归我当家。我说不准。"

石经理说："好歹还有一个晚上，你支持我们一下吧，我老石不是那种过河拆桥的人，我是滴水之恩必报。"

王副馆长沉吟一阵，才说："那就按原计划，晚上见面谈。不过有句话说在前，我知道你们手上的活不多，所以，合同造价不能太高。起码要让明天上任的一把手找不到毁合同的把柄。"

石经理在电话里答应了。

放下电话，王副馆长正准备上幼儿园去接女儿，仿兰抱着女儿从门外走进来。

王副馆长问："怎回得这样早？哪儿不舒服吗？"

仿兰说："还不是为了你的事怄得肚子痛！"

王副馆长说："你都知道了？"

仿兰说："代了这几年馆长，起早摸黑地干，人瘦了几圈，到头来让别人坐享其成。"

王副馆长说："昨晚你不是劝我别干这差事吗？"

仿兰说："劝归劝，事到临头，就得争那口气。"

王副馆长听了心里怦然一动，禁不住脱口说道："这口气我非争回不可。"又说："这个家看看到底由谁当。"

晚饭仿兰弄了点酒，王副馆长一口气连干三杯。

一直没说话的父亲，忽然开口说："老罗送鞋来补时，说从乡下调了一个人来当馆长，这事可是真的？"

王副馆长说："单位的事你少问。"

父亲说："我这也是为了自己的儿子好。老罗说，新馆长已和他通了气，准备重用他。"

仿兰鼻子嗤了一声："这也不是什么绝招，每个新来的头头，总是要利用先前的反对派来站稳脚跟。"

这话让王副馆长动了心思。反对派他不怕，怕就怕有人向老马那边倒戈。幸亏让他管财经，老马管人事。馆内的干部子女，大的已经参加工作，小的还在上小学和初中，没有待业的，不会求老马找事做。而财经上讲究一支笔签字报账，谅大家不敢做得太过分，以免得罪了他。至于业务，老马是个外行，他根本不把他放在眼里。想到这里，他像已经获胜一样，又喝了三杯酒。仿兰并不劝他，第一回由他喝去，在往常，她是绝不允许丈夫超过三杯的。

晚上，和八建公司的谈判是在外贸宾馆的一间客房里进行的。客房分为里外两间，大部分时间是王副馆长和石经理在里面屋里单独谈，石经理带来的人和文化馆的李会计在外屋吃点心喝咖啡。

王副馆长要求八建公司，明天就派几个人去扒旧房子，人别多，进度慢不怕，房子拆完后，停一阵再开始挖屋基，也不要搞得太快，屋基挖好后，就完全停下来。前面几点，石经理没有意见，只是认为屋基挖好后如果不做好屋脚，日后再做时，会有大量的返工。王副馆长当即承诺五百块钱作为返工费。

谈妥这些，他俩就开门，唤各自的随从进来，在合同上正式签字。按照乙方文化馆的要求，合同签字日期提前了一个月。合同规定，舞厅造价为二十万零八千五百元。

合同一签订，石经理就让八建公司的会计拿出一个红纸包，说按建筑行业的规定，王副馆长可以拿总造价百分之五的信息服务费。红纸包包的是一万元现金。王副馆长坚辞不接，并表示他决不做违犯党纪国法的事。后经协商，决定由八建公司给李会计家安一套燃气热水器，王副馆长这边则定为，待他父亲百年之后，由八建公司承担全部丧事费用，并负责建造一座墓。至于多余的钱，暂时留在八建公司的账上，待适当时机，凭王副馆长的条子，请文化馆全体人员到北戴河旅游一次。

签完合同出来，天上下起了雨，趁石经理打电话叫车来送他俩时，王副馆长问李会计，明天上午的会，是否通知到每一个人了。李会计叫声哎哟，说事情太多，他将这事忘了。王副馆长知道李会计心里是怎么想的，也不说破，只说，那就来几个算几个。第二天早上，王副馆长准时七点半钟到馆里上班。还在一楼就听到头顶上有不少人在说话。上到二楼，见会议室的门已打开，老马和先到的几个在聊天。大家笑眯眯地认真听老马讲他当副乡长时的笑话。

王副馆长在门外站了一会儿，陆续又来了些人，连一向只来领工资的退居二线的老馆长也病快快地来了。王副馆长突然觉得李会计是不是在和自己玩瞒天过海的把戏。他昨天说忘了通知今天的会，但今天大家到得出奇的齐，还有会议室的门只有李会计有钥匙。李会计若倒戈，那他今后的处境就惨了。

正想着，李会计在楼梯上出现了。

王副馆长便说："你像个预备党员，好积极呀！"

李会计一愣后才说："门不是我开的。是老罗一大早上我家去拿的钥匙。我还没起床呢！老罗说是老马叫他去拿的，老马还叫他去通知全馆人员今天来开会。"

听了这话，王副馆长才放下心，说："老马启用老罗，简直对全馆其他同志是个侮辱。"

李会计说:"我看没有人与老罗为伍。"

王副馆长说:"我们今天就开始,不让老罗的尾巴翘起来。"

李会计点了头。

王副馆长走进会议室,一坐下就对老马说:"开始吧!"也不等老马示意,就提高嗓门说:"今天这个会没别的议程,专门欢迎老马来馆里当馆长,请大家鼓掌欢迎。"大家都鼓了掌。他继续说:"老马以前专和农民打交道,抓火葬、抓计划生育、抓积肥很有办法。现在他要和各位文化人打交道,初来时可能会力不从心,希望大家多支持。下面请老马发表就职演说!"

老马一开始就说他那张获奖的摄影作品。他说:"我与文化馆是有缘分的,那年借人家一部旧照相机,随手拍了一张《秋风醉了》,就被王馆长慧眼看中,给了我很高的荣誉。"说着,老马从公文包里拿出那张照片让大家看。

大家从手上传了一遍,都不说什么,只有老罗连声说好。传到王副馆长手上,他看到照片上,一位老农民正在旷野里伫望着,一阵秋风吹过来,将老农民头上的草帽吹下来,正好落在蹲在他脚边的一只小狗头上,小狗抬起前爪,活像一个人。

老马又说了一通客套话,然后是大家发言表态。先是老罗说,老罗说他感到新馆长到任后,各方面有耳目一新的味道,他本人争取在新馆长的领导下,创作出好的音乐作品,评上省政府颁发的"屈原文艺奖"。老罗刚说完,搞文学创作的老宋说，新馆长能让老罗获此殊荣，那也一定能让我拿回诺贝尔文学奖。大家都大笑起来。李会计最后说："老马看中了我那套房子，是看得起我，过两天我就腾出来。也算是以实际行动迎接新馆长吧。"

王副馆长及时插嘴："说不定什么时候，上面给我们调来一个副馆长或副书记，希望在县城内有私房的同志向李会计学习，届时积极给予配合。"

接下来老马将正副馆长的分工宣布了。然后就散会。

老罗正要走，李会计叫住他，问会议室的茶杯怎么少了四只。老罗摇头表示不知道。李会计说："不知道不行，你开的门，茶杯少了该你负责赔。"

老罗说："你以前就丢了，别想往我头上赖。"

李会计说："你才是赖呢！昨天上午考试，四十只茶杯还一只不少。"

老马出来打圆场说："几只杯子，丢了算了。"

王副馆长马上说："这可不行。馆里订了制度呢，除非你宣布以前的制度全部作废。"

老马愣了愣说："既然有制度就按制度办。"

李会计说："听见没有，老罗，四个茶杯共九块六角钱，在这个月的工资里面扣。拿钥匙时，我说过会议室里小东西多，丢了不好办。你说没问题，丢了你负责。你说话可得算话。"

老罗气急败坏地说："谁敢扣我的工资，我要闹得全馆的人都领不成工资。"

老罗边说边往外走，刚走到门口，猛地楼下传来一声巨响，跟着一股尘土冲天而起。大家赶忙用手捂住鼻子。

老马冒着灰尘走到走廊边，探头一看，见一群人正在推那幢先前曾作电视录像厅的平房周围的临时棚子。

见老马一脸的疑惑，王副馆长装出一副对不起的模样说："忘了和你通气，拆这房子是准备盖舞厅的。"

老马问："签合同了吗？"

王副馆长说："上个月签的。"

老马不作声。

李会计将会议室的一张旧办公桌腾出来，给老马用。办公桌有七成新，王副馆长嫌它旧了，别让人见了说他欺负老马是后来的，就要李会计去买张新的，反正会议室也要桌子用。老罗自告奋勇要去帮忙抬回来，老马推辞几下，也就随他去了。

不到一个小时，老马和老罗就抬回了一张新办公桌。就摆在王副馆长的对面。老罗拿着发票去找李会计报销。李会计见上面只有老马的签字，就不给报销，要他去找王副馆长签字。老罗回到馆办公室，将发票递给老马，并说你签的字没有效，非得王馆长签了字才行。老马瞅着发票怔怔地没反应，王副馆长伸手拿过发票，飞快地签上"同意报销"四个字，然后将发票丢在桌面上。老罗见老马不说话，只好拿上发票出去了。

老马忍了半天，终于忍不住开口说："我在乡里工作时，乡长和管财经的副乡长签字的发票都能报销。"

王副馆长说："你那是乡政府，是权力机关，这儿是文化馆，是事业单位。"又说："县里各机关都是这样。"

老马没话可说，就要了一份馆内全年工作计划去看。

下午，老马又找李会计，将与八建公司签的合同要去查看。王副馆长听李会计说后，也去了会议室。老马刚看完，正一个人在那儿抽烟。

王副馆长说："到处找你才找着。昨天上午考试的事，得好好研究一下，不得出个结果，可没法向考生们交代。"

老马说："你是怎么考虑的？"

王副馆长说："我是一点办法也没有，就看你这一把手的了。"

老马说："那就拖一拖吧，拖到最后，就不了了之。"

王副馆长仿佛才看到桌上的合同书，"哟，你在重新审查舞厅合同呀。正合适，查出问题还来得及处理。"

老马支吾说："我没这个意思，只是想看看未来的舞厅是个什么模样。"

王副馆长问："建价还合理吧？"

老马说："没办法比这更合理了。"

这天，王副馆长正在楼下和拆房子的工人聊天，李会计将他喊到一旁，告诉他老马买办公桌的那张发票有问题。办公桌都是一百五六十块钱一张，可老马的这张发票上写的是二百一十元。于是他就偷偷去查了一下，原来是老罗从中做了手脚，瞒着老马，偷偷给自己买了一对藤椅。

王副馆长想了想，让李会计别声张，先压一压再说，等到扣茶杯钱时，老马若闹就一起处理。但到发工资时，老罗拿着工资一声不吭地走开了。

老马这几天一直要李会计腾房子，他不便直接和李会计说，老是找王副馆长，要他催一催。王副馆长趁势和李会计说了这事，李会计答应后天搬。王副馆长却说，楼下拆得这样乱七八糟的，你不怕将彩电、冰箱和家具碰坏了吗。李会计立即心领神会，说等房基做好以后，马上就搬。

王副馆长将这话传给了老马。

老马当时没作声，过后他向冷部长作了汇报。冷部长就让小阎给王副馆长打电话，限李会计三天之内搬家，否则，每一天收十元钱的房租，或者老马住招待所的钱由李会计出。王副馆长认为这样做不妥，让小阎转告冷部长，说如果老马是普通干部，这样做倒没多大后遗症，但情况不是这样，他这个当二把手的，就不能不请领导慎重考虑。

说这些话时，李会计就在旁边，他几次伸手夺话筒，都被王副馆长挡回去了。

李会计气得脸发白。王副馆长放下电话对他说："官大一级压死人，你就让让步吧。"

李会计赌气不答应。

王副馆长说："我做个主，馆里给你报销全部搬家费用。"

李会计像受了很大委屈似的，勉强同意了。

到搬家时，李会计将屋里的灯泡、锁全部下走了，还用砖头在客厅正中砸了两个大洞。

老马搬来文化馆后，一连几个晚上屋里是黑的，不知线路上出了什么问题，崭新的灯泡没有一个发亮，最后只好将全部线路换了，才算解决问题。

老马的两个孩子也来文化馆住。老马在乡下总是吃现成饭，文化馆没有食堂，他只好自己烧火做饭。因为没做惯，他的孩子总说他做的菜，还比不上学校学生食堂做的。

那天，老马接王副馆长的父亲到他家帮忙补破鞋，二人聊起来后，老马说他真不该到文化馆里来。

自从老马来后，王副馆长上班总是迟到。这天，他一进办公室，老马就告诉他，人事局将冷冰冰分配到文化馆来了。王副馆长问是上面硬性分的，还是馆里自愿接收的。老马犹豫了一下，才说是他点头同意的。王副馆长说，你是有权同意。

老马也不客气，就和他商量，给冰冰安排个什么工作。王副馆长就说这些天了，你心里总有所考虑吧。老马就说他想将冰冰安排搞文学创作。王副馆长说他没意见，只是老宋的工作得重新安排。老马说，就是老宋的工作不好安排，他才犯难的。王副馆长说：经营部不正好缺个副主任吗。老马想了想也没有别的办法，便同意了。

冷冰冰来报到后，老马约老宋到办公室里谈了一次话。谈到半中间，老宋拍起桌子和老马吵了一架，还指鸡骂狗地将冷部长骂了一通，冷冰冰当即怄得哭着跑出文化馆大门。

第二天，一上班，老宋就递交了停薪留职的报告，他说他不愿做老马的长工，让他给老马赚钱，还不如自己去挣点现成的。

报告是给王副馆长的。老宋不愿见老马，他说他见了老马，就会变成杀人犯。

王副馆长将报告复印了一份，将原件交给了老马，自己揣着复印件去了一趟宣传部。

正好冷部长在秘书科坐着。他将复印件给了冷部长。冷部长扫了一眼后不高兴地说："怎么老马连这点小事也处理不好，这多年的副乡长是怎么当的。"

王副馆长说："文化馆的人，个个都难盘。"

冷部长觉得自己失言了，就不说话。

王副馆长像是无聊地找话说，他敲了敲办公桌，问小阎知不知道办公桌现在几多钱一张。小阎说多不超过一百六，少不低于一百五。王副馆长笑起来，说小阎衙门坐久了不知民情，老马前些时亲自去买了一张和这一模一样的办公桌，不多不少整花了二百一十元。

他说完后，并不去看冷部长，但他从小阎的眼里看出，冷部长脸色没有以前好。

7

冷冰冰上班的第一天，就将双腿的膝盖都摔破了。她早上起晚了，没吃早餐就来上班。在办公室坐了一会儿，她才起身上街去买油条。走到一楼楼梯口时，正遇上王副馆长，她和他打了个招呼。没提防脚下有一堆乱砖头，踩上去后，身子一歪，王副馆长伸手没扯住，冷冰冰人横着倒下去，左膝盖当即就出了血。她爬起来，一边哎哟直叫，一边往前瘸着走，一根废钢筋正好勾住她的大摆裙。这次王副馆长及时拉住了她，她只是双膝跪了一下，不过右膝盖仍出了血。高跟鞋跟也扭断了。

冷冰冰流着泪问王副馆长："这破房子要拆到哪年哪月才能拆完呀？"

王副馆长说："你问老马去，老马不弄点钱给建筑公司，他们当然干得不起劲呀！"

王副馆长将冷冰冰扶到家里，给她的膝盖上搽了红药水，又敷上消炎粉。

王副馆长的父亲见冷冰冰的鞋跟坏了，就要给她修一修。

王副馆长正想说什么，李会计在楼下喊他接电话，他就匆匆去了。

电话是县爱国卫生委员会打来的，说下个月五号，省爱国卫生检查团要来县里检查验收，文化馆拆房工地必须迅速清理好，县长发了话，否则，因此评不上文明城镇，是要处分人的。王副馆长答应，他一定将此事转告老马，尽快按上面的要求，将环境搞好，不丢县里的丑。

老马因要给两个孩子做饭、洗衣服，加上在乡里工作散漫惯了，上班从不守时。王副馆长等了一会儿，见老马还没来，就给他留了个条子。回头看看日历，见已是月底三十号了，就又在条子上加一句，说自己这几天带冷冰冰下乡走访业余作者去了。

王副馆长回家时，冷冰冰正在试鞋。

他问她想不想和下面的业余作者见见面，相互熟识一下。冷冰冰因自己一下子成了全县业余作者的头头，早就想下去转转，所以就一口答应，也不管双膝怎么痛，跑回家拿上行李，就去车站赶十点钟的班车。

冷冰冰走后，父亲告诉王副馆长，说冷冰冰告诉他，她多次在冷部长面前说，老马是个平庸的人、无能的人，文化馆的工作要想搞上去，必须依靠王副馆长。

听了这话，王副馆长忽然觉得，其实父亲帮人补鞋，得到最大好处的是他，父亲这样做既可以帮他联络与别人的感情，又可以从中得到一些有用的情报。

他给仿兰打了个电话，仿兰听说他和冷冰冰一起下乡，有点不高兴。王副馆长就开导她，说人家是县委常委的千金，我就是有贼心，也无贼胆呀。

王副馆长和冷冰冰走后，老马才到办公室，见了条子，他有些无所谓。在乡下，这类检查他见得多了，无非是到时拣个好去处领着检查团逛一逛，然后用好酒好菜款待一番，就没有不合格的。老马不知道，机关工作对此类事是极认真的。机关的人都是你上班我也上班，你下班我也下班，一起看报，一起聊天，你起草文件，我起草报告，都是一样的事，难分个高下。能分出高下的就是门上贴的"最清洁"、"清洁"、"争取清洁"等一类的纸条。

老马到拆房工地和工头打了声招呼，要他们将工程垃圾顺顺，别太招人眼。

过了两天，老马正在家洗衣服，李会计喊他去办公室有事。老马拖了一会，想将几件衣服洗完，还剩最后一条裤子时，老罗慌慌张张地跑来，说冷部长在办公室等了半天，见老马还不来，发了一顿脾气后走了，要老马立即到宣传部去见他。

老马慌了，一扔衣服，手上的肥皂泡也顾不上擦，关上门就往宣传部赶。

到了宣传部后，才知冷部长专门为清理文化馆工地上的垃圾而登门的，冷部长是爱国卫生委员会的主任。离五号只剩下两天时间了，可文化馆仍没有一点动静。文化馆地处县城最繁华路段，进县城的车辆和行人都要路过其门前，它的好与差，都是藏不住、躲不掉的。冷部长登门时就很恼火，没料到又坐了一番冷板凳，若是当时碰见了老马，他恨不能给他俩耳光。

弄清冷部长的意思以后，老马出了一身冷汗，他当场表示两天之内就是用手捧，也要建筑公司的人将垃圾处理完。

老马回馆后，一边打电话，一边怪李会计没有把话说清。李会计辩解，说冷部长来自然是有事，没事他来干什么，总不会是特意来看望老马的吧？

这时八建公司的电话通了，老马说他要找石经理。接电话的说石经理出差到武汉还没回来。老马就说那就找其他副经理。接电话的又说，只有一个副经理在家，但他不是分管文化馆工地的。老马还是要和这个副经理说话。副经理接了电话，问清意思后，为难地说，各工地都承包了，必须由分管的副经理才能解决。

老马说了半天仍没有说服对方。放下电话，他直接去工地找工头，要他们赶紧将工地清理一下。工头硬邦邦地说：他们施工从来就是这样，工程完了才搞清理。

老马急了，说："若不听我的，这工程就不让你们做了。"

工头一点不慌地说："那样更好，我们可以白拿一笔赔偿金。"

老马急得团团转，心火上来，牙床肿得像红萝卜，一整夜没合上眼。第二天起床，眼没睁开就出外奔波，结果仍是徒劳一天。

晚上，老马没办法，只好硬着头皮给冷部长打电话，说这事他干不成，撤了职也没办法。冷部长无奈，就答应明天到文化馆工地现场办公。

四号早上，老马去工地转悠时，碰见王副馆长风尘仆仆地回来了。

王副馆长问他怎么脸肿成这个样子，像是被鬼打了。老马说是上火牙痛。王副馆长没往下问，径直回家去了。

早饭后不久，冷部长来了，跟着八建公司的头头也都来了。石经理表态表得很好。但他刚说完，分管的副经理就说，这么多的垃圾，就是日死狗一样地干，一天也拉不完，就是两天也很勉强。

大家一算账，果然有道理。

冷部长一直没说话。

李会计这时说："听说王馆长回来了，叫他来，看看他能想出什么办法不？"

冷部长听了就点点头。

李会计转眼就将王副馆长叫来了。

王副馆长听了大家的述说后，后退几步到街中心站了一会，然后又爬到对面二楼的阳台上看了看，下来时，他说："有个主意不知行不行，这垃圾咱们一点也不搬，像大城市街上搞建筑一样，用塑料编织布围起来，让外面的人看不见里面的情况。"

大家听了都说好。

冷部长脸色也缓和了些，说："就这样试试，我明天早上来验收。"

冷部长说话果然算话，第二天一早就来了。老马和王副馆长，还有石经理都守在工地旁。

冷部长绕着塑料编织布看了两遍，果然围得滴水不漏，便满意地笑了，但他并没有表扬王副馆长。王副馆长原以为他会这么做的，心里已算好，如何回答。所以，他有点失望。

石经理走后，冷部长到文化馆办公室坐了一阵。他对老马说："小王代了几年馆长，为馆里竖起一栋大楼，你可别连一栋小楼也竖不起来哟！"

老马说："人过留名，雁过留声。我在文化馆干一阵，当然也想给大家留点什么作纪念。"

从这时起，老马开始特别关注舞厅工程。

老马一过问，房子拆得比以前快了，过了一个月，地基也挖好了。

可是，就在地基挖好后的第二天，八建公司将人员设备全部撤走了。理由是文化馆必须预付十万元。十万元到了账，他们才复工。

老马便开始四处筹钱。

财政局、银行、计委，他每家至少跑了十遍，才找到一点门路：行署文卫科肖科长有个妹妹叫肖乐乐，会唱歌跳舞，可是户口在农村，肖科长放风说：如果能将肖乐乐安排到文化馆工作，他可以帮忙在地区财政局搞到五万元财政拨款。

老马觉得此事是千载难逢，就召集王副馆长、李会计等开馆务会。

老马说："五万元，光利息就可以养活肖乐乐。何况这是财政拨款，是百分之百的划算。"

大家都表示没意见。

老马说："那就把肖乐乐作为上次考试的合格者，进行录取。"

大家仍没意见。

过了不久，肖乐乐就来馆里报到，被安排在音乐组，和老罗在一起。

又过了不久，肖科长打电话来，说五万元已经汇出。

李会计接电话后，就和王副馆长说了。

王副馆长说："我们建这栋楼吃那多的苦，还落下十万元的债。老马来，挑好房子白住，从不过问过去的债，一心只想建舞厅，为自己树碑立传，这太不公平了。"

李会计说："其实，只要和银行透透风，他们就会用这笔钱去冲旧账的。"

王副馆长想了想说："这样也行。反正我们也是为公，自己得不到半厘钱的好处。"

李会计说："确实如此。"

上午，李会计提前下班去了一趟银行。

下午上班时，李会计瞅空对王副馆长说：一切顺利。

老马等了半个月不见五万元到账，他就拉李会计亲自去银行查账，才知道这五万元被银行扣下，还了过去的贷款。

老马求爹爹告奶奶，说了一个星期好话，最后还是肖科长出面，银行才吐出一万元，不过是贷款，期限一年。

八建公司用这一万元，将舞厅的地基填起来后，又停了工。

8

这天，王副馆长正在家看电视，外面有人敲门。

外面很黑，刚开门一下子没看清，待那人进门后，才知道是老宋。

多时不见，只听说老宋发财了。王副馆长一见他那副油腻腻、红光光的脸面，就相信这话一点不假。

老宋见面就说："我想整一下老马这狗日的。"

王副馆长说："那口气还没消哇？"

老宋说："除非老马垮台。"

王副馆长说："老马垮不了。"

老宋说："我看未必。上回的考试，大家意见大得很，若是知道老马私自招收了冷冰冰和肖乐乐，他们不把文化馆闹个底朝天才怪。"

王副馆长说："你可别到处煽动人造反！"

老宋说："你怕什么？"

王副馆长说："你还想不想回文化馆？"

老宋说："老马一走我就回。"

王副馆长说："这事牵扯到冷部长，若是得罪了冷部长，可不得了。还有，冷部长知道我和老马不大合拍，说不定他还猜疑是我谋划的呢！"

老宋说："妈的？没料到还得放那老东西一马。"

又说了一会儿话，老宋从包里拿一条"阿诗玛"送给王副馆长。他不肯收。老宋说，这是他刚才打麻将赢的，没花本钱，不收白不收。王副馆长笑一笑后，不再推辞。

送老宋出门时，见外面开始下雨了，王副馆长就连忙叫仿兰收阳台上的衣服。

半晚里，王副馆长被雨惊醒。起床关窗户时，他发现雨下得很猛，很恐怖。

这场雨下了一个星期，县里主要领导都下去防洪。领导下去时都要带一名记者，电视台的摄像记者被一、二、三、四把手带去了。冷部长只好叫文化馆派个搞摄影的人，随他一道下去。

老马见此项任务重大，就自告奋勇地随冷部长下乡。

老马在乡下干的时间长，有经验，他想借此机会，在冷部长面前挽回一点影响。他鞍前马后随冷部长跑了五天，回来后，冷部长果然在几个不同的场合表扬了他。

这一阵县电视台都是关于抗洪救灾的新闻，由于没人扛着摄像机跟着冷部长，所以电视上一直没有冷部长的镜头，只有几条口播新闻里提到冷部长。

这时，地区群艺馆下发了一个通知，准备在全区搞一个"抗洪摄影作品大展"。老马灵机一动，便决定先搞一个全县关于抗洪救灾的摄影作品展览。

王副馆长自然没有不同意的。

经过半个月的筹备，共征集到一百多幅作品。老马也从自己的摄影作品中拿出十余幅，放入其中，然后由馆内几个搞摄影的人，从中挑出七十幅参加展览。

王副馆长也在其中。

他对老马的作品很有兴趣，他说老马拍的这一组作品在用光和造型上，都与《秋风醉了》有质的区别。老马的这组作品以冷部长在洪水到来之际的各种动作和表情为联系，构成一个有机整体。大家一致同意这十幅作品全部入选。

展览定于九月一日开幕。八月三十一日，先搞了次预展，主要请领导来审查。冷部长听老马汇报了展览内容，很是高兴。刚好地委宣传部熊部长下来检查慰问，冷部长就邀他一道来看预展。

熊部长和冷部长进展厅时，老马带头鼓掌，王副馆长和参展作品的作者也都鼓了掌。

冷部长扫了一眼那十幅关于他的作品后，就回头注视熊部长看这些作品的表情。

熊部长顺次序细细看，看到有特点的作品还评说几句。当看到老马的十幅作品时，熊部长忍不住皱起了眉头。尽管他很快就纠正了这一动作，但还是被冷部长和老马他们发现了。

老马回头再看自己的作品。不免大吃一惊，别的作品上，投入抗洪的干部群众一个个都是泥猴子一般模样，唯有自己摄下的冷部长，上着白衬衣，下穿丝袜和胶鞋，旁边还有一个人替他打伞遮雨。老马喃喃地说："我怎么没考虑到这一点呢？"边说，两腿边发起抖来。

冷部长送熊部长回宾馆后，又回到文化馆，展厅里只有老马一个人，他正在将自己的作品往下取。冷部长将手中的茶水瓶，一下子摔到老马的面前，并大吼一声说："老马，你真是一头教不转的蠢猪。你可误了我不浅啦。"

老马吓得一句话也说不出来。

冷部长走后，老马镇定精神，到暗室里泡了几个钟头，仍挑不出一张有关冷部长抗洪的比较像样的照片。

他在暗室里坐到天黑，听见孩子在到处喊，他才出来。

第二天正式展出，县委书记要来剪彩，冷部长不能不来。

剪完彩，进了展厅，冷部长看见昨天老马取下照片的地方，换了一幅二十寸的大照片，也是关于他的。

县委书记看了这幅照片，直说拍得好，拍出了冷部长的精神面貌。

这幅照片的作者是王副馆长。

只有他们俩自己清楚，这张照片是几年前拍的。当时冷部长还是个科长，有一天，他拖着板车去煤厂买煤，回来时遇上了雷阵雨，他将衣服脱下来遮住车上的煤，冒雨往家里拖，正赶上王副馆长拿着照相机在路旁屋檐下躲雨，就将他这狼狈样子拍了下来，照片洗出来后，还和他取乐了一阵。

冷部长过后托冷冰冰捎了一句话给王副馆长，说他的鬼点子真多。

王副馆长拍的这张照片被选送到地区参加展览，受到一致好评。并被改名为《宣传部长》发表在省报上。

九月底，冷冰冰悄悄告诉他，老马要被调走了。

果然，没隔几天，老马就被组织部找去谈话，让他去县农科所任党支部书记。

9

老马一走，上面又让王副馆长代理馆长。

他一个电话打到八建公司石经理的家里，要明天就让舞厅工程重新开工，并且在一个月内竣工。石经理叫了一阵难处，最后双方商定，大后天正式开工，十月中旬交付使用。

王副馆长又在馆里宣布，舞厅十一月一日正式开业。

他估计，每年一到十二月，县里就开始调整各级领导班子，所以，自己在这之前必须干出点实绩来，别把这次良机错过了。

王副馆长将一切都安排妥当后，就让李会计准备两千块钱现金，他要到省里去要钱。

李会计忙了两天，也只筹到五百元。

走的头一天中午下班之前，老宋忽然来了，找着王副馆长，要求重新上班。

王副馆长见他来，心中就有了主意。老宋说了以后，他就答应下来，但要老宋向馆里上缴一点管理费。老宋一点没犹豫，反问上缴多少。王副馆长说就两千吧。谁知老宋眉头也没皱一下，就从怀里掏出一叠百元票子，数了数后，抽出一半扔给王副馆长。弄得他一时后悔，想真该将数字说大一点。

后来，王副馆长想出一个补救措施，让老宋陪他一道上省里去要钱。

在宣传口，王副馆长会要钱是出了名的。他平时对上面的人舍得下本钱，所以急需钱时，总有人出来帮忙。

这回出去，又得到老宋的鼎力相助。老宋在外面跑了大半年生意，对省里的人现在想的什么非常熟悉，想尿尿的就送夜壶，想睡觉的就送枕头。再加上在党的机关工作的生意朋友帮忙，来来去去，只一个星期，就从文化厅和财政厅各要了五万元。

回来一说，冷部长还不大相信，半个月后，省里的钱到了账，大家才服了。

王副馆长从省里回来，发现父亲又抽起搁下多年的旱烟筒。

晚上和仿兰亲热一回后，仿兰告诉他，女儿近一段老喜欢喝他父亲泡的水，昨天她将女儿喝的水尝尝后发觉，那水里有一股旱烟味。王副馆长并不在意，解释说：旱烟气味本来就很重，加上父亲的手摸了碗沿，气味就更明显了。

仿兰又告诉他，他走后的第三天，老罗喝醉了酒，从老马屋里出来后，站在走廊上，指名道姓地骂王副馆长心太黑，杀人不用刀子，难怪他家要断子绝孙。他父亲听了这话后，气得拿上补鞋用的割胶刀，要去找老罗拼命。幸亏李会计在场，他力气大，才拖住。

王副馆长叹了一口气说："你也不给我家争口气，一胎生下个儿子。"

仿兰捶了他一下说："你有本事再弄个准生证，我一定给你生个儿子。"

王副馆长说："不说这无味的话了。不过老罗这杂种，有机会再犯在我手上，非要整得他跪着走路。"

第二天，王副馆长在家休息，睡懒觉睡到上午十点还未起床。躺在床上忽然听到外面有人说话，细细听，听出是李会计的娘，又送鞋来让父亲帮忙补。

二人拉了一会儿家常话，父亲便改了话题，问："你先前说，如果第一胎生下的孩子残废了，就可以生第二个？"

李会计的娘说："那还有假，我儿媳妇的同事头胎生个孩子是哑巴，计生办的就让她生了第二胎。两胎还都是儿子呢！"

父亲叹气说："人家怎么有那好的福分。"

又说了一阵，李会计的娘约好来拿鞋的时间就告辞走了。

王副馆长穿好衣服，从房里走出来时，父亲吃了一惊，问："你没上班？"

王副馆长说："出差累了，休息半天。"

刚刷完牙，李会计就来传话，说冷部长打电话来，不同意这么随随便便就让老宋回馆里上班，不然，单位就成了厕所，可以随便进，随便出。冷部长要馆里写出正式报告，老宋写出全面汇报，送给他看看后再说。

王副馆长和李会计商量一阵，觉得老宋的汇报可以叫老宋写，就说馆里要，别的都得瞒着老宋。

后来这事老宋还是知道了。他当着冷冰冰的面说："你爸爸是个伪君子。"

老宋心里对冷部长的怨恨越发深了。

老马走后，人还住在文化馆，新单位没有房子给他住，他也舍不得搬出这套三室一厅。

王副馆长抽空上老马屋里坐了一会儿。去时，老马正在喂罐头瓶里的一只金鱼。

王副馆长说："你这么喂，不出三天，鱼就会憋死。我有一只鱼缸，闲着没用，送给你好了。"

说完，就转身出门，不一刻，真的拿来一个鱼缸。

老马非常感谢。

王副馆长问他在新单位工作怎么样。老马说：那单位里头头本来就多了，他去后，只是每月主持开两次支部会。幸好学会了喂金鱼，他还准备栽几盆花。王副馆长说：难得他这么快就想开了。

老马将金鱼换地方时说："上次老罗赖着在我这儿喝酒，我又不好撵他。结果喝醉了，骂了你的人，搞得我真不好意思见你。老罗这人是很令人讨厌，我当初想依靠他开展工作，真是有眼无珠。"

王副馆长来老马屋里，本来是打算问问那次老罗借酒装疯的情况，同时暗示一下老马，让他少过问馆里的事。见老马主动说起，反觉自己过虑了。就说："当初，在一些事上，我与你配合不好，你走后，才觉得实在可惜。"

又问了老马两个孩子的学习情况，王副馆长便推说有事，得走了。临出门时，他许诺说过几天送两条名贵金鱼给老马。

第二天，他就给老马送来一只墨龙和一只狮子头。

到了十月半，舞厅进入了内部装修阶段。天气也渐渐凉了，王副馆长就让石经理拿出那笔钱，安排全馆的人到北戴河旅游。

老马也去了，是王副馆长请他去的，还让他在路上带队。

王副馆长自己没去，他一人在家照料舞厅的事。他让李会计每天打个电话回来，汇报路上的情况，特别是大家的情绪。

李会计打电话回来，总说大家情绪很高涨。

这天，仿兰冷不丁地问他一句："你听说过用烟油泡水喝，可以让好人变成哑巴的秘方吗？"

王副馆长说："小时候，好像听大人们这样说过。"

仿兰不再说话，等王副馆长上班去后，她并不送女儿上幼儿园，对王副馆长的父亲说她要去烫发，趁父亲不注意，她偷偷溜进父亲房里，躲在蚊帐后面。

过了一会儿，女儿叫渴，要喝水。

仿兰看见父亲倒了一杯水，然后用一根细铁丝，从旱烟杆里一点一点地掏出些烟油，放到茶杯里搅了搅，便端给女儿喝。

仿兰大叫一声，从蚊帐后面跑出来，夺过那杯水，一下子浇到父亲脸上。

事情也巧，王副馆长到办公室门前准备开门，才发现钥匙忘了拿，就转身往回走。在楼前碰到宣传部小阎和组织部姚科长和张科长站在路边说话，他就走拢去凑合了几句。大家都盼舞厅早点建成。王副馆长再次许诺，到时候他负责供应他们的票。

等回到家里，正好听到仿兰在骂："你这个老不死的，你想害我的女儿，我到法院去告你！"

王副馆长一步跳入屋内，问到底是怎么回事。仿兰将事情从头到尾说了一遍，她原以为丈夫会帮她一起惩罚父亲，谁知王副馆长走上来，照准她的左脸扇了一耳光，又朝右脸扇了一巴掌，并骂道："你这个不孝的女人！为了一件小事就将开水往父的脸上浇，将父的脸烫成这个样子，叫我如何出去见人，大家会指着我的背，骂我是只要老婆不要父亲的家伙。你以为喝点烟油水，就真能让人变成哑巴？你到医院去问一问！真的这么容易，那天下的哑巴不知有多少！"

仿兰被王副馆长两耳光打蒙了。好半天才清醒过来，抱起女儿就往外跑。

王副馆长知道她是回娘家去，也不阻拦，反说："想通了就自己回来，我没空去接。"

仿兰走后，屋里只剩下王副馆长和父亲。

王副馆长将红花油往父亲脸上抹了些，什么话也没说。刚抹了几下，父亲挣脱他的手，钻进蚊帐里，用被子包着头，一声声地低噷起来。王副馆长听见父亲在哭诉："巧儿，你怎么不带我一起走呢，让我留在阳间活受罪。"巧儿是母亲的乳名。

王副馆长一听到母亲的名字，眼泪就流出来了。母亲生下他不到两个月就死了。母亲死时，他还叼着她的奶头。之后，父亲打光棍将他带大。

家里这一番闹，外人并不知道。

这天李会计打电话回来，说旅游人员已到了武汉，明天就可以到家。

王副馆长接完电话后，就给仿兰单位打电话。仿兰接着电话，听见王副馆长要她回来，不然，全馆人员明天回了，将这事传出去，那就会将他所有的优点一扫帚扫掉了。仿兰在电话里只是嗯嗯，没说回，也没说不回。

天黑后，王副馆长见仿兰还没回来，就叹了口气，准备到仿兰娘家去接。走到半路上，碰见仿兰拉着孩子过来了。

晚上，王副馆长待女儿睡着后，就开始厚着脸皮撩仿兰，撩了一阵，他就得手了，夫妻俩顿时就和好如初。

仿兰回来后，父亲就搬出他已多年不用的补鞋箱，到街上去摆了一个摊。每天早上，仿兰母女俩没起床他就出了门，夜晚等她俩睡后才收摊回家，三餐饭都是王副馆长送到街上去吃。

外出旅游的人回来，见八建公司已将舞厅装修好了。

王副馆长召集大家开会，讲清离十一月一日舞厅开业的时间，只剩下一个星期了。他要求大家在这一段时间里、克服一切困难，不分昼夜加班，一定要将舞厅内的各种设施装潢搞好。大家都兴高采烈地答应了，连老罗也表了很好的态。

文化馆的人从没有这样齐心，刚好整五天，就将一切都布置妥当了。

那天下午，王副馆长将电闸一合，舞厅内顿时华灯齐放，音乐悠扬，大家忍不住跳了几支曲子。

冷冰冰回家吃晚饭时，朝冷部长描述了一通。冷部长搁下碗筷，要冷冰冰陪他到舞厅去看看。

冷冰冰连忙给王副馆长打了个电话。王副馆长得信后，又以冷部长的名义，请几个有关单位的头头来看看。同时，又让肖乐乐她们几个，好好打扮一下，晚上陪冷部长他们好好跳一回。

冷部长来后，对舞厅的一切都很满意，只是说舞厅还应取个名字。

王副馆长连忙检讨自己的疏忽。

冷冰冰趁机在一旁说："老马搞了快一年只搞了个屋基，王馆长却只用一个半月就搞起来了。你再让他这么'代'下去，我都对你有意见。"

冷部长弹了女儿一指，说："只要真是人才，总会有用他的时候。"

王副馆长忙说："那是。那是。"

冷部长他们玩到十点半才走。

他们一走，王副馆长就召集老宋、冷冰冰和李会计商量给舞厅取个什么名字。大家要王副馆长先说。王副馆长就说："老马那张摄影作品，不是叫《秋风醉了》吗？我把它动一个字，叫'醉秋风'如何？"

大家想了想，觉得似乎还不是最好。

往下，每个人都提出了十几个名字，都不满意，和这许多名字一一比较，"醉秋风"反越显得合适。

最后，大家一致同意，就叫"醉秋风歌舞厅"。

第二天上午，王副馆长就舞厅的名字向冷部长作了汇报。

冷部长听后，沉思一阵，突然说："不行！不行！这个名字听起来像是旧社会的妓院。"

王副馆长吓了一跳，他怎么也没料到冷部长会产生这样的联想，一时不知怎么回答。

冷部长站起来，在屋里走了几圈，说："我有主意了，依然是这三个字，只是将它来个本末倒置，叫'秋风醉'如何？"

王副馆长心里有苦说不出，嘴上却连连叫好。

十一月一日晚七点半，秋风醉歌舞厅正式开业。

没几天，地区报纸就刊载了一则消息：我区第一座现代化舞厅日前在某县文化馆正式开业。该项工程几经磨难后，在现任负责同志的艰苦努力下，只用四十天就完成了全部基建和装潢任务。

王副馆长尚未看到报纸，小阎就从宣传部打电话来质问，这则消息是谁写的？光你王馆长一人努力，就没有领导的支持吗？

王副馆长知道小阎口气这样硬是有来头的，他背后是冷部长。

舞厅开业一个星期，就纯收两千元。李会计告诉他这个消息后，又告诉他另外一个消息，上面已确定，小阎来文化馆当馆长。

10

小阎上任讲的第一句话是："我不像老马。老马年纪大，我年纪轻。处理事时，可能没有老马考虑得周到。"

这话明显是一种示威。

果然，这次分工时，王副馆长只分管业务，其余人事、财经，小阎都揽了过去。

小阎来之前，舞厅由老宋负责。老宋对付那不买票进舞厅的人，有几套办法，所以舞厅一直收入很高。

小阎来后，将老宋换了。他怕老宋有意见，就让老宋回文学组，说是让老宋发挥专长，加强文学创作的力量。老宋有苦说不出，只得忍了。小阎让肖乐乐负责舞厅。他每天至少要从肖乐乐那里拿走二十张舞票，拿到县委会和县政府院子里去做人情。

李会计经常到王副馆长面前诉说，说这个舞厅简直成了小阎的私人乐园。

王副馆长一点权没有，也就无计可施。

为了挽回自己的面子，他提了几个开展大型文艺活动的方案，小阎都同意，但又附上一条，说要做到以活动养活动，实行经费自理，馆里最多只负责活动结束时，加一次餐。他只好自己打退堂鼓，弄得小阎还在支部会上批评他，说他光说空话，只有计划，没有行动。

有一次，他发现冷冰冰刚写完的宣传牌上错了一个字而造成政治错误。他装作没看见，赶忙走开。可是，宣传牌挂出之前，小阎还是发现了问题，及时改了过来。

舞厅收入虽然没有老宋负责时高，但仍是够可以的了，全馆的人员只要没有旷工，每月都能拿到十几元的额外奖金。所以，小阎为人虽然霸道，大家也还觉得可以忍下去。

转眼到了五月。

这天，小阎将老宋叫到办公室，要他写一篇纪念"延座讲话"的文章。

老宋说他这一段老是头痛，连借条也写不了。

小阎在全馆人员中，唯独对老宋有点胆怯，有一次他对冷冰冰说，全馆人都无法把他怎么样，将来他要栽跟头，可能就栽在老宋手上。

老宋因手里有了大把的钱，回文学组后，他将往日写的小说、诗歌和散文清点了一下，然后就常往省里跑，每跑一次，就有一两篇作品发表出来。弄得老宋名气日益大起来，连冷部长都不敢轻视他。

小阎见老宋不肯写，就转而叫冷冰冰写。

冷冰冰花了五天时间，将文章写了出来。交给小阎看后，小阎说很好，很合他的意。然后就叫人抄到宣传栏上去。

这期间，老宋又去了一趟省城，兴致勃勃地回来时，猛地见宣传栏上的文章，不由得火冒三丈，捡起路边的废砖头，将宣传栏砸了一个大窟窿。

老宋行李也没放下，扭头就去休干所，找宣传部的元老董部长告状。

董部长一听说冷冰冰写文章，将全县过去的文艺创作，说成是在极"左"思潮影响下，出现"假大空"的虚伪繁荣，顿时火冒三丈。冷部长是董部长提拔起来的，所以他才格外生气。但他不好直接骂冷部长，毕竟一个在台上，一个在台下。他给冷部长拨了一个电话，说自己听说文化馆最近组织人写了一篇好文章，他想拜读一下，等等。

冷部长当然听得出弦外之音，亲自到文化馆将小阎臭骂一顿。

冷部长也是急了，不管旁边还有个王副馆长。

等冷部长走后，王副馆长装作随口说："看来世上真的没有常胜将军，谁都会有克星的！"

小阎听了默不作声。

自此以后，小阎谨慎多了，对老宋越发客气。老宋不买账，他跟王副馆长说，这只小牛犊下场肯定还比不上老马。

王副馆长的父亲在街上摆了半年鞋摊，人显得更苍老了。王副馆长托好多人劝父亲收了这鞋摊，他自己也求了许多遍，父亲就是不答应，说要我回去，只有一个条件，叫你媳妇给王家生个儿子。父亲吃饭仍是一日三餐送。有时候，王副馆长有事不能送，仿兰就请老马帮忙送。因为这，王副馆长和老马的关系特别亲密起来。

父亲帮人补鞋，人家给钱他就收，人家不给钱，他也不要。偶尔将人家的鞋弄坏了，他就买一双新的赔出去。

宣传栏事件过后不久，冷冰冰花了一百多块钱，给冷部长买了一双皮鞋，作为生日礼物。冷冰冰将皮鞋从商店里拿回来时，小阎见了直夸漂亮。

过了几天，小阁去宣传部，见冷部长脚上的新皮鞋破了一个洞。一问才知道，前天，冷部长下乡去，走到半路上，碰见一个小偷抢一位老头儿的钱包。冷部长让司机停下车，带着车上其他的人一起上去捉那小偷。小偷急了，拿出刀子来威胁。急切之中，找不到其他武器，冷部长就脱下皮鞋迎战。小偷到底被抓住了，但新皮鞋却被刀子戳了一个洞。

　　小阁在秘书科，干惯了跑腿的事。见此情景就习惯地叫冷部长将鞋换下来，他拿去找人补一补。

　　冷部长也是习惯了的，小阁一说，他就依从了。

　　小阁提着冷部长的皮鞋，到街上问了几个鞋摊，要价一个比一个高，他就找到王副馆长的父亲，要他帮忙好生补一补。

　　王副馆长的父亲听说这鞋值一百多元，就说："我还从没补过这么好的鞋，冷部长让我补，是瞧得起我。我就是将身上的皮割一块下来，也要将它补好。"

　　王副馆长的父亲不知道现在的皮鞋越好，皮子越薄，越不耐穿。他用钳子夹住洞边的皮，想看看洞里面破成什么程度，手上还没怎么用力，那皮子就哗的一下，被撕开一条两寸多长的口子。

　　他一下子傻眼了，生怕自己一生的名誉被这双鞋毁了，就拼命想办法补救。结果，鞋面上的洞，由小变大，由一个变成几个。

　　小阁过了一个小时来拿鞋时，一见鞋成了这个样子，就急得跳脚，大声说："都这个样子了，你还补什么，去买一双赔给别人算了。"

王副馆长的父亲手一哆嗦，鞋子掉了下来。

小阎又说："你补不了就该早点说一声，我好找别人去。到了这一步，看你怎么赔？你若不赔，我就将这破鞋挂在你的颈上，让你去游街！"

王副馆长的父亲将头埋在双膝中，不敢说半句。

这时，肖乐乐来传话，说冷部长打电话来，让他赶紧送鞋去，冷部长有事要出门。

小阎于是说："这样，这鞋我先垫上钱，买一双赔人家，回头你将钱还给我。"

小阎说完就走了。

这天，王副馆长到县铸造厂当该厂"红五月歌咏比赛"的评委主任去了，中午饭由老马帮忙送。

老马送饭时，见鞋摊上没人，等了一会仍没人，他没在意，将饭盒放在小板凳上，自己先回了。

傍晚，王副馆长回来时，见父亲的摊子是空的，一个叫花子正捧着父亲的饭盒大口吞咽，心下起了疑问。他赶走叫花子，将鞋摊收拾好担回家。再一打听，便知事情不妙，忙叫上几个人帮忙寻找。

他沿着护城河找了个来回，没有发现什么。

往回走到十字街，迎面碰上老宋。

老宋急忙忙地说："快！快去医院！你父亲在那儿卖皮呢！"

原来，王副馆长的父亲等小阎走后，就打定主意到医院里卖血。医生见他年纪大，没有答应。刚好，一个被火烧伤的人需要植皮。医院刚开始做这种手术，没人敢卖自己的皮肤给别人。王副馆长的父亲愿意卖，一化验，正合适。医生刚要下刀子时，老宋赶到了。

王副馆长一进医院，就听见父亲在手术室里叫："我自己的皮，我愿卖，谁也管不了！"

父亲一见儿子，叫得更厉害了，还伸手抢医生的手术刀和手术剪。

王副馆长说："父，再怎么难的事，还有儿子替你顶一阵呢！"

父亲说："你别管我。我什么用处也没有了，还不如一刀一刀地割死了好！"

王副馆长说："你真要这样，那我还有什么颜面出去见人？干脆先将我的脸皮割了！"

说着，他双膝一弯，人就跪在地上。

老宋说："王师傅，王馆长大小也是个领导，你这样不讲情面，不等于是拆他的台吗！"

闹了半天，医生也有些烦，开始撵王副馆长的父亲走。轰的轰，劝的劝，总算将他弄下手术台。

这边王副馆长早被人牵起来，大家一起到外面的休息厅坐下，听王副馆长的父亲诉说事情经过。

父亲痛心地说："我一生的名声，全叫这双鞋毁了。"

大家对他这话没兴趣，一齐大骂小阎。

老宋说："这次不把姓阎的整倒，我就四只脚走路。"

众人都义愤填膺地说了许多话。

王副馆长的父亲要王副馆长将鞋赔给小阎。老宋叫别赔。他不同意，说损坏东西要赔，这是天经地义的。老宋说，这回若赔了，那就是天不经地不义。

王副馆长的父亲一急，加上饿了两餐，头便昏起来。王副馆长赶紧让护士给他推了一瓶葡萄糖。

七拖八拖就到了晚上十点。看热闹的人都散了，只剩下王副馆长和他父亲。老宋推说有事，先走了。

等他俩回到家，仿兰已搂着女儿哭过几场了。她以为父亲是为了她而出走的，那样，她走到哪里，哪里就有人戳她的背脊骨。见父亲回来，她连忙起身热情招呼。

父亲只想睡觉，直往房里钻。

这时，老宋来了。

老宋先回家，写了一篇新闻稿，《鞋匠割肉卖皮，只缘官官相逼》。老宋将文章给王副馆长过目。

王副馆长见文章中点了冷部长的名，就不同意，要老宋删去冷部长，他说冷部长是被小阎利用了，他是无辜的。

老宋嘴上答应，却没有改，仍然原封未动地寄给了省报。

没多久，文章登出来了。不过不是登在省报上，而是登在省报办的内部参考资料上面。冷部长那一条线还是被删干净了，读文章觉得那鞋是小阎自己的，标题也被改成《老鞋匠失手本该赔偿，年轻人可恶逼他卖皮》。

又过了几天，县里派人到馆里，讨论如何给小阎处分。大家一致认为，给他一个撤销党内外一切职务的处分就够了。

半个月后，小阎的处分下来了，是双开除加双留用察看。

并调到老马当副乡长的那个地方去当一名中学教师。和别的犯案人一比，大家都认为处分太重了。老宋说这是舍帅保车。

小阎走时，王副馆长派李会计和肖乐乐将他一直送到学校。他俩回来时，说学校对小阎的安排还可以，教附小的思想品德课，课不多。

12

王副馆长又开始代理馆长了。

这次他汲取了前两次代馆长时的教训，有事多请示，多汇报。

其实，在讨论给小阎的处分时，他就开始想自己这次如何代馆长了。所以，小阎走后第三天，他就去找冷部长汇报自己的工作计划。

冷部长听说他要搞镭射电影，就泼了一瓢冷水，说电影是电影公司的事，文化馆不要把这池水搅浑了。还说：能将舞厅办好就很不错，别把风头出得太足了。

王副馆长当时没争辩，心里却说：烧三炷香，放俩屁，菩萨不说话，问你自己过不过意？我就是要代一回馆长，做一桩大事，搞得你非提我当正馆长不可。

他回文化馆后，让李会计去外贸宾馆订了一桌酒菜，将公安局、工商局等有关单位的关键人物请来吃了一顿。王副馆长在席间说了搞镭射电影的事。县里的人只听说过这码事，上省城时，见镭射电影都在一些高雅的地方放映，也没机会开眼界，便都答应大力扶持这件新生事物。

等冷部长察觉时，王副馆长已将营业执照拿到手了。就连买机器的钱也已筹到了一大半。

接下来王副馆长要到深圳去买机器，当然，主要是联系片源问题。

仿兰过去从不拉王副馆长的后腿，这一次她说什么也不放王副馆长出去。王副馆长的父亲自那次从医院回来后，就一蹶不振，躺在床上只能靠王副馆长每餐送碗粥度命，开始是小便失禁，这几天大便也失禁了。王副馆长一走，剩下媳妇怎么好料理公公呢！王副馆长先一想，觉得自己的确不能离开。后一想，镭射电影的事已是骑虎难下了，不一气呵成地办好更不行。他打定主意瞒着仿兰偷偷走，家里的事只好将她逼上梁山。

隔了一天的早上，他装着起来给父亲擦洗身子，将阳台上没干的衣服卷成一团塞进提包里，开开门悄悄走了。

这次去深圳，李会计、老宋等都想与他做伴，他却选了冷冰冰。他想通过冷冰冰来缓和与冷部长的关系。

在深圳，他俩一起选中机器后，王副馆长就有意避开了，让冷冰冰一个人去和老板谈价钱。回来时，冷冰冰给家里每人买了一枚金戒指，还送了一枚金戒指给仿兰。王副馆长心知她吃了回扣，想到回家后，仿兰这一关不好过，他就代仿兰收下了。

王副馆长走后没多时，仿兰就发觉了，她追到车站，客车刚开出两分钟。回屋后，见父亲那番模样，本想不理，又于心不忍，狠了狠心，只好闭上眼睛给父亲擦。她刚动手，父亲却弱弱地叫着："不，不，不！"

正在为难时，李会计的母亲提着菜篮来了，说是看看王师傅好些没有。见此情形就说："你去帮我将菜买回，我去替你找个人来帮他擦。"

仿兰心想谁愿做这下作的事，就多了个心眼，先出门去，在楼下躲了一会。见李会计的母亲还没下来，她就悄悄返回去，走到窗外，她听见屋里有女人低低的抽泣和哗哗的水响，偶尔还能听到父亲的低声叹息。仿兰退下后，去菜场买了李会计的母亲要买的几样菜，又自己掏钱买了两斤猪肉搁在篮子里。她买东西时，头一回不性急，不管别人怎么插队，都不心烦。

回家时，见屋里仍只有两个人，仿兰就说李会计的母亲不该没帮忙留住来帮忙的人，她买了一块肉本来是要谢那人，现在只好给李会计的母亲了。谦让了一阵，父亲在床上叫李会计的母亲收下，这事才算完。

然后，仿兰要李会计的母亲每天上午请那人来一次，她借口图书馆每天上午忙，离不开人，将门上的钥匙给了一把李会计的母亲。李会计的母亲推也没推就接受了。

王副馆长惦记着家里的人，拼命往回赶。到了县城，一出车站他就扛着机器先到办公室。

进门后，见从前老马和小阎坐的那张桌子后面，坐着一个陌生人。

一问，才知是刚上任的馆长，姓林，是从部队转业回来的。

王副馆长一屁股坐在椅子上，半天无话。

倒是林馆长见他这热的天出差回来，连忙又是敬烟又是泡茶，还打开电扇，对着他吹风。

吹了一会儿，王副馆长一连打了几个喷嚏。

王副馆长打了几个喷嚏以后，回家就病倒了，烧得很厉害，老是在三十九度左右不退。连医生也吃惊，这么年轻力壮的一个人，未必真叫一个小小的感冒治趴下了。熬了一个星期，总算退烧了，跟着又住了一个星期医院，每天吊一瓶氨基酸，前后一算账，一场感冒花去文化馆上千元。

住院的后几天，王副馆长嫌医院吵，吊完氨基酸以后就回家。

回到家里，他依然睡不着觉，一个问题反反复复地想个通宵。

父亲半夜里总是发出恐怖的呻吟，醒后就唤他去，哭诉祖上人在梦里是如何地用酷刑折磨他，说他教子无方，让王家香火断了。

王副馆长心头压力更大了。老想自己这几年何苦这样卖力呢，什么好处没捞着，反而连个儿子也没有，弄得一家人都伤心。第一次代馆长将文化馆大楼建起来了，第二次代馆长，建了一座舞厅，第三次代馆长虽然只有二十来天，也干成一个镭射电影，可这些都被别人捡了便宜，自己却是吃力不讨好。

这天，王副馆长正在吊氨基酸，李会计来看他。李会计告诉他，镭射电影今天搞首映式。李会计给了四张票，让他给医生护士，以表示感谢。

王副馆长将这票随手递给在旁边照看的那位护士。护士拿着票出去一会儿，几乎全内科的医生护士，都来朝他要票。

这时，李会计尚未走。王副馆长就问他还有票没有。李会计说票倒有，但都是给县里领导的。王副馆长一听，劈手将李会计手里的提包夺过来，拿出里面的票，一人撕两张，边撕边说："有些当官的吃人不吐骨头，这两张票他们当便纸使还嫌小。"

其他科室的医护人员，闻讯也来了。一大摞票转眼就剩下十来张。李会计一把抢回去，讨饶般地说："这几张是给关系户的，实在不能再给了。"

没票的人仍在缠着王副馆长，他只好叫李会计回头再送二十张舞票来，然后，只要他在这儿住着，保证每天十张电影票，十张舞票。

看过镭射电影的人，回来都说够刺激。秋风醉舞厅的曲子，又迷死个人。所以，医院上下都对王副馆长很好。

那天晚上，父亲呻吟又起时，他突然起了一个念头，为什么不试试让医生帮忙开个假证明，说女儿有先天性心脏病，然后到计生委去弄个准生证，让仿兰再生一胎呢！

第二天一大早他就去了医院。

他不去病房，而是去内科高主任家。高主任一家都成了镭射电影迷，见他到了，忙让座。他先将从深圳带回的一条"万宝路"递上，再说自己女儿身体如何不好，可能是先天性心脏病，希望高主任高抬贵手，帮忙确认一下。

高主任笑着问："是确诊，还是确认？"

王副馆长一慌不知说什么好。

高主任的爱人在一旁说："你这老高，何必明知故问。王馆长是个老实人。"

王副馆长听了这话，索性将家里的一切都摊开说了。

高主任听了，转身从抽屉里拿出一张病情诊断书，填写起来。边填写边说："人就是这样，政治上进不了，总得在生活上有个精神寄托。"

写好后，就递给王副馆长。

王副馆长一看，全是按自己说的写的，而且连医院的公章都预先盖好了。

高主任说："我是第一次这样看病的。"

王副馆长见他写得这样从容，不相信这是第一次，就问："不知到计生委那儿的手续怎么办？"

高主任说："管他怎么办！你将这个诊断书直接交给李水蛇，他自然会亲自替你办的。"

高主任的爱人说："李水蛇的肾不好，全靠老高给他治！不过申请书你可要写一份。"

高主任又说："等你拿到准生证时，往你父亲眼前一晃，准保他的病能好！若是没好，我就将这条'万宝路'还给你！"

王副馆长针也不打了，回家写好申请书，又找李会计盖上公章，便去找李水蛇。

李水蛇是计生委李主任的绰号。见了高主任的诊断书，果然不敢迟疑，不到半个小时就将准生证交给了他。

王副馆长随即打电话，要仿兰到医院妇产科去下避孕环，说他已搞到准生证了。仿兰还以为他是开玩笑。

从妇产科回来，王副馆长将准生证真的拿给父亲看了看。父亲眼珠一亮，忽然就坐起来，接过准生证，双手捧着，先哭一阵，接着大笑起来。

等父亲平静些后，王副馆长就和仿兰进了卧房。这一次和以往任何一次都不一样，滋味很特别。王副馆长一声说："你一定要给我生个儿子！"仿兰一声回答："我一定要给你生个儿子！"

下午，王副馆长去办出院手续时，碰见高主任的爱人。高主任的爱人教他每次同房之前，夫妻俩都用小苏打水洗下身，成功率会高很多。

父亲的病一天天见好了。当他听到仿兰已经怀孕时，就摇摇晃晃地下了床。过了几天，见自己走路已稳当些，父亲就要回乡下去，说八个月他可以养两头大肥猪，等仿兰生孩子时，他就将猪卖了钱，给她母子俩补身子用。

王副馆长拗不过，只得由他去。

王副馆长每天去办公室点个卯就回家做家务，家里的一切事他都包了，让仿兰整个地歇着。

农科所半年前开始做花鸟虫鱼的生意，老马屋里这类东西很多。王副馆长隔三岔五地去拿一样过来，时间不长，屋里就变得一派鸟语花香了。

王副馆长每天晚上七点半左右，必到秋风醉舞厅和镭射电影厅门前转一转，遇到熟人，就叫看门的放进去。

林馆长不管他。

当过兵的人，总是讲义气。林馆长在他生病时，曾来家探望过，当面说自己是雀占凤巢。林馆长还吩咐李会计，不管什么时候，只要王副馆长要票，也不管是舞票还是电影票，要多少就给多少。对别人却卡得很死。

仿兰对王副馆长说："小林这是在用软刀子捅你呢！"

王副馆长说："我已经死了那个心，不想当官了，他捅我有何用！"

他照旧每天去拿票。别人拿不到票，便渐渐对他有意见了，开始时见面还说几句话，到后来，就只点点头称呼一下就完事。就连老宋和李会计也变得生疏了。不过老罗是例外，过去老罗见了他总像仇人一样，但近一段变得客气了，有时还和他开个小玩笑。

和外面熟人的关系也变了。以前，王副馆长工作挺忙，和熟人碰面了，仓促拣几句要紧的说了，便走路。现在不同，上街买菜，不过五百米的路程，可没有两个小时是回不来的，因为只要碰见熟人，不管有事无事，他总要走拢去，站着和那人说一阵。

有一次，王副馆长在街上碰见了冷部长。他见冷部长提着菜篮买菜，有些惊奇。冷部长说："今天是星期天，买买菜，让人轻松一下。"

王副馆长马上说："那我每天都买菜，不就每天都是星期天？"

冷部长笑起来，问他这一阵在忙什么。

王副馆长说他搞了几十盆花，光早晚搬进搬出就把人累死了，而且各种花浇水的最佳时间不一样，更是把人搅昏了头。还要喂鸟，那东西比养儿子还艰难。

他说了一大通，冷部长听得有滋有味，没有打断一下。只是在他说完后，冷部长才问，馆里的工作近段搞得如何。

王副馆长半年多不问馆里的事，就胡乱说，基本上是按你的讲话精神去做的。

冷部长一听这话就来了劲，问大家对他的讲话有什么反应。

王副馆长哪里知道冷部长的什么讲话，都是编的，见冷部长追问，就只好再编，反正是拣好的说。

冷部长很高兴，说过一阵闲了，他要到文化馆来蹲一段时间的点。

隔了几天，冷冰冰来家里玩，临走时，她说冷部长想要几盆花。冷冰冰说过就自己去挑，结果，拿走的都是名贵品种。王副馆长很是心痛了一阵。

林馆长的爱人和小孩在哈尔滨，转业时，林馆长要回南方，爱人不同意，闹僵后，林馆长一个人回来了。他没要别人腾房子，就将馆长办公室隔出半间做卧房，一个人住在办公楼上。

王副馆长有天去点卯时，进林馆长的卧房坐了坐，发现屋里的一盆昙花很眼熟，想一想后，记起这是冷冰冰上次从他那儿拿走的。

第二年开春时，仿兰生产了，王副馆长如愿以偿地得了个宝贝儿子。

王副馆长抱着刚出生的儿子，正在亲仿兰的脸时，护士进来说外面有人找。

王副馆长出来后，见走廊上站着面黄肌瘦的一个人，他半天才认出是小阎。他要和他握手，小阎忙将手藏到背后，说他有黄疸性肝炎。王副馆长连忙后退几步，将儿子送回产房，再返回来说话。

小阎说他住了几十天的医院，钱用完了，病没全好，医院要他拿钱来，不然明天就停他的药。他托人给学校捎了几次信都没动静。今天早上，他从病房窗口，看见王副馆长领着大肚子的仿兰进了妇产科，才瞅空溜出来的。

小阎要王副馆长无论如何要帮他一回。

王副馆长说："你是我儿子见到的第一个外人，按乡下的规矩，他得拜你为干爹呢！这个忙我一定帮。"

正说着，王副馆长的父亲喜颠颠跑来了，见了儿子就说："我把两头肥猪卖了，得了八百多块钱。"

王副馆长说："小阎在这儿呢！他病了，住院，想借点钱！"

王副馆长的父亲说："借什么！我还欠你一双皮鞋钱呢！"

说着，数了一百二十块给小阎。

小阎谢过后要走，王副馆长叫住他，本想问那次他为何不将冷部长说出来。又突然不想问，只说了一句祝福的话。

儿子满月时，王副馆长大请了一顿。席上人多，但他还是发现冷冰冰没有来。他打电话到冷部长家去问。冷部长的爱人说，冷冰冰昨晚就没回，她也在到处找。席间，李会计、老宋他们借花献佛，向林馆长敬酒。平日酒量很大的林馆长，没喝几杯就醉了，一句句地嚷："我不怕！大不了去坐两年牢！"大家都笑起来。

自有了儿子后，王副馆长白天连点卯也懒得去了。等儿子九点钟左右醒后，先抱着他去图书馆吃奶，返回时，若天气好就到文化馆办公楼上转悠一下，文化馆所有的人都喜欢这个白胖胖的小子，都说王副馆长的这项"希望工程"搞得好。

镭射电影由于片源问题，已不那么红火了，但还是稳赚不赔。秋风醉舞厅仍然门庭若市，所以王副馆长每天晚上必到。

这天组织部姚科长给王副馆长打了个电话，说他的小舅子谈成了一个女朋友，今天晚上他的一帮朋友想到秋风醉舞厅庆贺一下，王副馆长问多少人，姚科长说，大约二十左右。王副馆长一口答应了。

晚上，他抱着儿子往舞厅门前一站，将一大帮人呼呼啦啦地放了进去。林馆长也在旁边，他像什么事也没看见一样，一个劲地和王副馆长的儿子逗笑。

过了一阵，林馆长说："今天宣传部开会，表扬了我们，说全宣传口就文化馆的班子最团结。"

王副馆长说："全靠你支撑。"

林馆长说："以后就靠你了。"

王副馆长正要说什么，冷冰冰来了。林馆长就和冷冰冰进去跳舞去了。王副馆长进去看了看，觉得他俩跳得很投入。

舞曲完了时，姚科长的小舅子走拢来，说他哥哥让他捎个口信，说文化馆近几天可能有大变化，要王副馆长对任何可能出现的情况，都做个心理准备。

王副馆长心想，无非是说我不干工作，要撤我的职，我还早就不想干了呢！

回家后，他没将这事告诉仿兰，他怕她着急，影响奶水。

第二天早上，王副馆长正在洗尿片，忽然从门外闯进一大群人。为首的是组织部姚科长，还有宣传部、文化局的一些头头。

大家坐下后，姚科长先说话。

他说林馆长犯有严重的作风问题，一年之内致使冷冰冰两次怀孕，两次刮宫，上面已决定对他进行撤职查处，文化馆馆长，从今日起由王副馆长担任。由于时间仓促，正式任命通知要过几天才能下达。姚科长还强调：冷冰冰的事在文化馆只限于王副馆长一个人知道。他最后还特地传达上面领导同志的意见，说王副馆长在这一年多时间内，各方面都成熟了，因此适合担任一把手工作。

没容王副馆长推辞，大家就裹着他到文化馆去开大会宣布。

会议上，王副馆长见林馆长自始至终都镇定自若。冷冰冰没有参加会。其他的人，都大吃了一惊。

林馆长嘴上答应检查，可是隔了一天，他就和冷冰冰私奔到深圳去了。

王副馆长升任馆长后，家里请了个小保姆，又将父亲从乡下叫回来。尽管这样，他仍心挂两头。馆里的工作，他要大家按部就班去搞就行，老宋提了几个改革发展的方案，都被他锁在抽屉里，其中包括搞健身房的方案。

上任两个月后，冷部长说要来看看。

王馆长慌了，将近期来的文件、简报和领导的讲话找了一大堆，想先搞清上面是怎么说的，再想自己如何汇报。

正忙时，肖乐乐哭啼啼进来了，说老罗刚才在办公室里调戏她。王馆长想也不想就说："老罗就是这么个脾气，爱占点小便宜。你就当和一个不情愿的男人跳了一回舞得了。以后自己小心就是。别再哭，让别人知道了不好。这种事，丢面子的是女方。"

肖乐乐出去后，他发现还缺冷部长的一个讲话。就打开老马、小阎和小林使用过的那张办公桌上的抽屉。他意外地发现，老马多年前拍的那张照片《秋风醉了》，被谁扔在里面。他拿起来细细地看了一遍后，心里觉得酸溜溜的，不敢看那戴着草帽的小狗。

老罗走进来说："你儿子在家哭呢！"

他放下照片，慌忙要走。老罗又说："是和你开玩笑。你父正在家教小保姆补破鞋呢，小保姆不愿意，你父就劝她说：保姆不能当一生，学了手艺就能挡一生，只要人穿鞋就少不得鞋匠。"老罗探头看了一下小林从前的卧房说："这好一盆昙花，他怎么不带走？"

他递了一支烟给老罗，却没有火，老罗说我去弄火来。老罗一走，他就连忙锁上门，往家里走。他还是放心不下儿子。

他在路过老马的家门口时，听见老马在训斥两个孩子，说不想读大学的学生不是好学生。他猛地想道：可不可以说，不想升官的干部不是好干部呢？

大树还小

……那真是一种天籁之音，分不清是云载来的，还是风刮来的；是水漂来的，还是浪打来的。不知不觉中它就有了。无论是灵魂还是情愫都真切地感到了它的存在，无论是血液还是骨髓都实在地领悟到了它的流动。它一点也不声张，更不去夸张，当然也不是默默地悄悄地，就像你的倾诉贴着脸庞流上耳膜，并最终发出同心灵一起共鸣的旋律。它是那种看不见只能悟得到的歌唱。而这个世界上太多的歌唱只是让人看的，无论是佯作疯狂的摇滚乐手，还是顾影自怜的流行歌星，那殊途同归的煽情，除了一时的感怀与躁动，与心灵并无关系。如果此刻没有恩雅我又会如何？如果世界上没有恩雅世界又会如何？无论如何，世界与我都会继续存在，它们的区别是媚俗与圣洁。你的声音是灵魂的颤栗，是心灵的咏叹，你只愿说与我听，是因为你知道我是用相同的方式让灵魂和心灵倾听！只有这样，才能感悟到恩雅的歌唱是来自天堂。它是月光在九天之上的一种倾泻，它又是灵性在漆黑的天际中向前坦然地行走！我眼睛虽然紧闭，那圣光却一直在音乐中闪烁。它是那种春天里在溪流上放飘的河灯，也是那种冬季雪夜里在原野上寻觅的火把。看起来它只能照亮一点，它却是深沉地光耀着世界的要紧之处。你的心灵实际上也一直在歌唱，只是过去一直无人察觉。所以外婆才祈求她在转过街口就能遇上的那一位将我派到你的跟前。我很庆幸自己没有辜负？我领悟到了你的歌唱？……我无法区分哪是恩雅哪是你。实际上我也懒得去区分，因为恩雅的歌唱本来就是你的一部分。只要恩雅在歌唱，你就从我的灵魂里走进我的生命，或是从我的生命中走入我的灵魂。这样的走动会让心灵重新获得它渴求的感觉。……山里的风声，水里的流响，天上云朵相撞，地下群峰挤压，有十字架的屋顶下唱诗班正专注地望天赞美，没有十字架的旷野中人群低头用心灵祈祷，这是宇宙万物平常而由衷的声音。心在聆听，身在沐浴……我终于能安宁地睁开眼睛，漆黑的窗口竟射进一道亮光……领受着它的照耀，我忍不住嘲笑一切拦阻的徒劳。面对黑夜，我更会大声歌唱！———NO. 061 书信

山坡上刮过一股北风，阴阴地携起不少看不见的沙子，冰凉地打在有生命有感觉的东西身上。秦四爹放的那头黑色黄牯昂起头朝天打了个响鼻。秦四爹不冲着牛说，他告诉我，

黑色黄牯虽然老皮很厚，却还知痒知疼，知冷知热。这个下午，秦四爹对我说了这么一句话后，便什么也不再说，他默默地注视着山下的公路，每当拐弯处冒出一辆汽车或者是一台拖拉机来，他那像树根一样的几个手指中，总有一两个要颤抖一阵。秦四爹从昨天下午就开始唠叨，说自己感觉到那些家伙又要回来了。那些家伙是些什么人，他一直不肯对我说明，只说等他们来了，我就晓得。我以为是乡长带着一批干部下来弄吃弄喝，又以为是那些戴大盖帽、浑身肥得流油却仍要三天两头下来收这费那税的人，还以为是计生委的人来垸里抓那几个怀了三胎和四胎的女人。秦四爹没有摇头说一个不字，他对我的猜想的否定是从干涩的眼窝里迸出来的，落到地上时，砸得脚下的青石板直冒火星。

有一次，秦四爹突然说："那些家伙不是家伙！"

我想了很久，也想不出这话的意思，只好认定这只是老人的一种情绪，并不是语无伦次。秦四爹这句话从嘴里流露出来时，很平静，绝对不是在骂谁，仔细回味，似乎还有一种怀念在里面。

太阳将山坳照得暖烘烘的，地上的茅草很厚，我几次想学秦四爹的样子躺在上面，却怎么也躺不下去。茅草上面很干，挨地的部分却是湿漉漉的，手一抓就是一把水，极少处还能找见不久前那场大雪的残骸。秦四爹的耳朵旁就有一块。那团白花花的雪虽然被自己融化弄脏了，同那只发黑的大耳朵比起来，依然洁白照人。秦四爹在草地上翻过身来时，试图伸出舌头舔舔那雪，舌头不够长，若将头挪一挪就可以够得上，但他似乎懒得这么做，眼见不行也就罢了。

秦四爹转过身对坐在一块石头上的我说："你其实是个读书人，你怎么不去继续读书哩！有些事就得咬牙坚持。"

我极不愿意有人提及读书的事，我说："你若再说这个，我就将你的牛赶走，让你一辈子也追不上它！"

秦四爹忙说："小杂种，我不说就是，你可别将我的老伴弄丢了。"

我抓起一块石头做出要掷向黑色黄牯的姿势，见秦四爹一副着急的样子，我还是一使劲将手挥出去，在手臂挥动的刹那间，我松开五指，让石头从肩上坠落身后，扔出去的只是一股风。风落在秦四爹的脸上，他一惊，连忙跳起，一拐一拐地跑了两步，嘴里还大声叫着："哇啊！哇啊！乖乖别怕，我在这儿！"黑色黄牯安详地吃着地上的荒草，尾巴懒洋洋地迎风摇摆，一点也不在意这边的动静。秦四爹晓得自己上了当，他笑一笑后依然回到原处躺下。我说："你这么懒，走到哪睡到哪，地里的麦子该上点粪了！"

秦四爹说："你帮我做了吧，回头我给你讲讲当年同女知青谈恋爱的故事！"

我说："你别哄我，你同母牛谈恋爱还差不多！"

秦四爹一点不火，他说："你别小瞧我，当年———"

话到这儿秦四爹总不再往下说，他拿这话引诱我很多次了，每次我给他干完活以后，他又反复地叹着气，一副有话说不出口的样子。刚开始时，我以为他是耍赖皮。直到有一回我将他逼急了，他凶狠地对我说，他现在不想说这件事，如果不相信就请我滚蛋。我很小的时候，总听见垸里的人在说知青没有一个是好东西，好吃懒做，偷盗扒拿不说，还将垸里的年轻人带着学坏。那时，我不懂知青是些什么人，大人们解释说是从城里来的人。我就问镇上那些从城里来的干部是不是知青。大人们说他们同知青一样好不了，但知青只是从城里来的学生。后来知青一词就不大被人提了，大家只成天担心农药化肥涨价，买来的种子会不会有假，同村干部一道到处乱窜的几个干部模样的人是来干什么的，另外大家还爱议论的是谁家的儿媳妇好久没露面，是不是又躲到哪儿生孩子去了！我曾问过父亲，当年的女知青有没有同秦四爹谈过恋爱。父亲斥责了我几句，说小孩子别管这些闲事。我以为父亲是在掩饰他对这事的无知，因为二十几年前，他并不比我现在大多少。后来我听见他小声同母亲议论，说秦四爹没有吃上羊肉反惹了一身臊。父亲说的意思是指秦四爹被抓进牢里关了整整三年。这件事垸里大人小孩都晓得，因为全垸人就他一个人在牢里待过。我很小时，就同一群孩子围在他乘凉的椅子旁，听他一遍遍地讲牢房的样子。他说牢房很小，墙是青砖砌的，窗户开在屋檐下搭人梯也够不着的地方，只有门上的一个方洞可以望见外面，十几个人睡在一个通铺上。在他的描述中，牢房并不可怕，所以我们垸的孩子用抓你去坐牢之类的话是吓不倒。秦四爹有时还怀念坐牢的日子，说在牢里待着什么也不用发愁。他说他没有女人可想，所以牢里牢外都一样。

　　黑色黄牯在那边叫了两声，它总是这样，一吃饱了就吵

146

着要回去。秦四爹低声说了句什么，慢吞吞地爬起来，随手在自己背上拍了两下，也不看身上的草粘得紧紧的掉没掉一两根，就不管了。他还拉住我，不让我帮他，说自己还能行。秦四爹一条腿残废了，往坡上走着，看上去倒还舒服。他拾起牛绳往回走时，便艰难多了。黑色黄牯这时往他身边贴了一下，秦四爹伸出手挽住牛脖子。黑色黄牯低着头，压着步子，带着秦四爹缓缓地向山下走。

秦四爹还回头冲着我叫："别忘了地上的书！"

我拾起草丛中的高一上学期的语文课本，沿着被牛蹄踩烂的山路，阴着脸往山下的垸里走去。

天色正在黑下来，垸边谁家烧的火粪旁有几个孩子正在那里忙碌着，用几根小木棍在火灰中不停地拨弄，走近了就能闻见一股烤红薯的香味。

在头里走着的秦四爹扭头对我说："你家门前怎么有那么多人？"

我其实早看见了，只是没做声。我一直跟秦四爹走到他的小屋门口，他让牛先进门，接着自己也进了门。跨过那道脏兮兮的门槛后，他要我过一会儿来告诉他家里发生了什么事。他还估计一定与我姐姐有关。

垸里能走动的人大概都聚到我家门口，大家正传看着一张女人照片。看见我后，母亲连忙从别人手里拿回照片让我看看，我拿着照片时一开始还以为是哪个电影明星，看看总觉得眼熟，后来我终于发现那女人正是姐姐，我愣了一下，连忙将照片还给母亲。旁边的人这时说："让大树再将信给我们念一遍。"母亲真的将一封信塞到我手里。

天色虽暗，但我还是能看清上面的字。姐姐在信里说，她现在在一家公司里找到工作了，是做文秘，工资也不少，环境挺好，要不了多久她就可以挣到能治好弟弟的病的钱。那时她或是回来，或是接弟弟去城里看病，只要有了钱就什么都不怕！我将信看了一遍，一个字也没念出来，就一头钻进屋里。身后有人叹息说，大树这么聪明却摊上了病魔，真是不公平。

母亲跟在身后也进了屋，她在房门前一把扯住我问："你是不是又觉得身上疼？"

我一下子挣脱她，扑到床上谁也不理睬。

父亲随后也进了屋，他在外面大声说："谁一生没个三病两痛，一不舒服就朝别人撒气，算什么东西！"

我头也不抬地说："你们将姐姐的照片拿回来，不要给外人看，我就不生气。"

母亲嘟哝道："照片就是给人看的，保个什么密！"

母亲从外面将照片拿回屋里，搁在我从前做作业的抽屉桌上，然后又转身走出房门。姐姐好看的一双大眼睛就在对面盯着我，弯弯的柳眉比以前更动人，双眼皮连眨也不眨一下。看久了，我忽然觉得姐姐那微微的笑容里不是流露的甜蜜，而是忧伤。姐姐出外打工已有一年了，春天时她也寄了照片回来，那只是一张普通的彩色扩印照片，衣着打扮同在家时差不多，只是背景是一座很高的楼。我数过照片上那楼的窗户，虽然只照出半截楼体，窗户就已经有二十二层。现在这张被人传看的照片上已看不出从前那个姐姐的踪影。母亲仍在外屋兴奋地同父亲说：假若这张照片不是寄给家里，她这做亲娘的也不敢认。

从房门口飘进一股中草药的香味，不一会儿，母亲端了一碗汤药走进来，她先从罐头瓶里抠出了一坨冰糖，然后才将汤药和冰糖一起递给我。汤药的味道很怪，我什么也不顾，张大口几下就吞了进去，不待舌头完全感觉出那药的味道，又连忙将冰糖塞进嘴里。母亲看着我叹了一口气。姐姐上高一那年我开始患病，当时我正读初二，有天放学回来，走到家门口，不知为什么突然一阵头晕，不小心跌倒后，就再也没有力气爬起来，甚至连手都要别人帮忙才能抬起来。治了半年，家里就变得一贫如洗，姐姐的书也读不成了，在家帮助干活，闲时就将自己的课本讲给我听，偶尔有一两天病症感觉轻些时，我拿着笔居然能将初三的作业都做对。后来姐姐决定出门打工挣些钱为我继续治病。姐姐走后的头一个月，我的病情突然加重，一连十几天高烧都在三十九到四十度之间，连医生都说没希望了，父亲瞒着母亲为我准备了一具小棺材，还托人说了一门鬼亲。没想到我却活了过来，烧退了不说，连老病也减轻了许多。危险期过了以后，姐姐才听说这事，她寄回一盒录有自己声音的磁带，我借了同学家的录音机放了两次，除了姐姐的一片哭泣声外，她反反复复地要我一定得挺住，她一挣到钱就接我到城里去治病。姐姐说我曾救过她的命，她一定要还我一条命。姐姐十四岁时曾患过白血病，奇怪的是父亲和母亲的血都不适合她，只有我的血型与她相同。于是每逢姐姐出现危险时，父亲就赶到学校，将我从教室里拖出来，赶着去医院给姐姐输血。每次输完血，姐姐清醒过来后就抱着我大哭，所以当我患病以后，她总是责怪自己说是自己害了弟弟。

喝完汤药后心里更难受，我揣上姐姐那张精美的照片一个人往秦四爹的小屋走去。

小屋里一片漆黑，一点灯光也没有。我明白秦四爹在屋里没出去，推开半遮半掩的破门，我听见黑暗中有嘴在吧吧地嚼响。我从怀里摸出半支蜡烛，用火柴点上，火苗一跳，屋里闪出一对牛眼和一对人眼来。

秦四爹两手拿着两只生红芋，一只放在自己的嘴前，另一只则放在牛嘴前。他背对着烛光说："我不要你这鬼火，有亮我就吃不下东西！"

我说："若是有鱼有肉，把你放在火堆中间你也能吃得下去。"

秦四爹干笑了两声，听说我要给他看样东西，他一开始不在乎，等到姐姐的照片在烛光中一闪，他连忙将自己啃剩下的半截红芋都给了黑色黄牯，迫不及待地伸手想接过照片。我不让他用手碰，只许他用眼睛看。秦四爹看了一阵后不高兴地说："你不让我用手拿着，那怎么能看清楚内里的玄机。"

我让他去洗洗手，他犟了一会儿，还是去了，只听到墙角里一阵水响，转回时，那手除了变湿，脏东西并没有去掉多少。

秦四爹捧着姐姐的照片，一眼看了足足十分钟。看完后他一句话也不肯说，直到我真的生气了，准备离开时，他才对我说，尽管姐姐这副容貌超出一般，显得很美很漂亮，可她内心很痛苦。秦四爹还认定姐姐眼角上的一道什么痕迹就是鱼尾纹，他说："你姐才十八岁，就这么样愁苦，肯定有什么难言的事情。"

我看了看照片，总觉得不像秦四爹说的那样。

我收起照片后在小屋里坐了一会儿，秦四爹一句话也不再说，黑色黄牯已在秦四爹睡觉的床对面墙角草堆中趴下了，小屋里有股浓浓的牛粪臊味。我问秦四爹今天能不能给讲白毛女的故事，秦四爹摇头不语，我只好回家。

刚走出小屋，就听见秦四爹在屋里低声说："现在这个世道，喜儿不像喜儿，黄世仁不像黄世仁！"

回到家门口，正碰上母亲欲出门喊我吃饭，两个人差一点碰上了，我一低头从母亲的腋下钻进屋里。父亲独坐在堂屋的饭桌旁，拿着酒杯一口口地呷着酒，见了我还问是不是将姐姐的照片拿出去在同学面前炫耀了。我没头没脑地顶了他一句，说他除了想喝酒时用脑袋以外，其他任何时候脑袋都是多余的。父亲毫不惭愧地说，他好久没读书了，脑袋当然生锈了不好使。我上去一巴掌将父亲的酒杯打翻了，那杯酒洒了一地。母亲急忙上来将我拉开，并骂我太苕，父亲想喝酒想了几个月，才下决心去买了半斤酒。

父亲不待母亲说完就说："我今天心情好，不在乎这一点酒！"

临睡前，我将姐姐的照片嵌进玻璃镜框里，为了腾出地方，我将自己的照片取了几张下来。灯光下，挂在墙上的新照片使屋里熠熠生辉。可我怎么也睡不着，心里老想着镇里报摊上那些花花绿绿的小报中写的那些苦命的打工妹的故事！

早上醒来，母亲问我昨晚做了什么噩梦，半夜里大喊大叫的，我不记得自己做过什么噩梦，连一般的梦也不记得。

刚吃完早饭，秦四爹就在外面叫我，要我帮他将牛赶到后山上去，他自己随后就到。见秦四爹有些慌张，我就追问到底发生了什么事。秦四爹用手指了指远处的盘山公路，有几辆汽车正缓缓地向垸里爬来。

秦四爹说："那些知青又来了。"

我有些惊讶，秦四爹这辈子可没有怕过谁！

秦四爹不让我多问，我赶着黑色黄牯在头里快走，他在后面虽然跟得急，还是被拉开一大段距离。山上的霜花还没化去，像雪一样，脚踩上去吱吱响。黑色黄牯不停地打着响鼻，还扭头冲着越来越近的几辆汽车嗥嗥地叫了几声。这时候，人和牛应该待在太阳地里，秦四爹赶上来后，非要将牛撵到阴冷阴冷的山坳里去。我不愿跟过去，站在阳光的边缘上，望着满地里忙碌的秦四爹。

秦四爹很快就找到了一堆枯枝，他划了好几根火柴才将枯枝点燃，不一会儿火堆就烧得很旺。他向我招招手，我忍不住，只好过去。

秦四爹蹲在火堆旁，好一阵子一句话也不肯说，两眼只顾盯着火苗。后来他就叫我回去，今天不用陪他了。他要我回去后别对人说他在哪儿放牛，特别是不能让那些知青晓得，他不想见他们。

我离开火堆走了几丈远时，秦四爹又将我叫住，他说："你小心留意一下，有没有一个名叫文兰的女人。"

我说："她也是知青吗？"

秦四爹"嗯"了一声挥手让我快走。

在我回到垸里之前，那几辆汽车先进了垸里。远远地就听见一些男人和女人说着半生不熟的本地话，极张扬地大声叫喊着垸里人的名字。父亲的名字在他们嘴里响亮地出现了好几次，他们叫他秦小树，而且还故意将城里的话与本地话混起来叫，树字后面就出现一个有些调戏意味的儿字音。

父亲是垸里人当中为数不多表现兴奋的人之一。他一再说，当初这个知青点上有十六个人，八男八女，今天怎么少来了好几个。父亲冲着一个很富态的男人叫白狗子。叫白狗子的老知青说现在大家都是各自位置上的顶梁柱，想凑齐了回来一趟简直比登天还难。

父亲将白狗子他们让进屋时，我的房间还没来得及收拾，母亲不愿让客人见到那一片狼藉，赶忙将房门关上。我在大门外数了数，一共有十一个不认识的人进了我家。我心里马上说，这可够父亲忙一阵了，因为家里只有八只凳子。我预感到父亲接着就要唤我到邻居家借凳子，刚要走开，父亲抢先叫唤起来。我只好到邻居家搬了三只凳子送回屋里。由于我故意少搬了一只，父亲没有坐的，站在那堆人中间，模样比坐着时显得有骨气些。

父亲将我介绍给白狗子他们，说我是他的儿子，学名叫大树。他们都笑起来，几乎是齐声说："没想到小树养了一棵大树。"

我对他们的口气很不满，就顶了一句说："你们连这个道理都不懂，天地间本来就是小树养大树，说大树养小树的只有白痴。"

他们一愣后，白狗子说："这道理还真不错，是这么回事。"

父亲这时问："白狗子，你们大车小车地回来，是不是也想搞扶贫？"

旁边的人一齐笑起来说："现在可不能再叫白狗子了，人人都喊他白总白老板！"

白狗子也笑，他说："在秦小树面前，什么老总老板，全都是老母猪和老母鸡。"

大家笑得更起劲了。

母亲趁机说："如果你们来扶贫，秦家大垸就有希望了，你们吃过这儿的苦，会真的扶这儿的贫。"

母亲这话让屋里出现一些尴尬。

过了一会儿，白狗子才说："扶贫那是政府的事，我们是杯水车薪救不了急，如果你们私人有困难，我们肯定可以帮忙的。"

听到这话，父亲和母亲同时望了我一眼。我明白他们想开口说我的事，就故意踢了一下正在鸡窝里生蛋的母鸡。母鸡一惊，拍着翅膀飞到白狗子的怀里。旁边的人马上起哄，说白狗子真有艳福，走哪儿都有小情人往怀里扑。父亲和母亲看出我的心思，他们瞪了我一眼后，将母鸡抱过来重新放回鸡窝。母鸡受了惊吓，不肯在窝里待，折腾几下后，就跳到地上撒开翅膀跑到大门外去了。

又聊了一会儿，才弄清他们这次来只是旧地重游。省城里正在筹办几场纪念知青上山下乡三十周年的大型晚会，白狗子因此掏钱请大家回来感受一下，找一些灵感。

母亲觉得他们如此兴师动众花那么大一笔开销，只为排几个节目的行为太不可思议了。

白狗子却说：人的精神生活比物质生活更重要，为了精神上的需要，花得再多也值。他还举夏天香港要回归的事为例，说按道理到时印一换，旗一换，收回了就是，可为什么要再花它几个亿来搞庆祝活动哩，为的就是精神的需要。白狗子还特别提到人的历史对自身的重要性。

母亲有些怔怔地望着父亲，眼神里好像是说，你把我的历史藏到哪儿去了。

说到这里，白狗子忽然想起什么，他问："秦老四哩，他现在怎么样了？"

父亲也不看我，就说："不怎么样，每天从早到晚只与那头黑色黄牯做伴。前些年，他还总是念叨要到城里去找文兰，现在老了，也不再提那话了。"

父亲突然一转话题问："文兰她还好吗？"

白狗子他们一下子都变成了哑巴，好半天才有人低声说："文兰她死了，很惨！"

父亲听说是不久前的事，就不再往下问。屋里的人都叹了一声，坐在墙边的几个女人，泪水都流下来了。母亲见状连忙到厨房里去为她们准备洗脸的热水。几个女人不用母亲招呼也跟着鱼贯而入。

屋里先是女人们小声的谈话声，接着便是抽泣，一会儿所有的女人全都放声大哭起来，连母亲都参与其中，甚至比别的女人哭得都起劲。

父亲惊愕地望着白狗子。

白狗子用几乎低得不能听见的声音说："文兰是自杀的！她从长江大桥上跳进长江里，尸首也没找到。"

我一时难以自控，忍不住要将这个消息告诉秦四爹。

山坳里那堆枯枝正变成了灰烬，火星全被浇熄了，一闻那气味就晓得是用尿淋的。我大叫了几声，不见回答正要去找，忽然在一棵树后面发现了秦四爹。他笔直地站在树下面，不经意时，还以为他上吊死了。

我说："你怎么不答应！"

秦四爹说："你是个报丧鬼，谁会理你！"

我一愣："谁告诉你了，这么快？"

秦四爹说："我料定文兰会有这一天。她逃不过去的，迟早会死在他们手里。"

秦四爹突然提高声调说："不管怎么解释，她也是被白狗子他们害死的。她当年若是嫁给我，怎么也不会落到如此地步！"

我说："你现在只能养活一头牛，人可不是只吃草，城里的女人更是天天得喝牛奶。"

秦四爹说："文兰走了，我灰了心。当年我可是大队长，一千多号人的吃喝生死全归我管着。公社里还准备提拔我当副书记。都是吃了白狗子这帮知青的亏，硬说我强奸了文兰，将我弄进监狱里。他们在垸里垸外偷鸡摸狗，行凶打架，只有我敢管教他们，他们记了恨心，逮住机会就想报复我。其实文兰是真心跟我好！但我一直不明白她为什么在关键时昧良心改了口。"

秦四爹很伤心，但没有掉眼泪。我不信一个城里来的女知青怎么会看上他。秦四爹说自己当年唱样板戏比谁都唱得好，不只是这儿的知青点，远近几处的知青点上的城里学生都很佩服他，逢重要场合演样板戏，郭建光、李玉和与杨子荣总是由他扮演，而文兰只是在《沙家浜》中演过被刁小三抢了的姑娘。秦四爹说着就学了一句：抢东西呀，我还要抢人呢！这是刁小三的台词。秦四爹告诉我，有天晚上他去知青点看看时，屋里只有文兰一个人在，他冲她开玩笑，将刁小三的话学了一遍，并动手轻轻拉了文兰一下，哪料文兰一下子便倒进自己的怀里不肯离开。文兰对秦四爹说她的命太苦，父母都在"文革"中搞武斗死了，哥哥失了踪，家里只剩下她一个人，所以她要找一个老实可靠的人成个家。文兰选中了秦四爹，这太出乎大家的意料，文兰的肚子大起来时，知青们绝没想到对方是秦四爹。文兰自己死不肯说，最后还是秦四爹自己承认下来的。本来文兰已事先与秦四爹通过气，她只说自己在山上被不认识的坏人害了，然后让秦四爹出面求婚，自己就可以光明正大地嫁给他。可秦四爹不肯，他不愿让别人说自己娶了个破货，也不愿文兰浇上这不存在的一盆臭水。他出面认过的第三天，就被公安局的人用手铐铐走。等他刑满释放回来，文兰早就回城去了，他险些无法打听到文兰肚子里的孩子是保住了还是没保住。

我告诉秦四爹，白狗子他们回来是为演戏找灵感的。秦四爹哼哼一阵说："他们现在可以将那些当戏演了，可我们还得实打实地熬着过。"

从山上望去，白狗子他们从汽车里搬出不少东西，来来回回地往境边小河滩上走，白狗子的身材最胖，隔得再远我也能一眼认出来。秦四爹看不清，那么远的距离，他只能认出一片小黑点。我告诉他白狗子一身肥肉少说也有一百八十斤。

秦四爹像是回忆着说："这狗东西倒翻了一番，那时最多只有九十斤，瘦得只剩下一根筋。"

我说："他们不用翻两番也能实现小康。"

说着话时，小河滩上开出几朵花一样的东西。一开始我并不明白这是什么，后来见人可以在里面进出，我才明白那是旅行帐篷。他们将秦家大院当做旅游点了。我要秦四爹回去看看帐篷和汽车，特别是白狗子那台车，我在扑克牌中见过，叫凯迪拉克，是印在小王牌上，大王牌上印的是劳斯莱斯。秦四爹对这些没兴趣，再好的汽车也不如他的这头黑色黄牯。秦四爹断定白狗子他们一定想见见自己，他说不是不可以见，得等到他有兴趣的时候。

我很想见识一下那几顶帐篷，秦四爹也不想我陪他，他要我去那些老知青跟前探听些消息。特别是文兰，弄清她到底是怎么死的。

从山坡上下到垸里，路上碰见不少往回走的人，他们已经看过帐篷的新鲜，都说着相同的话，说城里的人到底会过日子，几块布一扯，到哪儿都能搭个小房子，一男一女睡在里面要多舒服有多舒服。待我走近时，围观的人都已经走得差不多了。我在一顶帐篷门口探头张望时，看见白狗子正在里面同另一个男人争吵什么。我不着头尾地听了中间两句，好像是为了什么排名先后的问题。白狗子看见我就将我拉进去，让我试试他们的充气床。我坐上去试了试，他问我是什么感觉，我说像是骑在牛背上。白狗子笑起来，说除非让牛四脚朝天坐在牛肚子上，他说等我结婚了就晓得这是什么滋味。刚才还在同他吵的那个男人听了这话立刻笑起来。我听出那声音里有几分邪意。

我正要走，白狗子将我按住问："你为什么不去上学？"

我不想对他说实话，就说："我不想读书。"

白狗子眨眨眼说："我可是汉口王家巷码头边长大的，别的不行就眼睛厉害。"说着他一伸手从我的口袋里抽出姐姐读过的高一课本，"不想读，揣着课本干什么？"

我被他问急了，想抢回课本，又打不过白狗子，只好说："我不要了，等会儿你还不得亲自送到我家里去。"

我装出要走的样子，白狗子一点不在乎，他说："你不要那正好，我们没带卫生纸，正好可以用来揩屁股。"

这话让我火了，我说："你敢动一页，半夜里我撵几头黄牯来，连棚子带人都给踩个稀巴烂。"

白狗子一咧嘴，将书还给我。他说："没想到你比当年的秦老四还厉害!"

白狗子从口袋里掏出一支非常漂亮的钢笔,朝我晃了晃,然后对我说,他有几个问题,只要我如实回答,他就将钢笔送给我。

我想了想后,还是点了点头。

白狗子于是问:"垸里的人平常还记不记得这儿来过一批知青?"

我说:"没有谁记得,只是前两年讨论如何奔小康时,有人提出过,到城里去找找那些曾在这儿插队的知青,请他们帮忙搞个什么能致富的项目。不过讨论完了以后,大家不仅忘了知青,连奔小康都忘了。大家都说:反正这都是城里人吃饱了没事,跑下来玩个名堂就开溜,忘了反而少些烦恼。"

白狗子说:"这可不像是秦老四这样的人说的话!"

我说:"你没听过,秦四爹的话水平更高。"顿了顿后我又说:"你信不信,他昨天就算准了你们这两天要来!"

白狗子瞪大了眼睛,过了一会儿才说:"你不是说没人记得知青吗?"

我说:"秦四爹心里是惦记着文兰。你们是沾了文兰的光才被人记着。"

白狗子说:"我再问个相同的问题,你的同学们晓得知青的事吗?"

我说:"不晓得的多,晓得的少。但有一次老师在课堂上提起过知青,说他们老写文章抱怨自己下乡吃了多少苦,受了多少迫害,好像土生土长的当地人吃苦是应该的,他们就不应该这样。老师还说：自从来了知青后，这儿的流氓就大胆多了，像是有人撑腰似的。"

白狗子说："你们做学生的也不喜欢知青？"

我说："为什么要喜欢知青？"

我想起秦四爹的话，便又说："你们知青可从来没有喜欢过农村。"

白狗子不说话了，他低着头将手中的钢笔反复玩来玩去。后来他将钢笔递给我。我不好意思拿了人家的东西就走，在那儿站也不好，坐也不好。

正犹豫时，白狗子忽然朝我吼了一句："没你的事了，你还站在这儿干什么。"

白狗子的声音浑厚得像春天的雷霆，滚到哪儿哪儿的地皮就发颤。

与白狗子同来的那些知青在垸里瞎窜，他们对垸里的情况很熟悉，连秦打铁的家都记得。特别是那个与白狗子在帐篷里争吵的人。大家都叫他老五，也不知是他的姓还是他的名。老五站在那荒草封住的门前说：秦打铁从前总吹牛，说他的技术全国第一，只要是钢铁他就能像揉面粉一样，将它弄成自己想弄的形状。老五他们回城探亲时，故意从父亲上班的工厂里拿了一截不锈钢，让秦打铁将它打成一把菜刀，秦打铁打了三天，白烧了几百斤木炭，也只是将那不锈钢打成一只破鞋底的样子，就这样还将秦打铁的腰弄闪了。秦打铁现在家门绝了。他听别人的话，带上老婆孩子，挑上打铁担子到城里去赚钱。他不懂陌生处的水深水浅，一到就接了一批活，都是些长短刀具。他交完货，钱还没拿到手，就在夜里被人满门抄斩。据说是黑帮械斗，一方吃了秦打铁做的那些长刀短刀的亏，对打起来，秦打铁的刀还是刀，别人的刀则成了泥巴。吃了亏的那些人便向秦打铁下了黑手。老五对秦打铁的遭遇叹过几声，说在城里可不是所有的人都吃得开。不比农村，再怎么样也有一块地可以养家糊口。在城里，双脚站的地方都有成千上万的人想要。说着话，老五忽然就怀念起当年这屋里炉子上吊罐里的狗肉香来。

老五说话时，父亲正站在旁边，他说："那时，这一带的狗都叫你们知青偷吃光了。"

老五说："你不是也跟着吃了许多狗肉！"

父亲说："狗屁，你们总是将啃不动的狗骨头给我。"

老五说："可你还不是啃得津津有味。"

父亲笑了笑说："可你们不晓得，有一年腊月下大雪时，你们将公社里养的一条狗打死了，刚煮熟，我跑去骗你们说那是条疯狗，你们吓得不敢吃，让我拿出去扔。我只扔了几块，其余的都让我和另外两个孩子躲在树林里，用树枝做筷子，过了一餐饱瘾。"

老五也笑，他说："那你就不晓得下文了，那天晚上我们吃了你家的两只鸡！"

父亲说："谁说我们不晓得，我们还找到吃剩下的鸡毛，旁边还有回力球鞋印，那种鞋只有你们知青才穿得起。如果不是秦老四出面拦住，我父亲早用刀将你们的三只手砍下一只来。秦老四说你们个个都是座山雕，人人都想摆百鸡宴，太多了不好对付。"

父亲告诉老五，秦四爹为了让知青不再在垸里胡闹，三天两头往公社里跑，要招工指标，要一个就送走一个，走一个垸里就多一份安宁，而且谁最捣蛋就让谁先走。老五是这个点上第三个走的。他走的那天正好是秦四爹被抓起来的日子，他还顺便搭上押秦四爹去县城的车。我听秦四爹说过，当年他戴着手铐押进城的路上，有个知青不停地往他脚边吐口水，他忍无可忍最后用劲踢了那知青一脚。他说这个知青不知好歹，那个返城的指标还是自己用一包游泳烟从邻近大队的大队长那里换来的。我明白这人就是眼前的老五。秦四爹还说，男女一共十六个知青中，老五是最坏的，秦四爹说的坏是捣蛋的意思。他说老五下来的第三个月就将另一个知青点上的姑娘肚子弄大了，其余偷鸡摸狗，挖队里的花生，摘队里的南瓜，哪一件事都是老五领头，最少也是个二把手。老五的绝招是到外面垸里去钓鸡。他用一枚大头针弯成鱼钩一样的形状，再用细线系好卷成一个团揣在裤子荷包里，然后就装作从别人垸前经过。趁人不注意时，用两个指头一弹，就将钩着小虫的钩子弹到一群鸡的面前。哪只鸡若啄了那钩子，便脱不了身，不吭不响，乖乖地随着他走。碰到有人时，他们就停下来，那鸡也呆呆地不往前走，那线细得谁也看不出破绽。走到没人处，他再将线一收，将鸡用外衣包起来，唱着知青们最爱唱的《再见吧江城》，旁若无人地往回走。这个秘密是秦四爹后来发现的。除了猫狗之类的小东西喜欢跟在人的后面走，别的动物没有这个习惯。那天他看见一只公鸡跟着老五走走停停，就起了疑心。他捡起一块石子朝那只公鸡砸去，公鸡一惊，衔着一根细线飞了起来。为这事，秦四爹扣了老五十个工分。并将扣下来的这些工分划到我家的账页上。秦四爹曾说，当年十个工分虽没有两只鸡值钱，却比两只鸡重要，那时想多挣十个工分不晓得有多难，年底算账时，十个工分往往可以决定这个人属于哪一类。

秦打铁的房子无人去住，就连秦四爹这样的孤身老人也不肯要那房子，大家都看着它一天天地败塌下去。老五说，若在城里管他什么原因，只要像房子的都会有人抢着去住。父亲问老五敢不敢进这屋。老五说，三十年前他是坟墓敢躺棺材敢睡，现在不行了，有后顾之忧，他大小有一座酒楼，不能让生意惹上晦气。父亲没有恶意地说老五，当年他们做知青时总是嘲笑农民，这封建那落后，怎么一有了钱财，反倒比农民还封建落后。老五说了句很深奥的话，人不可能没有文化传统，也不可能不批判传统文化。这时，从小河滩帐篷里传出一阵手风琴声。

大家不约而同地扭头看了一下。

老五说："这是白狗子在拉。当知青时，他想自己能有一只手风琴都快想疯了，现在他可以买下全国一年中生产的全部手风琴。"

父亲说："可他拉的曲子没有从前的好听！从前他拉的那个《莫斯科郊外的晚上》，不用说你们哭，就是我也曾想哭！"

白狗子拉的正是《莫斯科郊外的晚上》。

老五皱着眉头说："这曲子就应该在夜深人静时听！现

在让人听，太早了点！"

我望了望后山，太阳仍有老高，黄昏还没露出踪影。我找了两遍，山上没有秦四爹的影子，那头黑色黄牯也没见着。

黄昏来临时，小河滩上首先冒起一股青烟，开始是浓浓的黑黑的，上升得很快，样子还有些猛。只一会儿，领头的那团乌云一样的烟雾，就顺着山势爬到山巅之上，在夕阳的映照之下，迅速地幻化一片彩霞。随后产生的青烟就没有这种性子了，它徐徐地缓缓地，甚至还有些绵若无力，还没达到半山腰就被渐起的暮色化解得若有若无。因为这青烟，才能看见晚风的样子。晚风的确像月里嫦娥舒开的长袖，它在半空里一挥而过，却在地面上留下许多生机与希冀。那堆忽明忽暗的火被白狗子和老五他们叫做篝火，火堆旁有女人在迫不及待地唱着歌，隐隐约约地在风中断断续续地飘荡着。

父亲和垸里的人都在说，他们还是从前的老脾气，自己将自己弄得特别忧伤，好像是天要塌了下来，却又与别人无关。

秦四爹一直不见回来，白狗子已问过好几次了，他说他无论如何也要同秦四爹尽快见上面。白狗子天黑之前开着他的凯迪拉克到镇上去打电话，他的手机在这一带无法使用，只是一块无用的废塑料。白狗子开车离开时，老五在旁边笑着说他刚收了个小蜜，一天不见心里发痒。白狗子开玩笑地用凯迪拉克去撞他。一不小心，车头撞在稻场边的石磙上。白狗子停下车开门看了一眼后，有些不高兴地责怪老五。老五不以为然地说：这点小事也值得伤和气，修一修也就万把块钱，谁出不起！听见老五的话后，垸里的人顿时伸了伸舌头。白狗子像是想通了，笑一笑后钻进车门，只见满车身的彩灯一亮，凯迪拉克一下子蹿出老远。白狗子的车跑得很快，十几里山路一会儿就回来了，人还没从车里钻出来，脸上开心的笑容先像花朵一样从车窗里开放出来。

秦四爹依然不见回来。我到他的小屋门前去看了看，屋里的确没有一点动静。天完全黑了，我有些着急，就对父亲说，自己要上山去找秦四爹。父亲瞪了我一眼，什么也没说，回屋拿上一只手电筒一个人向后山走去。

父亲对秦四爹的呼唤声在后山不停地回荡着。

随着篝火的亮堂，老知青们的歌声也清晰起来。他们都围在篝火四周。白狗子仍然拉着他的手风琴，老五在吹着一支他们叫做萨克斯的铁管子一样的东西。没有歌声时这两样东西奏出来的音乐特别好听，而无论是手风琴还是萨克斯，当它们独自奏响时，就更动人了。垸里的很多人都来看稀奇，大家不远不近地站着，不与白狗子他们混在一起。

那几个女知青正在小声唱着一支让我听来很熟悉的歌时，白狗子忽然站起来，将手风琴猛地拉了一阵，然后调子一低，突然深沉地唱起来。

我想起来了，这首歌名叫《三套车》。

在我很小的时候，父亲就经常在屋里哼着这首歌。但他从不在母亲的面前唱，好几次他正唱到得意处忽地戛然而止，我问他怎么不唱了，他说不想唱就是不想唱。后来我弄明白了，只要父亲的歌声突然一断，不一会儿母亲必然会出现。我以为父亲是怕自己唱不好，坏了自己在母亲心中的形象。父亲的确喜欢这首歌，除此以外，我没听见他唱过别的。

母亲也很喜欢听这首歌。有一次，父亲傍晚回家，拎了一桶水到后门外冲凉。哗哗的水声使他没有注意到母亲的归来。母亲没有惊动父亲，任他唱完了，才装着刚回的样子出现在父亲面前。

白狗子唱完后，老五用萨克斯管又将那曲子反复吹了几遍。

母亲不知什么时候站到了我的身后，我感到她的身子在一阵阵颤栗。我想回头时，母亲用她的双手将我的头紧紧抱住，不让我往回看。我还听见母亲在小声独语说："他们怎么不哭了，那些年他们只要坐在一起唱着这支歌，一个个都哭得死去活来！"的确，我在篝火旁看到了一股悲伤的烟雾，篝火旁的男人都在猛烈地抽烟，女人则用双手托着腮帮，除了歌声的旋律外，没有第二种声音。后来，垸里的女人中，有一个人哇地哭着跑开了，接着又有一个女人用双手捂着嘴跟跟跄跄地冲入夜幕。母亲的颤栗更厉害了，她的双手无力地垂在我的肩上，她用极小的声音对我说："大树，送送妈妈，妈妈想回去！"

回到家后，见父亲还没回，母亲终于忍不住趴在床上用被子捂住头大声地哭起来。我心里预感到了什么，有些替父亲伤悲。我从自己屋里拿了一坨冰糖，放进杯子里冲了半杯水，递给母亲。喝完冰糖水后，母亲才镇定一些。她告诉我，她和那两个女人曾经都是公社宣传队的，那两个女人在宣传队里与两个男知青好上了，还偷偷怀过他们的孩子，两个女人为他们一共做过五次人工流产，每次都是她偷着照料她们。男知青招工回城时，说好马上接她们去，可后来一直杳无音讯。等了几年，她们才嫁到秦家大垸。我以前就听说过，这两个女人都不能生孩子，原因是子宫被刮破了，先前不清楚是与知青们发生了事。两个女人我都叫婶子，我的两个同宗叔叔对她们很不好，他们自己在外面乱搞，回来后还动不动下手狠狠打这两个婶子，骂她们是破罐子。逢到这样的时刻，母亲从来不去劝解，她总是朝别人求情，请别人去劝解。很小时，我以为是母亲胆小，不敢上前去。有一次，我偶尔碰见母亲和那两个婶子躲在我姐姐的房里，抱头痛哭，而且母亲比她们哭得还伤心还带劲。

母亲在床上哭了一阵，忽然抬起头来。

窗外传来《花儿为什么这样红》的歌声。

母亲听了一阵，情不自禁地说："那时宣传队里有个叫欧阳的，他个子最小，饭量却最大，一份饭连半饱都吃不到。他在《沙家浜》里演四龙，在《智取威虎山》里演小炉匠。他家里情况最糟，爷爷奶奶爸爸妈妈外加叔叔，一家里竟有五个人关在监狱里，并且全都是政治犯。亲戚六眷没有谁敢同他来往。我见他可怜，就常从家里拿些红薯给他吃。那年冬天，过年时下着大雪，所有的知青都回城过年去了，就他一个人没地方去，三十早上竟跑到我家里来，哭着喊我姐姐，要我留他在家里过个团圆年。我只好求你外婆留下他。夜里他反复教我唱这首《花儿为什么这样红》，他唱得真好，若不是过年，我真的要再哭一场。夜里，大人都睡了，他非要我同他一起在火塘边等着听零点的新年钟声。新年钟声刚响一声，你秦四爹就带着民兵将他抓走，说他用坏歌儿毒害我。那场雪真大，有的地方都快没了腰，我跟在他们后面打滚，非要秦四爹放了欧阳。秦四爹被缠得没办法，只好对我说实话。他说知青已害了好多农村姑娘，他不能看着我也被欧阳害了！"

母亲叹口气说："后来，秦四爹还是将欧阳放了，不过他派了一个人将欧阳一直送回山那边的知青点。"

说着话，母亲竟小声唱起来：

花儿为什么这样红？为什么这样红？
哎，红得好像，红得好像燃烧的火，
它象征着纯洁的友谊和爱情。
花儿为什么这样鲜？为什么这样鲜？
哎，鲜得使人，鲜得使人不忍离去，
它是用了青春的血液来浇灌。

我从未听见过母亲唱歌，更没料到母亲的歌会唱得这样好。母亲唱完后，我们沉默了好一阵。河滩上已不唱《花儿为什么这样红》了，我只觉得此时在空中盘旋的旋律，又是一首俄罗斯歌曲。母亲后来开口告诉我这首歌名叫《小路》。

我说："妈妈，你告诉我实话，你后来是不是与欧阳相爱了？"母亲怔怔地半天没有应。

我心里有些明白，就说："我晓得了，你不用担心，我不会告诉爸爸!"

母亲长叹一声说:"你爸他都晓得。欧阳走时,我偷偷送他,还是你爸在前面探路。怕被你外公外婆碰见。"

我说:"你们有过孩子吗?"

母亲起劲地摇摇头,她说:"欧阳全身都是病,我只是照料他。"母亲顿了顿后又说:"他走时答应治好病就会回来娶我!可他们都一样,一去就不回头!像河里的流水一样。他父亲后来平了反,前几年还老在电视中露面,他们父子长得极像。一九八九年闹学潮时,电视里转播了他父亲同学生们的对话,有个学生当面质问他,为什么不对独生子的胡作非为加以管束。老欧阳当众抹了一把泪,说儿子'文革'时因父母问题受株连,平反后自己想给儿子以补偿,岂不料事与愿违。听那口气像是犯了什么事,也被抓进牢里去了。"

母亲这时已经平静了不少。

我出门往小河滩上走,半路上碰见父亲。他说没能找见秦四爹,回来邀几个人再上山去。我忽然想起秦四爹常提起那个战备洞,就叫父亲不用去了,秦四爹一定同那头黑色黄牯躲在战备洞里。父亲恍然大悟地"啊"了一声。他擦着我的肩头往家里走时,我突然说了一句话。

我说:"爸,你真了不起!"我真的敬佩父亲对母亲一向那么好。父亲好像不在乎我这话里的意思,继续走自己的路。走了几步,父亲回头问了句:"你妈她没事吧!"

我说:"没事,她还爱着你哩!"

父亲轻轻地笑了一下,我以为他不再说什么,他离我很远以后一个人独自说了句："都走了这么多年，还回来干什么哩！"

篝火旁唱歌的知青和围观的垸里人几乎不见少。唱歌的人很投入，看的人更投入。特别是那几个很有点胖的女知青，跳出一个有藏族味道的舞蹈时，身边几个年纪很大的男人女人，眼里都放出了光芒。他们说这舞蹈叫《洗衣歌》，过去知青们逢演节目是必跳的，真是迷死个人。现在她们发福了，身材没从前好看，但眉眼间、手足腰上的那些味道还在。他们还认得眼前那个最胖、头上白发最多的女人，就是当年跳独舞的那个小姑娘。让他们觉得可惜的是那个演解放军的男知青没来。白狗子说：那个男知青到澳大利亚帮人洗碟子挣外汇去了。白狗子当年是B角，他放下手风琴到女知青中间，刚一抬手足，周围的人就大笑起来，年纪大的人说他现在的样子只能演国民党的胖军官。

白狗子不在乎，他用不太听使唤的手脚比画了一阵，猛地停下来，大声唱道："哎——谁来给咱们洗衣裳嘞！"

几乎没有停顿，一旁的男知青马上接唱："——没得人！"

白狗子又唱："——谁来给咱们做早饭嘞！"

男知青又接唱："——没得人！"

我听见这词与《洗衣歌》原词不同，就明白这是他们当年自叹自怜时瞎编的，他们一顺溜地唱了很多，都是就着现成的曲子改词，唱着唱着他们的情绪就有些低落。听的人中，先是大人们开始撤，然后小孩子也走了，白狗子和老五在篝火旁轮番大声叫着，要大家明晚再来，他们要正式演几个节目给乡亲们看。

我回家时，一不小心看见父亲和母亲坐在一条板凳上紧紧地抱在一起。见我回来了，父亲想松手，但母亲将他箍得死死的。我觉得自己脸上发烫，钻进自己房里，抬头看了看姐姐的照片，然后在房里鼓起掌来，并说："好浪漫的电影呀！"

小河滩上的歌声一直响到很晚。歌声消失后，接着消失的是手风琴，我以为剩下的萨克斯管也会很快消失，可它一直不肯退出夜空，有时候它变得极微弱，几乎等于没有声音，只剩下那么一点点的旋律像游丝一样在风中飘荡，若有若无，亦虚亦幻，当心随夜色静下来时，它又悄悄地从哪儿飘出来。初听到时还以为是错觉，往下的声音也还不敢相信是真的，非要等到这些都来过之后，那萨克斯管的声音才又完完全全地回旋起来。萨克斯管的声音如同母亲的手在我极度痛苦的时候，细细密密地抚摸我的心上。在萨克斯管的声音中，我一直注视着姐姐的那双眼睛。在那些忧伤的微笑背后，我感到姐姐那微微颤抖的嘴唇，在喃喃地说着：回家。回家。

萨克斯管的声音正悠扬的时候，从窗后黑黢黢的大山中传出一声长长的牛哞，是秦四爹那头黑色黄牯在叫。我真有点不明白，在自己垸里见到外来的老知青，秦四爹为什么还要躲。那防空洞又黑又冷，说不定还有什么野物，在那里面待着有什么意思。

夜里，我梦见了姐姐，不知为什么她总在哭，她什么也没对我说，却又哀求着要我千万别将她的情况告诉父亲和母亲。醒来后，我盯着黑洞洞的窗口望了半天。

天亮后，母亲起床了。她先将笼里的鸡放了出去，我穿好衣服走出去时，母亲正对着城里的方向出神。

我问她："人做梦是不是与实际情况相反？"

母亲说："是呀！前年我做梦时见到你外公外婆的病好了，逢人就笑，不多久他们就死了。"

我放下心来，不同母亲往下说，出了门就往后山爬。

那几顶帐篷在小河滩里寂静地搁着。帐篷边有一个黑影，刚开始我还以为是一棵小树，仔细看过几眼才发觉那是一个人，我觉得那只能是白狗子，那样子像是在膝盖上铺着纸在写着什么。

战备洞在半山腰的一处土崖上，洞口有些塌方。我的判断一点也没错：一行牛蹄印点点划划地通向洞里。我刚爬到洞口，就听见秦四爹正在里面说话。

秦四爹说："连文兰都死了，我活着还有什么意思。那么好的一个姑娘硬是被人逼得走投无路。我可不是要害她，她性子不好老爱一个人发愁发闷，一个人流眼泪，身体又不好，三伏天也不能下水田干活。谁叫我当大队长哩，见她那样子我就想照顾她。她感激我，要同我好，我又没老婆，不找她还能找谁哩！只是我性急了点，那么急匆匆就上床同她睡了，但她并没有恨我。秦家大垸这儿都是这样，男人不行点蛮女人哪会主动迁就你！只要事后继续好下去就行。可他们却将城里的规矩搬到这儿来，要问我的罪。我有什么罪，真有罪文兰就不会那么舍不得将胎儿打掉！我牢也坐了。儿子还没出生就被人弄死了，后来我又等了这么多年，总想着文兰会回来，现在倒好，恐怕连魂也见不着了。她在阴间也不晓得被分到哪个国家，哪个县市，哪个单位，叫我如何去找她！文兰可是对我说过，生是我的人，死是我的鬼，不然我怎会这么痴痴地等她。我相信她，她当时说我害她是被人逼的，那不是真心话，是白狗子他们教给她的。白狗子他们一直对我不满，想将我弄倒了，没有人敢再管他们。我听见过他们骂文兰，他们说文兰是知青中的败类，丢了知青的脸，那么多男知青她不爱，却要同一个土克西鬼混。他们还发誓不将文兰和我拆散，他们就集体跳崖。他们又向文兰许诺，只要她别说自己是自愿同我发生关系，再有招工回城的指标，他们一定优先让文兰先走。文兰被他们反反复复地折磨得糊涂了，就昏头昏脑地答应了他们。我坐牢后，文兰曾送了九个糖包子给我。看守没有对我说送糖包子的人是谁，可我晓得是文兰。因为我对她说过，她胸前的漂亮山峰像两只糖包子一样诱人。为什么要送九个，那是长久永久的意思，她叫我不管多久也要等着她。糖包子是圆的，所以她还说等久了就会有我们的团圆日子。她后来还给我写过信，有好几封，都被看守贪污了鲸吞了。他们对我和文兰的事特别好奇，有几次借提审时问我同女知青在一起时的感觉是不是很特别。我不肯告诉他们，他们心里一定很窝火，便想偷看那些信中说的是什么。那些女知青在大家的眼中，再不好看的也比得上仙女。我可不是这样的人，我和文兰是真心相爱，否则我绝不对她动歪心思。我要是那种人，为什么我后来不再找个女人，我就是要让那些歪看我的知青们看看，我对文兰是忠贞不贰，这辈子我心里只有她。文兰接不到我的回信心里觉得很苦，她奈何不了周围的城里人，只好听他们摆布。他们让她结婚她就结婚，他们让她嫁人她就嫁人。可她心里只有我，她的心是永远不会嫁给别人的。别人要她就像娶了一头母牛，她没有情给人家，更不会献出自己的心。别人就一天天地虐待她，她没得吃没得喝，没得穿的没得戴的，身上只剩下一张皮包着一把骨头，这种样子只有跳江。跳进江里，江水那么深，那么宽，那么长，谁也看不见她的样子，连我都看不见，这是她最后的心愿，她只有这样表示她还爱着我。你说对吗？去年你的老伴老死时，你不是也不愿去看一眼吗？都这个份上了不看为好。关键是两个人的心要在一起。别人都说我苦，那只是别人的事，他们以为这样苦才会觉得苦，我不把这当做苦，那它怎么也不会苦了。我把文兰装在心里，就等于将幸福装在心里。心里幸福只有自己晓得。心里有盼头那才叫真正的幸福，一想到文兰哪一天会突然回来，我就快活得要死。幸福不幸福关键是心里。你看白狗子他们，一台车比全垸人的家当都值钱，穿的戴的用的全都现代化了，可他们为什么还要跑到这个被他们诅咒了没有一万次也有九千九百九十九次的地方来看看，一定是他们心里找不到幸福的感觉了。先前以为能回城就是幸福，回城了又想着升官发财成就事业就是幸福，现在是不是又以为只有到了美国才是幸福？这是幸福对他们的报应，人太贪了，它就会让你找不着。我不贪，我有我的幸福。你觉得我说的那些都对吗？文兰一定是那样的，她的性格我太清楚了，她会那样做的。"

洞里很黑，除秦四爹的声音外，我还听见牛尾巴在地上拍打的声音。我将眼睛闭了一会儿，再睁开时，看见秦四爹还在梦呓一般对着黑色黄牯诉说着。

我挨着他坐了一会儿。他闭着眼睛对我说："天亮了？"

我说："都快出太阳了！"

秦四爹说："昨晚我总算将文兰的事都想透了。她的确是个好女人。"

我说："白狗子和老五都不愿谈她哩！"

秦四爹说："他们哪是不愿，是不敢！"

我说："昨天到今天你吃了什么没有？"

秦四爹说："我到你家地里扒了些红苕，生的吃了几个，又用火烤熟吃了几个，放心饿不死我的。"

从爷爷死后，我家的红苕地里总是收不干净，照秦四爹的估计，十只红苕中少说有一只没有从土里挖出来。父母亲对这一点不大在乎，垸里人也一样，现在种红苕早已不是当年母亲为欧阳吃不饱肚子着急、偷着用红苕为他补充营养那样的目的了，现在家家都用红苕喂猪。往年，父母亲总叫姐姐隔几天就牵上家里的几头猪，到地里去用那长嘴筒子深翻浅拱，将那些没挖起来的红苕就地吃掉，省去许多的人力。今年姐姐到城里打工去了，这事就没人做。父母亲不让我做，垸里的习惯是这样，男孩子只可放牛放羊，但不可放猪。

洞里地上干干净净的，半块红苕皮，半只红苕蒂也找不见。

秦四爹说："你别找。只有那些知青吃红苕才剥皮削皮。当年我批评他们时，他们竟说如果稻谷不蜕壳，小麦不去麸，他们才会将红芋连皮一起吃下去。还说吃红芋本来就屁多，再将皮吃下去打一个屁会起三个小旋风。"

秦四爹边说边轻轻地笑了笑，他说："那些小杂种也挺可爱，不但会唱歌，还会编歌，那些电影里挺好的歌儿，被他们一改词，就跑了味，快乐的变成了伤心的。"

秦四爹忽然唱了起来：

> 樱桃好吃树难栽，
> 不下农村不明白，
> 工分不会从天降，
> 仙人洞好搬不来。

在母亲之后我又发现秦四爹的嗓子真的很好，可见他说自己演样板戏的事是没吹牛的。秦四爹只唱了这几句就不唱了，他站起来摸了摸洞顶后，问我清不清楚这洞是谁挖成的。我说好像听人说过是知青们挖的。

我的确是听说过知青们挖战备洞的事。

那些年一到冬春就开始修水利，几乎所有的男女劳力都要上工地，家里只许留下少数半劳力的老弱病残应付应付。上面还要求让知青全部到工地去接受锻炼。父亲那年只有十六岁，他在离家一百多里的水库工地上当突击队员。每天要用那大号箢篼从坝底往一天天升高的大坝上挑一百多担土。但知青点上的那十六个男女，在工地上挑的所有的土加起来也超过不了一百担。知青们不是坐在一处土墩上给垸里的人发记工牌，就是在大坝上面给每倒一担土的人画上一笔正字。再不就是当宣传员写工地战报。父亲他们为此对秦四爹有很大意见。父亲一向受人欺负，因为他那时个头太小还没发育起来。在他同白狗子干了一仗以后，大家才开始另眼相看。父亲至今也没弄清楚白狗子是不是故意整自己，因为他说过一句，知青不是"修"了，就是小资产阶级。父亲是在连续三天发现白狗子都要少画自己的一笔"正"字后才开始发火的，特别是那一天白狗子竟然少给他画了两笔"正"字。父亲说不过白狗子，有理也讲不过他。这是秦家大垸人的共同弱点。大家集中起来同知青辩论时，无一不被驳得体无完肤。父亲不是那种找茬故意赖账的人，这一点仅从他对母亲的情爱就能明辨出来。父亲就是在同白狗子算账的那一次，第一次看见母亲的。当时母亲不知为什么要来找白狗子，父亲没有追问过，但估计是为了欧阳。父亲一见到母亲正在人群中观望，心里就激动起来，他上去一把抓过白狗子的笔，说自己并不在乎那两笔"正"字，关键是要白狗子赔个不是，说声对不起。白狗子死不认错，还骂父亲是混账。父亲一急之下顺手打了白狗子一耳光。白狗子马上扑过来将父亲死死扭住。尽管白狗子人高马大，在一对一的情况下父亲绝对吃不了亏。问题出在旁边的人以为父亲会吃亏，他们迫不及待地参与进来，在救助父亲的时候，顺便放倒了白狗子。白狗子在地上打了几个滚，爬起来就在工地上四处召唤，转眼间，几百名知青就聚集到父亲他们面前，恶狠狠地要以血还血，以牙还牙。父亲他们并没被吓倒。他们什么也不说，只是将一根根扁担横在腰间。在他们背后则是几千个同他们模样相同的人。不过这场冲突到底还是没有发生。父亲和秦四爹都说过，若不是知青先退缩了，肯定要吃大亏。工地上的人心里早对知青有怨言。开饭时，他们总是抱成团互相帮忙抢，干活总是拣最轻的，三五成群地横着走，见谁也不让路，还喜欢飘长相好看的本地姑娘。双方的退却是从母亲和欧阳同时出现时开始的，母亲在一边推着父亲往后退，欧阳则在另一边将白狗子往回拖。

秦四爹就是在事后第三天，将垸里的知青突然全部撤回去，让他们在后山上打一个战备洞。

这座战备洞知青们挖了两个冬春，秦四爹说他与文兰的结合就是在这洞里开始的，而父亲与白狗子也因这洞而结成了生死之交。

战备洞在十米深的地方要拐第一个弯，这弯怎么拐必须听秦四爹的。秦四爹从水库工地赶回来，他看了一眼就决定向右拐。秦四爹几乎没在垸里落脚便又来到水库工地，分明是各营连赶进度的紧张时刻，他却叫父亲等几个最卖力干活的男劳力回垸里休息几天。父亲往家里走时，秦四爹吩咐他们只许待在家里，不得乱跑，理由是怕影响不好。

父亲到家的第二天下午，垸里的所有房瓦都在头顶上响了一阵。接着就有人大叫说，战备洞垮了，知青都被埋在洞里了。父亲当即拿上工具，叫上那几个休假的人往后山上跑，战备洞的洞口完全塌了下来，洞里的动静一点也听不见。父亲他们顾不上想许多，趴在那洞口上拼命地往外刨着土。父亲整整刨了六个小时，中间一口气也没歇，连水也没喝一口。天黑后，父亲一锹铲下去，眼前露出一个黑咕隆咚的洞口。父亲从洞口爬进去时，除了白狗子尚能睁开眼睛看看他以外，其余的人全都昏迷不醒。父亲这时已顾不上去回忆在工地上的那场不快，他抱起比自己高出近一半的白狗子，从那不大的洞口往外推，别的人则在外面接着用手往外拉。洞里几乎没有光亮。父亲的目光除了在洞口附近有些用处外，越往里走越没用。救出十三个人后，父亲找了很久才又找到另外两个，父亲无论如何也弄不开他们紧紧搂在一起的四只手，那个男知青的手父亲还能对付，对于女知青的手他无论如何不能用力掰。秦四爹有一回对我说，那些女知青的手的确很特别，哪怕是平常见面握那么一下，也会有种过电的感觉，让人不能自持，以致他后来都不大敢同女知青握手。秦四爹说那时这一带无论男人还是女人，没有不崇拜女知青的，特别是男人，见了女知青个个都会眼睛发亮。父亲从战备洞里救出十六个知青的事大家都不怎么说，传说的是父亲居然能一次摸遍知青点上的八个女知青，言语之中充满嫉妒。父亲最终也没将那一对正在热恋中的知青分开，而是将他俩一起弄出洞口。后来，在外面接应的人都说他吃独食，他应该喊个人进去帮帮忙。

　　父亲最后找到的是文兰。为了找到文兰，他足足花了十几分钟。他几乎摸遍了洞底的每一个角落，可就是找不到。他要外面的人细数一遍，外面的人说确实没错只有十五个人，并且明确指出是缺文兰。父亲当时就觉得文兰一定是被塌方压住了，他这才唤了一个人进来。两个人正紧张地从里往外挖土，突然有个黑影出现在背后，她无声地走到他们身边，轻声说："我在这儿！"父亲吓出了一身冷汗，那个人更惨，当时就瘫坐在地上。事后文兰对秦四爹说，洞口被塌方堵死后，别的人都感到末日来临，哭的哭叫的叫，那几对相好的还不顾一切地亲热。就她特别镇静什么也不想，在洞底找个不受干扰的土台静静地躺着，迷迷糊糊地还睡着了一阵，所以她一点事也没有。

那些被救的知青对父亲感激不尽，特别是白狗子口口声声发誓要报再生之恩。后来，白狗子晓得父亲喜欢上母亲以后，几次出面找过欧阳，要欧阳不要从中搅和。他劝欧阳的话据说是这样说的：只有最没出息的知青才会真正喜欢一个乡下姑娘。这是秦四爹告诉我的。他说时没有挑明这话出现时的背景，像是笼统地泛指所有的知青。我是现在才判断出来它与我父母亲有关。

秦四爹用脚在地上跺了跺，说是当年的塌方就在这个位置上。

秦四爹望着我说："这里有个秘密。我对你说了你可不能向外说。那场事故是我故意制造的。我早就看出来洞口要塌方，我不提醒知青们，是想给他们一个教训，让他们背上一包恩情债，以后对当地人客气点。若不然，那么忙我怎么会将你父亲他们从工地里放假回来。我这是派的抢险队，事实证明，我这一招最管用。"

我瞪大眼睛想了半天才说：你真是胆大妄为，老奸巨猾。"

秦四爹得意地笑起来，黑色黄牯也在地上打了一个响鼻。

秦四爹说：塌方后不久，战备洞就开始分岔了。文兰执意要在一条岔洞洞壁上挖一间小房子，大家拗不过她，就由她去，反正别人也不帮她。文兰对这间小房子特别来劲，每天上工，总比别人先来，比别人晚走。小房子有了雏形后，文兰又在里面留了几个土墩，她说一个是床，一个是小桌子，一个是梳妆台。早已不是她先前坚持要挖这小房子的理由，先前她说是得有一个能保密的司令部。秦四爹说他是在那小房子里同文兰真正好上的。那天他到山那边的小队里检查工作，回来晚了，就借了人家一只手电筒。经过战备洞时，他不知怎地就想进去看看。一走就走进了文兰挖的那小房子，而且发现文兰正独自睡在那张床上。手电筒照过去文兰也不晓得醒。当时，他一下子想起许多文兰平时对自己含情脉脉的表示。从最开始他吩咐文兰从此不用干沾水的湿活时文兰瞅着自己的多情眼光，到前几天开会时，文兰当着众人的面，将自己那开了花的上衣脱下来细心地缝补时的柔情蜜意。秦四爹说，他一想到这些就没法控制自己，他几乎是扑过去一把抱住文兰，也不管她醒没醒就大声说：我是秦老四。说着就前所未有地癫狂起来。文兰一点也没反抗，秦四爹忙完后还以为文兰没醒，他拧亮手电筒一看，文兰正睁着大眼睛望着自己。

秦四爹说文兰没有反抗时，话语里除了深情以外还有些委屈。文兰同秦四爹幽会了几次后，人明显长好了，身子胖了不少，脸上也红润了许多。就在大家欣赏文兰一天比一天更漂亮时，文兰的肚子出乎意料地挺了起来。

我告诉秦四爹，白狗子他们还没有认真找过他，只是问过几次。秦四爹对这件事很关心。我的说法并没有让秦四爹扫兴，秦四爹说，他躲的时间越长，白狗子就越想见到自己。他要我先想办法让白狗子到自己的小屋里去看看，这样会加大白狗子他们的心理压力。

我不以为然地说："你这样做其实是虐待自己。"

秦四爹说："没有文兰了，我一个人算个什么东西。我就是要这样，让他们见了心里难受和惭愧，往后自我感觉不再那么良好。"

黑色黄牯突然一蹬后腿，猛地从地上站起来，它转过身子将头扭向洞口时，那根粘满土的尾巴刷地掠过我的眼前。秦四爹告诉我有人来了。果然随后就有人声传来。连我都能听出，来人是白狗子他们，那一串串调门总在高处滑行的语气只有城里人才有。

老远就能听见白狗子的声音，他兴奋地叫："个婊子，这洞还在，一点也没垮。"

接着是老五在说："下次再来一定要在这儿树块碑，纪念我们能死而复生。"

随后是一片叽叽喳喳的声音，我听了半天，也没听见他们提到父亲救他们一事。好不容易终于等来这样的时刻，他们惊叹了几下真险以后，就迅速说起各自醒来时的情形。只有两个女知青在说过自己醒来时鼻尖几乎挨着一堆牛粪后，提到父亲救他们的时机太关键了。但白狗子马上取笑她们，说人一旦面临死亡才懂得享受生活是何等紧要。女知青马上讨饶，要大家别提那种时候的事。只有老五想到文兰，他说真没想到面对生死考验都能万分冷静的文兰，竟坠入一个农民的情网。白狗子马上说，不是坠入而是被诱入，是秦老四用卑鄙的手段害了她。老五不能完全同意这个观点，他认为主要是文兰受到的打击太多，内心里特别需要一个能让她觉得可靠的男人的保护。他还觉得白狗子当时的做法过分了，光顾维护知青集体的面子而不顾文兰的心情，结果害了文兰一辈子。一个女知青也说，文兰后来执意要回城里去生下那个孩子，可见她是下了决心的。秦老四被抓走时她都哭晕了好几次，如果不是胎儿流产了，她真的会去闹公安局将秦老四领回来。白狗子说，正是因为这一点，自己才将好不容易弄到手的回城指标让给文兰。文兰一回城也就将秦老四忘了，第二年就嫁了人。老五说在他看来文兰并没有忘记秦老四，不然她怎么会同那么本分的一个男人过不到一块，而且对工作也是时冷时热。她突然跳江更是让人感到意外。她那单位里百分之七十的人下了岗，大家都以为她是逃不过这一劫的，结果她偏偏留在百分之三十里面。这样的时候光高兴都笑不够，她却选择了死。

秦四爹在我的眼前轻轻地颤抖着。

老五继续说："我后来了解过，文兰出事前有三天没有回过家，也没去单位上班。我算了一下，正好是从第一场知青晚会那晚开始的。有人看见她在晚会尚未结束时就退了场，出门后也没上公共汽车，一个人顺着大街往前呆呆地走着。

我想一定是那场晚会刺激了她！"

洞口外面沉默了一阵，过了一会儿才有人说，当初他们硬将文兰与秦老四拆散可能是一个无法弥补的错误。若是让她嫁给秦老四，至少不会走现在这条路。白狗子反对这样的假设，他提醒大家看看秦老四现在过的是什么日子，文兰真的当初跟了这个人，说不定早就饿死了。老五则不同意，他说真正的爱情和美满的婚姻可以改变一个人的全部生活道路。他举例说白狗子仅仅是几个月前找了个美丽可人的女孩做情人，买处房子当金丝雀一样养起来，人就容光焕发，生意一笔比一笔赚得多，回家也不同老婆吵嘴打架了。而像秦老四这样的人更容易满足，更容易将很平常的事当做天大的幸福。这样他会更卖力地过日子。

白狗子像是不愿意讨论下去，他让大家还是先进战备洞里看看，说不定还能找见当年从手掌上掉下来的满洞的萤花。

我已经看见了从洞口射进的一个人影。

秦四爹突然在黑色黄牯背上猛拍了一巴掌，还叫了声什么。黑色黄牯猛地朝洞外蹿去，跟着洞外传来一片惊恐的叫声。

黑色黄牯出了洞后，扬着一对犄角漫山遍野地追逐着白狗子他们。别人还好，包括那几个女知青，都能很快地逃到山下，在一处处屋角后面探头往回看。白狗子太胖，怎么也跑不动，好几次都快让牛角挑着了，幸亏那些山路旁的树木，一见情形不妙他就往树后躲，闹出几个惊险场面，最终还是没事。只苦了脚下的那双皮鞋，老五说那鞋的牌子是花花公子，一双得花八百多元。

秦四爹还是不肯下山，他宁肯在山上继续观望。

我回到家里时，父亲与白狗子谈得正火热，母亲则在厨房里炒瓜子，一股浓浓的香气弥漫在屋里的每一个角落。母亲炒瓜子的手艺非常有名，连白狗子都晓得。他们在这儿当知青时就吃过母亲炒的瓜子。白狗子称赞母亲炒的瓜子可以当营养品，如果到城里去开家炒货店准能赚大钱。父亲不同意，他说母亲炒瓜子的办法他见多了，一点窍门也没有，除了盐什么也不放，然后全用松毛柴烧火，就这两点。盐还好说，可城里哪来的松毛柴哩！白狗子说他可以派车到垸里来拉。父亲还没说出来，母亲先在厨房里回答了。她说，现在不管什么，只要是卖的，总要或多或少掺点假，那样的事她干不了。母亲的话说得父亲眉开眼笑。

我和姐姐的事，父母亲显然已同白狗子谈过了。

在他们说瓜子的时候，白狗子不停地用目光打量我。我有些不自在正想抽身往外走，父亲叫住了我。

父亲说："白伯伯想带你到城里的大医院里治治那病，你愿意去吗？"

我说："我没病了，病全好了。过了年我要继续上学读书。"

白狗子说："要不了多长时间，你也别担心我会多花钱，我现在最不缺的就是钱。你放心好了，你父亲救了我一条命，我早就想找机会报报恩。"

我说："你有钱是你的事，我治不治病是我的事。"

说完这话，我突然想到自己为什么对白狗子他们这般反感，他们其实并没有招惹我。但我似乎从心里讨厌他们，特

186

别是这个白狗子。

父亲吩咐，让我将姐姐的来信给白狗子看看。父亲说白狗子已经拍了胸，让姐姐进他的公司，他会好好照顾她的。

我说："姐姐不是在别处干得很好吗？"

我进房里找姐姐的信时，顺手将打开的门又关上。我从枕头下面将信取出来，将那些文字从头到尾看了一遍后，又将它夹在高一数学课本中藏起来。我不想将姐姐的信给别人看。

磨蹭了一阵，父亲推门进来，问我信找到没有，我说找不到，可能是被老鼠拖进墙角的洞里去了。父亲不相信，问我到底怎么了，干吗对白狗子一路的冰霜。我告诉父亲，秦四爹让自己带了话回，要他对白狗子多注意点。父亲不以为然，他认为秦四爹是老偏了，在往事的旮旯里拐不过弯，回不了头。父亲要亲自动手找那封信，我急了，就威胁说：如果做父亲的不相信自己的儿子，那就等于生病的人不相信医生给的药。我顺手拿起放在桌上还没有煎的草药要往窗外扔，父亲只好作罢。

我听见他出房门后对白狗子说："大树对他姐姐的东西看得比命还金贵，不愿给外人看。他有病，只好迁就。"

父亲就是这样的人，他相信谁时，什么话都如实相告。

母亲的瓜子已经炒好了，外面传来一片嗑瓜子的喳喳声。

白狗子抽空说了句："男孩就要有个性，这样才会有大出息。"

父亲说："你们当知青时人人个性鲜明。"

白狗子说："后来也叫秦老四整得差不多了。他那一招真绝，让我们去挖战备洞，名义上是照顾我们，实际上是磨我们的棱角。一天到晚待在那里面，风霜雨雪都见不着。一副埋了没死的样子，不同别人发生冲突，整整挖了两年，见了你们就像见了亲人。"

父亲说："那也是老四的一片苦心，他怕我们在一起时搞不好又要打架闹事。"

白狗子似乎笑了一声，他说："现在我对你说实话，那一次在工地上我是少记了你一担土，因为我觉得你瞪了我一眼。但你说三天中少记了四担土则是冤枉。"

父亲的笑则是明显的，他说："那时主要是心里有气，瞧你们舒服地坐在那里不顺眼。要说这事，幸亏老四处理得聪明，马上将你们调回来。不然你们可要吃大亏，大家都策划了，要找机会收拾你们一顿。"

白狗子说："我们心里也有数，也在做准备。不过就算我们皮肉吃了苦，倒霉的还是你们。那时知青就是现在的熊猫。要不然秦老四怎么会被抓到牢里去了。若将文兰换成本地姑娘，准保屁事没有。"

我现在才相信秦四爹的话，这帮知青自我感觉到现在还是这么好。我找了一把锁，将房门锁好。我不想父亲在找不到信后又将姐姐的照片拿给白狗子看。我往外走时，母亲追上来，将一把热乎乎的瓜子塞进我的荷包里。

只一会儿没露面，晴朗的天空就变成阴沉沉的了。从山上刮下来的冷风穿过棉衣拼命地往骨子上扎。我缩了缩身子，还没有直起腰，就听见后山上传来一声牛叫。那声音在北风里回荡了很久。

知青们分散在各家各户，一般人家都为他们在堂屋正中烧起了火塘。我在垸里走了一圈，大家都闻到了我荷包里的瓜子香。我明白有人同我打招呼是想分享几颗瓜子，我装作不明白，反问他们看见老五没有。大家都说没见到他，我就想他可能一个人猫在帐篷里。我赶到河滩上，意外地发现昨晚哭着离开这儿的那两个婶子，正坐在一顶没有他人的帐篷里相对哭泣，两个同病相怜的女人互相抓着对方糙得像木梓树皮一样的手，除了眼泪一个字也说不出来。

我悄悄地退回来，经过白狗子他们放车的地方时，隐隐听到一丝音乐。我往那几台车子跟前走，音乐声越来越明晰，像是一个外国女人在用英文唱歌，我从未听过，但觉得很熟悉，后来我才记起，它很像外国电影中那些教堂里的唱诗班在深情歌唱。汽车车窗都贴着一层外面看不见里面、里面却看得见外面的薄膜。我朝那有歌声的汽车轮胎踢了一脚，车门一开，露出老五的人头来。

我说："我到处找你。"

老五说："有事吗？我刚来了灵感就躲在车里写一个节目哩！"

老五让我坐进车里。汽车引擎在轻轻响着，车里非常暖和，老五说帐篷里冻得伸不直手指，他只好到车上来开暖气。

老五写的这个节目是讲当年知青点上的真事。那时大家都盼着回城，好不容易盼来几个指标名额，大家顿时欣喜若狂，可一想到有人得留下来时，无论是谁都悲痛万分。谁走谁不走谁也开不了口，最后只好抓阄，没想到抓到"走"的人都像个罪犯，抓到"留"的人成了一时的英雄。

老五说给我听时，几次哽咽得说不下去。可我一点也不觉得感动。

老五大概看出来了，特别悲哀地说："这段历史怎么能说忘就忘了哩！"

我无法同他说什么，我只关心自己想关心的事。

我问："你们城里的人都在找小情人吗？"

老五对我的问题没有准备，他愣了一下才说："你还是小孩哩，怎么能问这个！"

我固执地说："我就是想问这个，你是不是也有小情人？"

老五说："我怎么会有。我老婆是公安局的，若被发现，她会一枪崩了我。"

我说："那白狗子怎么敢找？"

老五说："你把我们的话都听进去了！白狗子不一样，他的公司大、业务多，成天在女孩子堆里泡，谁还管得了，除非让他不做业务了，回家当个穷光蛋。"

我说："你见过白狗子的小情人吗？她长得怎么样？是哪儿的人？"

老五说："白狗子的历任情人我都见过，现在这一个长得怎么样就不好形容，你见过电视里做甜梦口服液广告的那个影星陈红吗？就像她！"

我心里一惊，垸里有彩电的人差不多都说过，姐姐的长相与那个做甜梦口服液广告的女人一样好看。

老五可能从我的脸色看出些什么，他又说："那女孩是安徽金寨人。"

金寨离我们这儿有一百多里路。我们这儿归湖北管。不过我还是不放心，我说："要是你不认识我，我说我是河南人你也不能不信。"

老五说："白狗子可不是好骗的人，他看过那女孩的身份证，上面清楚地写着。"

虽然我明白现在身份证也可以造假，但我相信姐姐不会这么做。甚至她根本就想不到世上还会有这样专业的骗人招数。姐姐出外打工的前一天，垸里的一个女同伴晾在外面的一双袜子不见了，人家随口问她有没有看见谁拿时，姐姐就红着脸说不出话来。

老五又说："白狗子这人就喜欢山里的纯情女孩，见一个动心一个。他人不坏就这么个毛病。这也是当知青当出来的，我们只是没做，心里的感觉是一样的。"

我放下心来后就同老五说别的。我说："山里的男人也很纯情，你看秦四爹，放着好日子不过，一心一意地等着那个叫文兰的。"

老五说："他那叫苕，那本是不可能的，何苦还要如此哩！"

我说："你们是不是觉得秦家大垸的人都苕？"

老五忙说："瞧你这么敏感，怎么敢说你们苕！"

我说："你们应该去看看秦四爹过的什么日子。"

我要下车却打不开车门，老五伸手帮了一把。车门开后，我站在地上扶着车要老五随我到秦四爹屋里看看。老五看了看手中那几张写满字的纸，迟疑了一下还是从车里钻出来。我看见他在寒风中情不自禁地抖了一下。

　　天空阴得更厉害了。偌大的垸子几乎看不见一个人影，大家都猫在屋里。老五关上车门之前，先将车里的录音机关了，我问他刚才听的是什么音乐，他随手将那歌带取出来让我看了一眼。我还没认出上面的英文的意思，老五就藏宝贝一样收了回去。我同老五说话时，那音乐一直在影响我，音乐猛一停时，我心里有种丢失什么的感觉。老五比我的感觉还强烈一些，他是用双手捧着将歌带小心翼翼地放进盒子里的。老五盯着盒子上那外国女人沉静的眼睛，神情像是在拜佛。空寂的稻场上，一头母猪正在用嘴叼着一团稻草匆匆地往它那窝里跑。老五望了望四周，说这迹象是天要落雪了。老五有些得意自己还没忘记多少年前自己在这儿学会的气象知识。

　　秦四爹的房子在垸子的最西头，那儿的风最大，一点遮拦也没有。风头过来时，像十头黄牯一齐发癫那样，让人听着就心惊胆战。那所破旧低矮的房子在这样的大风中年复一年地挣扎着。老五问我，秦四爹以前的那所大房子哪儿去了。听说是被拆了给公路让路，老五就想到有关部门必须还给秦四爹一所房子，绝不应该只让他在这破房子里度过半生。

　　秦四爹的门钥匙放在墙上的一个窟窿里，这个秘密全垸的孩子都清楚。我不止一次地问秦四爹，他屋里没有一件别人想要的东西，这门上锁有什么意义。秦四爹总是对我说：只有上了锁才像个家，不然别人会以为那是牛栏与厕所。

开门后，老五将一只脚伸进去又下意识地缩回来，他回头看看我，意思是问有没有搞错。我什么也没说，自己先钻进屋里。老五只好跟进来，然后默默地看着屋子里的一切，一个字也说不出来。昏暗的屋子里只有一张破桌子和一只破凳子，黑乎乎的灶台上搁着两只白瓷碗。秦四爹没有床，他就在地上铺着几捆稻草，一床旧棉被胡乱扔在草堆上，相距不到两尺远就是牛睡的地方，尽管有一股腺味但屋子还算干净，没有见到牛屎牛尿，并且稻草也都堆在该堆的地方，别的地方难得见到一根。在屋里多站一会儿，让眼睛适应了以后，还能看见桌子、凳子和灶台被经常擦拭而留下的光泽。

老五问："村里怎么不给秦老四救济。"

我说："有救济，可他不要。"

这时，门口一暗，白狗子出现了。他冲着屋里说："这种破地方，你们来干什么？"

我没做声，是老五对他说，这是秦老四的家。

白狗子听明白后，也怔怔地进了屋。他看了不止一遍后说："秦老四怎么会是这样，他不应该是这样。我还以为他现在应该活得比谁都好！"

我想起秦四爹的话，就问："你们现在怎么想，不觉得心里难受吗？"

白狗子反问我："你这话是什么意思！又不是我们叫他这样，更没有逼他，他自己喜欢这样过，谁又管得了！"

我对这话很生气，将目光从白狗子脸上挪开，一低头发现地上有块白花花的东西。弯腰捡起来，见是一封信。我同秦四爹一道玩了这么多年，从未见过有谁给他写信，就是口信一年当中也难得有人捎给他几次。我看见信封上的地址是城里的，心里更加吃惊。老五先凑过来，只看一眼，就惊叫起来。他说，是文兰写的。白狗子不相信，他将信接过去在门口的光亮中细细看了一阵才表示，地址的确是文兰的。他还看了邮戳，正是文兰跳江的那一天。

一片白色的小东西落在信封上。没等我们看清它那美丽得有些凄凉的纹案，它就变成一粒晶莹的小水珠。我们都明白它就是雪花。

落雪了！跟在第一朵雪花后面的是纷纷扬扬的数不清的雪花。

白狗子和老五要我做主将信拆开，看看文兰对秦四爹说些什么。我不愿拆它，不是我不敢，秦四爹的眼睛早就老花了，这么小的字他必须请我替他认。我只是要他们上山去将秦四爹找回来。在白狗子和老五不停的请求声中，我坚持不拆，非要等到秦四爹当了面才肯拆开它。

出了那破败的小屋，白狗子和老五一直在我身后跟着，转眼之间，雪就落满了大地。空中白白的，乱乱的，特别苍茫。知青们闻讯都围了过来，那几个女的，手指还没摸着文兰的信，眼圈就红了。我有些扛不住，差一点便答应了他们。幸亏黑色黄牯又在后山上长嗥了一声。我冷静下来，告诉白狗子，他们不去找秦四爹，只想拆他的信，这样做太不讲良心了。我说完后他们就不再做声，片刻后，一群人不约而同地一齐往后山走去。

我没有跟着去，就在秦四爹的门前等着。在我向山路凝望时，捧在手中的信封上迅速积满了一层雪花。

不知过了多久，白狗子他们簇拥着秦四爹和黑色黄牯从后山上走下来。秦四爹一拐一拐的身影在人群中特别刺眼。一路上的动静，一点也不像他们之间说过什么。

秦四爹显得比知青们平静，雪花一阵阵地扑打在他的脸上，他那满脸的皱纹竟不见动静，就像远处的千山万壑一样。

拴好牛以后，秦四爹才朝我眨了一下眼。

我小心翼翼地撕开封口。

文兰的信很短，只有不多的几行字：

老四：

　　你现在过得怎么样。我最怕你脾气犟，让自己吃亏。人毕竟只有一生。你也莫怪别人。像我，我只怪自己。原以为嫁了个老实人，没想到前几天他竟然将发廊里的女人领到屋里来了。我一直没有梦想，现在我只想到那边去，看看那边有没有从前的那种战备洞。

　　　　　　　　　　　　　　　　　　　　　文兰

我将信递给秦四爹时，被白狗子半路截去。信在知青们手上转了一圈才到了秦四爹手中。秦四爹不看信，他将目光向屋里望去。不知是什么原因，大家都觉得眼前一亮，非常清楚地看见对面的墙上，有一幅用木炭画出的人头像。

白狗子带头，大家齐声说："真像文兰！"

秦四爹这时才冒出一句话："那是摸黑画的。"

天黑后雪越落越大，白狗子他们只好改变原先的计划，只将几个来秦家大垸新编的节目在我家的堂屋里演了一遍。也许是因为文兰的那封信，他们演得特别投入。白狗子挺着水桶一样的肚子居然还能跳舞。垸里的人开始觉得挺好玩。演到知青们为了一张招工表而又笑又哭时，垸里有人说了句："怎么走不了就像是在地狱受罪，那我们前几辈子没有走，后几辈子也没有走，钉在这儿就是理所当然的吗？"说着话他就领头走了，一会儿大人都走光了，堂屋里只剩下一群不知事的小孩。

秦四爹从头到尾都没离开。他对我说，他在那群人中总能看见文兰的影子。我问秦四爹，怎么白狗子他们一去他就跟着下山了。秦四爹说没办法，雪太大，黑色黄牯抵挡不住。

我还要同秦四爹说话，突然觉得身上不对劲。我明白是那病又要发作了。我赶忙叫了声父母亲，他们跑过来将我抱到床上放平。从前这病发作时，我从未失去过知觉，这一次我一躺到床上就人事不省。

我是被一阵惶恐的声音惊醒的。我从未见过白狗子用如此不妥的声调说话。

白狗子惶惑地小声说："怎么会是这样！她怎么可以是小树的女儿哩！"

老五的声音更小："我还劝过你，找小蜜要当心，搞不好就会碰上朋友的骨肉。"

白狗子说："我哪晓得，她有身份证，一口金寨话又学得那么好。"

老五说："你还是冷静点，说不定会错中错。"

白狗子说："怎么错得了，这相片是我陪她去照相馆照的。"

刹那间，我明白是怎么回事了！我从床上跳下来，不顾浑身的疼痛，一下子扑过去，狠狠地咬住了白狗子的一只手。我没有感到白狗子的挣扎，只感到老五在拼命地想将我拉开。我死不松口，想将白狗子的肉咬下来。我差一点做到了，当我的牙齿感到一股血腥味时，父亲闻讯跑来强行将我拖开了！接着母亲也过来将我紧紧地搂在怀里。母亲以为我病得厉害，忍不住边哭边诉地说等姐姐挣到足够的钱就好了，就可以替我找高明医生将这怪病诊治好。母亲说时，眼睛还乞怜地望着白狗子。我心里滴着血又不能说，我只要父亲将白狗子和老五他们撵出去。

屋里只剩下我和母亲时，我望着姐姐的照片号啕大哭起来。母亲以为我想念姐姐了，就叫我别着急，白狗子他们明天一早就回城里去，请他们给姐姐捎个信，请假回来一趟。我用双手捂着母亲的嘴不让她说下去。

就这样我哭了整整一夜，天亮时，父亲走进来，有几分高兴地对我说，白狗子答应今天就随车带我进城找最好的医院最好的医生，将病治好，一切开支都由他那公司里出。我听后大叫一声，说自己宁可死，也不去城里治病。还叫父母亲马上去将姐姐找回来，别再在城里待了。

天色越来越亮，从窗户里都能看见外面的大雪茫茫。父亲劝不动我，便要强行将我拖进那辆黑色的凯迪拉克。我犟不过他，就将两只脚在雪地里划出两道深深的沟槽。我反复说着这凯迪拉克是具装死人的黑棺材，坐在里面的人都得去死。

秦四爹这时从雪地里走过来，他推开父亲将我拉到远远的无人之处问到底发生了什么事。我将姐姐的事告诉了他。他听后许久一句话也没说，直到父亲又想过来催时，他才对我说，病是不能不治的，但不能用他们的钱。我看着秦四爹回到他那快被雪压垮的小屋，不一会儿手里拿着一个纸包走过来。

秦四爹将纸包放进父亲手里，他说："这是一万块钱，我用不着它了，原准备文兰回来，现在全送给大树，治好了病再好好读书，做一个我们自己的知青。"

父亲从未见过这么多的钱，他捧着纸包呆呆地不知说什么好。母亲有些语无伦次地说："白总都已经答应了，我们不能再乱花别人的钱。"

秦四爹说："我这钱来得辛苦，用它买药治病见效快！"

秦四爹要父母亲不要谦让了，赶快商量一下由谁陪我进城看病，父母亲都想去，大家也说可以一起去，顺便在城里玩一玩，难得有这么一个机会，同时还可以看看姐姐。我不同意他们去，如果他们从姐姐那里看出破绽，那会要母亲的命的。我说既然是秦四爹花的钱就让秦四爹陪我去，秦四爹从前到城里去开过积极分子大会，不比父母亲对城里的情况一无所知。我悄悄地对秦四爹说，让他去是为了方便将姐姐接回来。

秦四爹一答应，父母亲便不争了。他们很快就帮我收拾好了行李，我不愿坐白狗子他们的车，要秦四爹带我到镇上去搭公共汽车。秦四爹瞪了我一眼说："就坐他们的车，他们能坐我们为什么不可以坐！"

另一边，父母亲还在对心不在焉的白狗子说着许多感谢话，我想过去将他扯开，秦四爹用一双老手紧紧握住我的手不松开。

秦四爹摸着我的头说："记着毛主席的那话，要奋斗就会有牺牲，死人的事是经常发生的。"

天地在一刹那间变得很静，只有雪花的簌簌声。突然间，那个外国女人的歌声又响起来了，雪野顿时一派肃穆。别的人都没动，只有白狗子和那几个知情的知青，用双手抱着自己的头，拼命地向地下低去。

1997 年 10 月

赤壁

显空正在禅床上迷糊时，忽然感到有一股奇香自天外而来，他刚想到是否是观音菩萨云游四海路过黄州，心里霍的一下子明白了什么。他连忙爬起来，不及穿戴好，就往殿堂方向走去。一路上沁香扑鼻，他心知自己又迟到了。

到殿堂一看，果然显无已端坐在蒲团上。

显无睁开眼皮看了他一下，复又落眼低眉默诵着什么。

显空也不说话了，到一边去将大钟沉沉地撞了几下。

钟声嗡嗡地震荡了半天后，小和尚显虚才慌慌张张地穿过东坡祠朝佛堂跑来，一边跑一边穿着衣服。

见显空一脸怒容，显虚不敢吱声，径直往蒲团那儿走。

显空大声说："没有净手就诵经？"

显虚怔怔地看了显空一下，慢慢地往回走。

显空说："你再这样懒惰，我就将你送回归元寺发落。"

　　显虚支吾地说："我再也不敢了，大师兄。"

　　显虚走后，显空开始诵经了。诵了一会儿，心情就好了许多。显虚返回时，他没再作声。

　　做完朝时课诵，三个人往外走，显空忽然问显虚："昨晚你几时回的？"

　　显虚说："做完佛事我就回了。"

　　显空说："我怎么没听到开门声？"

　　显无说："是我开的门，当时你正在读经文，没注意到。"

　　显空听说自己潜心诵经，连开门声都没听见，不由得为自己的长进暗喜。嘴上却问："王老板家情况怎样？"

　　显虚说："已说好了，从今天起，他每天送半板豆腐给我们。"

　　显空说："我是问他家的佛事做了几天了？"

　　显虚说："好像是七八天吧，我也记不清楚。"

　　其实他心里有数。王老板的女人死了，请他们去做佛事，开始是他和显空一起去，后来就他一个人去。昨天晚上是最后一场，按规矩显空又得去，但显虚见显空忘了，他也不提醒，依然独自去了。王老板的女儿水桃长得像花儿一样，让他怎么也看不够。

　　显空掐指一算，说："有九天了。再别去了。"

　　显虚不高兴地应了一声。

　　吃过早饭，显虚正在刷锅洗碗，忽然从窗户上望见一个姑娘挽着一个竹篮，走进后院。他正想唤一声水桃，显空在院子里先叫了。

显空说："水桃，这早就送豆腐来呀？"

水桃说："我爸说天气热，迟了会馊，就赶早送个新鲜。"

显空说："多谢你们想得周到，就放在这石桌上吧。"

水桃放豆腐时，显虚故意在灶屋里将碗筷弄得哗哗响。果然引得水桃往窗户里张望。

放好豆腐后，显空说："家里忙吧？你可以走了。"

水桃说："我找显虚师傅有事呢，他答应今天送件东西给我。"

跟着，显虚听到显空极威风地喊了一声："显虚，你出来一下。"

显虚硬着头皮出了门，问："大师兄叫我有什么事？"

显空说："你答应给水桃的东西呢？快拿出来！"

显虚说："没有，我没有答应她什么呀！"

水桃说："昨晚你答应送我一颗好看的赤壁石呀！"

显虚说："你怕是记错了啵！"

水桃一急，眼泪差点出来了，说："昨晚临走时，你拉着我的手，悄悄对我说的。"

显虚还要分辩，显空忽然提高声调说："别再说了，你到佛堂去等我。"

显虚走后，显空好言从水桃那里问明了详情。水桃只有十五岁，对佛家极信任，心里没有别的意思。所以显空多少有些放心了。送走水桃，他转身回到禅房，打开显虚的包袱细细一翻弄，果然找到一块极别致的小石头。

石头通体白如玉，而纹路又黑如线，几弯几绕，在石头上勾画出一对男女在亲嘴的模样来。

显空见了心里一热，他赶忙默诵了几句经文。再看时，他心里平静下来。他拿在手里把玩一阵，终不忍将其丢弃，想了想后，他将这块赤壁石藏在观音菩萨的莲花座后面。

显空来到佛堂，见显虚一脸的惶恐，就动了恻隐之心，问："你今年多大了？"

显虚说："十六。"

显空叹口气说："你去将纸墨拿来，我在二赋堂等你。"

显虚拿了纸墨笔砚来到二赋堂前，见显空正望着大殿上方的一块匾出神，他唤了两声，显空才回过神来。

显空比照那匾上的字体，一口气写了二十多张后才歇下来。显空总是这样，每天总要抽空来二赋堂，将匾上的字临摹一二十遍。显空之所以被归元寺派到赤壁来看管东坡祠，就因为他字写得好，诗也写得不错。有这一点儿长处，他在归元寺时，常常露出一股傲气，后来住持对他说，你到赤壁去吧，在那儿好好练练二字怎么写，等练好了再回来。

二赋堂这块匾是李鸿章亲笔题写的。显空来后，比照那三个字一试，才知道问题的严重性，这二字写小些时还可以对付，但一旦像李鸿章那样，写成二尺见方大小，并紧挨着赋字和堂字时，便怎么写怎么难看，更别提与李鸿章那雄浑刚劲、方圆皆是的二字相比了。显空写了一整年，越写越泄气。本不打算写下去了，偏偏这时，归元寺又派了一个怪和尚显无来。

显无来时，正赶上他无精打采胡涂乱抹。显无也不搭话，上前推开他，接过笔，刷刷地写就了三个字，虽然仍比不上李鸿章的，可比他的强多了。显空一急，便又来劲了。

显无来时是民国二十六年，现在是民国二十七年了。天气已经热起来，黄州城最热的日子来到了。

显空一停下笔，显虚立即上去用扇子给他扇凉。显空的字是明显长进了，他自己也意识到这一点，脸上又有了些得意之色。他用毛巾擦了擦手上的汗，细心地挑了一幅，摆在桌子上，人站得远远近近地看了几遍。

这时，显无从二赋堂的后门进来了，见了他们只是扫一眼，也不打招呼，径直转到大幅木刻的背面去了。

这大幅木刻前面刻着《前赤壁赋》，后面刻着《后赤壁赋》。

显空朝显虚使了个眼色，显虚立即凑拢来听显空悄悄说了一通话后，显虚也转到木刻的后面去。

显无面对《后赤壁赋》无声地伫立着。

显虚说："二师兄，好久没见你写字了，你不想试试笔吗？"

显无回头看了显虚一眼。

显虚又说："大师兄苦练两年，他的字都快撵上李鸿章了。"

显无淡淡一笑，转身走到堂前，拿起笔缓缓地蘸饱一笔墨后，瞅着白纸站了一会儿，随后一口气写完三个字。

显空正待上去观看，身后响起一片人声。扭头一看，见一队当兵的拥着程汝怀，正从赤壁大门外往里走。

程汝怀是鄂东行署主任，以前也来过赤壁，不过总是陪着武汉或南京来的客人。这次他陪的是胡高参。

没等程汝怀介绍完，那胡高参便连呼："好字好字！李中堂大人果然了得，真百闻不如一见，我看天下没有第二人能写得了这三个字。"

程汝怀在旁边笑着说："恐怕未必，显空师傅演练这三个字已有数年了。"

胡高参回头见桌面上果然有一幅字，就上去看了看，忍不住夸奖道："下车伊始，夸夸其谈，真的险些辱没了程主任手下的人才。的确不错，其中风骨比李中堂大人更让人敬佩几分。"

显空见胡高参直夸显无的字，心里很不爽快。显虚心领神会，赶忙拿过显空的字摊在桌上请胡高参过目。

胡高参扫了一眼，说："小师傅，你至少得跟你师兄学上十年才行。"

显空、显虚顿时无话可说。幸好胡高参将话题转到前后赤壁赋上去了。

胡高参在二赋堂待了半上午，临走时，程汝怀要显空小心护着这块宝地，别让兵匪袭扰。还说从北方溃退下来的部队很多，那些中央军霸道得很，他这个地方官制约不了。显空点头称是。

送走程汝怀一行，显空一整天心里都不快活。

显虚见大师兄不快活，便提心吊胆，等到天黑就早早入了禅房，准备睡觉，打开包袱时，他忽然发现那颗赤壁石不见了。

显虚正满床搜寻，显无进屋来了。见他急得满脸通红，就问有什么事。显虚不好明说，便用铺床来掩饰，显无瞥了他一眼，说东西掉了可问观音菩萨，心丢了，可就麻烦了。

显虚想着那块奇石，夜里睡不着。

那天，大师兄带他去豆腐店王老板家做佛事，第一眼见到水桃，心里就乱了方寸，回来的路上，显空无心地夸了一句，说水桃是豆腐西施。当即，显虚的脸红得像熟透的水蜜桃。他怕显空看见，假装鞋松了，蹲到地上去系鞋带。无意中发现手边有一颗白石子有些特别，他随手捡起来一看，心里像得了宝贝那样高兴。

睡不着时，显虚老想这是不是天意，不然哪能那么巧，一见到水桃，他就捡到这赤壁石。也有想不通的，既然天赐这段姻缘，可为什么又让他做了一个秃头和尚呢？

民国二十七年夏天的这个晚上，大和尚显空、二和尚显无睡得鼾声起伏，可怜小和尚显虚却在闭着眼睛看着自己的未来。

外面凉风习习，可他不能出去乘凉，一到夏天，大家最爱说的话是：心静自然凉。大家也都不敢说热，怕别人说自己心不静。

半夜里，显虚听到一阵急促的敲门声。

敲门声刚刚响起时，显虚尚不觉得惊慌，可只过了片刻他就稳不住神，急忙叫醒显空。

显空醒过来，有些生气地说："这么晚，叫什么呀？"

显虚说："有人在敲门！"

显空说："有人敲门你去看看不就行了！"

显空边说边听出了异样，他三下两下穿好衣服，就往外走。

没人叫显无，但他也起床跟了出去。

过了东坡祠，他们望见赤壁大门外，亮着一片火光，且敲门声极凶狠。显空合上乾坤掌，闭起混沌目，喃喃地对显虚说："敞开院门做佛门，让开俗道成禅道。"

显虚应了一声，上前一步将赤壁大门门闩抽了下来。

门一开，许多火把和手电筒刷刷地将显空、显虚的印堂，照得红彤彤的。显无在他们身后站着。

显空冲着那群人说："施主半夜三更前来，不知有何急事？"

一个吊着胳膊和手枪的人回答："没听说当兵的四处为家？老子这不算回家也算找上家门了！"

显空心里一怔，仿佛感到某种不祥之兆，他说："这是书圣诗仙苏东坡留下的一片洁土，只供参拜，不留食宿。"

头头模样的那人仰面一笑，说："这样更好。蒋总司令只命令我们不许袭扰百姓，但没有禁止当兵的麻烦神仙。"

头头一笑，他手下的那两百多号人跟着一齐笑起来，乱糟糟地不知都嚷了些什么。

显空说："各位不可取笑。"

显虚一旁插嘴说："施主趁早另择安歇之处吧！"

那头头冷笑一声，说："假癫痫！不是咱弟兄的血肉挡住了飞机坦克，东洋人早就一把火烧了你裆里的无花果！真有书圣诗仙菩萨屌，那怎不请日本鬼子到别的国家去安歇？"

显空说："禅俗两家，同生不同世。佛事凡情，各有各的主管。东洋西洋，与出家人概不相干，请施主多多体谅。"

这时，溃兵中有人讥骂吼叫起来："各不相干，却挡在门口，想你这秃瓢是个荤和尚么？"

又有人高叫："营长，咱拿着机关枪呢，怕谁呀，干吗要与这几个光头佬细说！"

听得这一声叫，头里几个当兵的便进了大门。显空和显虚挡不住，被挤到一边侧着身子还站不稳。

身后的显无忽然开口说："施主慢点走。"

那几个当兵的一愣，只见显无端坐在地上，抡起两掌在空中舞了几下，然后缓缓地向前平推过去。那几个当兵的立即像纸鸢一样，飘飘地越过门槛，退回到开始起步的地方。

那头头一愣，问："你们中邪了？"

当兵的说："好怕人，有一股凉风吹得骨头生痛，脚下站不住。"

显虚说："二师兄学过喇嘛教的神功，还有更厉害的招儿呢！"

那头头没有被吓住，反说："我就不相信天底下还有比子弹更厉害的东西。"

他一挥手，几个当兵的平端着步枪，逼近显无，直到刀尖抵住显无的胸膛才停下来。

显空见此情形，连忙闭上眼睛，可他心里已看到那刺刀尖上正孕育着一朵血红的蓓蕾，同时也听到那枪膛里正憋着一声恐怖的呻吟。

显虚不知所措，他见显空闭着眼睛，以为还不知道眼前的险情，正准备凑近去告诉他。却意外地听到大师兄急促的呼吸声，再细看时，才看清那一副激动不已的样子。显虚顿时诧异不已，他感到大师兄的目光正在使劲扣动那些步枪的扳机。

待了一阵，终于有一支枪响了。

显空睁开眼睛后，却发现心花未谢，血花未开，显无仍好生坐在那里。他听到东坡洞内有一阵异响，便叫显虚跑去看。显虚看后回来说：苏东坡塑像的嘴巴被枪打坏了。

显空对那头头说："不杀生可以，但也不能伤害神仙啦！"

那头头说："苏东坡不是常叹有客无酒，有酒无肴么，留着一张空嘴巴有什么用呢！"

显空一时无话，回头见显无依然是纹丝不动的模样，到这地步仍不乱佛心，他心里不得不称赞，说："安邦定国，镇山慑水，师弟的确得了佛祖禅宗真传。"

听到这话，那头头发了一声冷笑，冲着队伍后边的黑暗叫道："美人儿们，都到前面来！"

随之，就有娇滴滴的音响传过来。不一会儿，一群香姐甜妹，款款地分开那些黑大兵，走到大门前。

那头头说："今天让你们开个眼界，见识见识这无骨无核的无花果。"

几个烟花女子似乎不懂他的话，只是怔怔地望着。

那头头说："无花果就是和尚的鸡巴，谁先尝到，老子赏她一对金耳环。"

烟花女子先是好奇地一阵嬉笑，跟着就有人率先动手解显无的衣服。有两位没弄懂头头的意思，竟朝显空和显虚下手，唬得显虚和显空扭头就跑。

显空边跑边说："搞错了，不是我们。"

这一听，让那些溃兵乐得哄笑起来。

高上尉带着几个把兄弟和一营士兵，从河北溃退到河南，从河南溃退到安徽，又从安徽溃退到湖北。中间，他提着脑袋与日本人干过几仗。日本人的武器太厉害了，三五个人就可以打他的一个排，几仗下来，说是打死了上千上万个鬼子，实际上连五十个都不到。一营人几乎都打光了，幸好把兄弟们尚在。眼下这群乌合之众，是一路上收编的散兵游勇。大家说是铁心跟着高上尉干，其实一多半冲着从六安掠来的那几个妓女。进黄州之前，他担心地方大了，妓女也会勾不住这些浪荡种，这年月没有人枪，空有师长、军长的头衔也没用。所以，他有意让队伍在上巴河休息了两天，另派人先来黄州，打听到赤壁是个清静封闭的去处，就决定将队伍开进去。

谁知凡间好闯，佛门难进，几个赤手空拳的肉头和尚，竟将纵横燕越、驰骋中原、在日本人的钢炮铁甲丛中死了几个来回的堂堂行武，轻而易举地拒之门外。

高上尉于气恼之中唤来了那几个妓女，让她们将显无夹生吃了，破他的戒。

纤纤玉指，艳艳朱唇，解的解，咬的咬，那些带子和扣子一个个地开了。片刻间，显无就只剩下一条惨不忍睹的裤衩在身。

显无此时，再难静心静意，转而担心这几个妓女真会夹生夹僵地吃了自己的"无花果"。他无可奈何地叹了一声，然后发动轻功，翻过围墙飞也似的逃了出去。

高上尉听到人群中有拉枪栓的声音。就叫道："别开枪！"停了停，又说："让他去吧！"

显无很快消失在黑暗之中，高上尉招手让手下的人进驻赤壁。

显空恍恍惚惚地看着这些，不知如何是好。

高上尉正在指挥部下往东坡祠里搬东西，一个女人走到他面前，说："长松，我们住哪呀？"

高上尉说："别着急，巧巧，有你我过舒服日子的地方。"

巧巧说："我好累，想早点歇下来。"

高上尉只得大声喊道："老二，找着地方没有？"

老二应声跑过来说："屁，都是些灯笼穿的破亭子，乘凉可以，住人不行。"

高上尉一扫眼，看见了二赋堂，问："那地方不行么？"

老二说："上着大锁，弄不开！"

高上尉派人叫来显空问他要钥匙，显空说钥匙丢了，上午程汝怀要参观时，也没能进去。高上尉听出他是在用程汝怀来压自己，也不搭话，一只手抽出手枪，瞄准那锁就是一枪。铁锁很尖锐地一响，却没有开。老二上去看了看，回来说必须打在锁眼里才行。老二叫了一个士兵去用手将锁扶住，回头问高上尉让谁打。高上尉让老二，老二打了一枪，却打在那士兵手上。那士兵捂着手直哼哼。高上尉要亲自来打，让再扶一次，锁开了，派个妓女单独侍候他三天。那士兵扶正了锁后，高上尉一枪就将锁打开了。

高上尉拥着巧巧，走进二赋堂，转了一圈后，到了木刻背后，《后赤壁赋》下的那块地方，前面的大厅，则让把兄弟们住。

吩咐刚毕，把兄弟们就和几个妓女搂搂抱抱，簇簇拥拥地进来找地方安身。

巧巧正在指挥勤务兵安床支蚊帐，高上尉没事，就去看被担架抬进来的八弟，刚走近，不及说话，外面忽然响起人声，像是在问谁是指挥官。

高上尉走出二赋堂，见问话的是两个警察，就搭话说："有什么事就和我说吧！"

一个警察说："程主任听到这儿响枪，不知出了什么事，特派我们来看个究竟！"

高上尉说："没事，是弟兄们枪走火了。"

那警察又问："你们是哪部分的？"

高上尉说："哪部分的都有。"

那警察不甘心，说："还望长官说清楚，小弟回去也好交代！"

高上尉说："你就说是打鬼子、抗日的部队！"

高上尉这队人马不算多，可一路上山炮、小炮捡了不少，都在院子里黑黝黝地蹲着。黄州城的驻军只有机关枪，所以这阵势让那两个警察不敢多说，敷衍几句就赶快走开。

显空一直在一旁观看，警察走时，他撵上去，请他们带个话给程汝怀，赶快下个命令，让这帮人撤出赤壁，免得让这千年古迹遭了殃。警察摇头说：这帮人有大炮，程汝怀也不敢得罪他们。

此时，月光铺展而来，天空里到处飘洒着大大小小的星星。高上尉第一次来赤壁，免不了心生好奇，他将《前后赤壁赋》读了一遍，复出门到问鹤亭、放龟亭处走了走，到处都是他的人马，找不到一点幽情。

转回来，走到二赋堂，见一个人影正贴着门缝往里望。高上尉放轻了脚步，悄悄上去，伸手猛抓那人的头发，却抓了个空，那人也吓软了，不知逃走，只顾扭头来看。高上尉认出这是小和尚显虚。

高上尉便问："你在这儿干什么？"

显虚说："师兄怕你们毁了古迹，让我来看看。"

高上尉说："你别捣鬼。幸亏碰上我，换了别的弟兄，早就一枪崩了你！"

显虚不再回话，抽身走了。

高上尉俯身朝显虚看过的门缝看了看，正好看见老二和一个妓女赤身裸体地在床上起伏，四壁尽是那种撩人的音响，天将黎明，凉风中弥漫着阵阵肉体的嫩香。

他有些不能自持，连忙推开后门。刚一掀开蚊帐，一截粉圆裸白像藕妖精一样的身子，横着滚进他那欲火煮沸的怀抱。他稍稍一捏，巧巧就月落西湖星坠漓江般响起醉骨酥心的呻吟。

高上尉扯开最后一粒扣子，正要摆好架势。外面正厅里忽然骚动起来。有人慌张地叫："三连副不行了！"

高上尉一把撩开巧巧的手臂，套了件裤衩就往外冲。

情急之中，他踢翻了一架行军床和床上色相迷迷的妓女。

高上尉扑在担架上连声问："八弟！八弟！你怎么了？"

八弟喘着气说："就那么回事，大概熬不过去，要过山了！"

高上尉眼睛一瞪，说："不成，看哪个小鬼敢来收魂，我一枪崩它十个窟窿。"

八弟说："我还有一口气，大哥真心护我，不如趁早将巧巧让给八弟！"

高上尉猛地一愣。

老二在一旁骂起来："八弟别胡说！大哥一生无别的嗜好，南征北战也就遇上这么个对上胃口、称心如意的姑娘，八弟这么要求是断不可以的！"

高上尉说了句："容我想几分钟。"

他出门去，寻了一个士兵，将其痛打一顿，然后平静地走回来，对八弟说："此刻八弟若让我陪着去那边也是可以的，所以，心爱之物更不是不可以了！"

高上尉将巧巧叫过来，当着大家的面对她说："八弟喜欢你，我是舍不得也要舍，从今往后你就跟着他吧！"

说完，他把厅里所有人都轰了出去，他自己也走了，厅内只留下八弟和巧巧。

高上尉端坐在名叫迎素月的院门门槛，心里十分不好受。后来他想起了在六安城外遭日军袭击的情形。当时，一群手榴弹，像乌鸦一样，呜呜哇哇地从一座土丘后面飞出来。高上尉虽然惯走沙场，可这种东西还是第一回见到。他拉了一把身边的八弟，问天上飞的是什么东西，八弟跨上一步迎近些去看时，刚好护住了高上尉。手榴弹爆炸，八弟当即被炸得血肉模糊。

想到此，高上尉不由得对自己说：八弟能替自己去死，我送他一个姑娘又算什么呢！

八弟将巧巧要去，其实也就摸摸那两只硬起起的乳房。他要巧巧将裤子脱了，巧巧推说要去尿尿，跑到她和高上尉的床上躺了半个时辰，再回去时，八弟已经死了。

高上尉和老二他们哭了一通后，将八弟的丧事作了安排，便转回来准备休息。

他掀开蚊帐，见到巧巧已在里面躺着，不由得愣了愣。

这时，他听到窗户后有点动静，就伸手做拔枪的姿势，窗纸后面什么东西一惊。

高上尉心里一笑，高声读起木刻上的《后赤壁赋》来。

"时夜将半四顾寂寥。"

"适有孤鹤横江东来翅如车轮。"

"玄裳缟衣。"

"戛然长鸣掠予舟而西也。"

一阵脚步声骤然在窗外响起，有人又慌又急地向远处逃走了。

"顺舆客去，予亦就唾。"

哨兵听到脚步声，在问鹤亭里发出一声断喝。

高上尉推了一下窗户没推开，便敲着木栅骂道："狗咬耗子，没你的事。"

哨兵不做声了，巧巧却在蚊帐里问："怎么了？"

高上尉喃喃地说："稀奇，小和尚也知道听窗。"

巧巧拱出香辣辣的嘴说："天下男人都一个样，睡吧！"

高上尉冷冷地说："不行！你是八弟的人，不是我的人了！"

高上尉又说："这个床归你了。"

他朝外走时，听到巧巧在床上凄惨地叫了一声："长松！"他心里一颤，但脚下没有停，一直走到东坡赤壁的最高处，伫望着万里长江茫然。

站了一会儿，他忽然觉得身后有人，扭头一看，是老二。

老二领着一名妓女跟来了。老二说："大哥，我知道你心里难受，别憋着，找地方泄一泄吧！"

说着，那妓女就开始解自己的衣服。

高上尉猛地一挥手，说："要泄你自己泄吧，别让我恶心！"

天刚亮时，显虚就开始敲钟。

听到钟响，显空猛地清醒过来，心里不由得奇怪，他到供堂时，见显虚已开始诵经了。

显空仍忍不住问："你今天怎么起得这样早？"

显虚没吭声，只抬头望了一下。

显空又说："你脸色不好。一定是昨夜没睡好。"

显虚心里有鬼不敢回答。

显空则自语道："挨着这群魔王，谁能睡安稳觉？"

显空正要坐下诵经，一个当兵的闯了进来，冲着他吼道："这大早，敲什么钟？吵得弟兄们睡不好觉！"

显空说："施主莫发火。这晨钟暮鼓，哪座庙里不敲？若是嫌吵，可以到城里去找地方住嘛！钟鼓声如同心跳声，本是不吵人的。"

当兵的说："像打雷一样，还说不吵！"

显空正要再说，高上尉出现在门口，说："没听说做一天和尚撞一天钟么，和尚不敲钟还能做什么呢！"

当兵的见了高上尉，赶紧立正称是。高上尉摇摆手让他走了。

显虚见高上尉进来，心里一阵发慌，再也无心诵经，扭头对显空说："这堂课是没法做了！"

显空摇头叹了口气。

显虚说："干脆我去豆腐店打个招呼，让水桃别送豆腐来了，免得碰上这群魔王遭殃惹祸。"

显空稍一想就答应了。

显虚赶忙放下经书往外走。

高上尉故意堵在门口不让路，显虚也不叫他让，仄着身子，从门边钻出去。高上尉笑眯眯地看着他，待他走出十几步，突然在身后叫道："显虚师傅！"显虚身子一震，腿有些发软，禁不住回头看了看。高上尉笑得更厉害，并指指他的脚。显虚低头看时，才发现自己将鞋穿反了。

显虚换好鞋，匆匆走出赤壁大门，才长长吁了一口气。昨夜的事，开始本是显空派他去探听动静，一去后，自己却被迷住了，想走也挪不动脚。第一回被高上尉冲散后，又忍不住返回去，没想到又被高上尉发觉。夜里恐惧，起床时，将鞋穿反了也没有察觉。

半路上，果然碰见了水桃。

水桃执着豆腐担，辫子、胸脯、手和屁股，随着那担子一下一下地悠着，好看极了。

显虚连忙迎上去，远远地叫了一声："水桃！"

水桃马上回应一声，待走近了又问："你这一大早去哪儿呀？"

显虚说："昨晚赤壁来了一群溃兵，个个像魔王，我怕你不知道此事，仍来送豆腐，搞不好会吃大亏的。所以，特地去你家报信，让你以后不要再送了。"

水桃说："我知道溃兵的事，显无师傅昨夜跑到我家，将经过都说了。可他没说我不能送豆腐。"

显虚说："二师兄念经念傻了，一点也不通晓人间的事。只有我才一天到晚惦记着你呢！"

水桃说："别人傻总比你假强。前天你明明说找我有事，昨天我去时，你却不承认。"

显虚说："那是大师兄当了面。他不准我和女孩子玩，知道了就骂我。"

水桃说："那你到底要送我一个什么东西？"

显虚说："一颗好看的石头。"

水桃说："石头有什么好看的。"

显虚说："这个石头与别的石头不一样，上面有一幅画儿。"

水桃说："你别又说假话。"

显虚说："真的。天生就有，一个男的和一个女的抱着亲嘴！"

水桃一时红着脸说不出话来。

显虚的心也怦怦地跳起来，他四顾一下，见没有人，便一下子扑过去将水桃死死搂住。水桃没有防范，肩上的担子立即掉在地上。显虚说："水桃，我真喜欢你，你让我也亲一下吧！"边说边用嘴巴在水桃脸上直拱。

水桃拼命挣扎，嘴里直嚷："不行！不行！"

显虚力气很大，水桃挣不脱．实在没办法时，她张开嘴在显虚脸上狠狠咬了一口。

显虚正在热情之中，忽然一阵剧痛袭来，他只好放开水桃，不知所措地看着她抬起豆腐担子，急急忙忙转身往家里走。

显虚站了一阵，觉得脸越来越痛，用手一摸，方知脸已经肿了。他忍不住骂了一句："真是最毒妇人心。"

显虚本打算就此回头，可显空吩咐他要将豆腐带回去。没办法，他只好盯着水桃的背影跟着走。

王老板也出门送豆腐去了，显无在院子里对着一棵老槐树念经。水桃不理他。显虚怕显无知道刚才的事，便装什么事也没发生一样，要水桃用篮子装些豆腐给他，水桃嘴上没应，用刀子将摔在地上沾了灰的那些豆腐，全部切下来，装进篮子里。显虚有苦说不出，提篮子正要走，显无忽然唤起来。

显无问："家里的情况怎么样？"

显虚说："溃兵将各处都占了。昨晚有个人死在二赋堂里。"

显无问："不是我出手伤了他的吧？"

显虚说："不是！是打仗负了伤，救了多时没救住！"

停一停，显无又问："他们是不是在到处找我？"

显虚说："他们根本就没把你当回事。不过，你暂时还是不要动，待我回去看看风声再来告诉你。"

显虚说话时，眼角老睃着水桃。水桃一点也不理睬他。显虚趁她不注意，放下手中的篮子，将地上盛着好豆腐的篮子提起来，悄悄地走了。

显虚提着一篮豆腐回到赤壁时，太阳已升起一丈多高，到处都是一股股的燥热。

巧巧正坐在大门口阴处乘凉，风不够大，她撩起旗袍的前摆轻轻地扇，两条雪白的大腿横在路上。

显虚不敢看那双腿，他绕了几步，想躲过去。

巧巧盯着他的脸说："小师傅的脸怎么啦？"

显虚说："被街上的顽童用石头砸了一下。"

巧巧说："是么？你叫什么名字？"

显虚说了自己的名字后，装作听到谁在喊的样子，应了一声，飞快地离去。

回到住处，正在向显空交代这一早晨碰到的事，巧巧在外面喊起他的名字来。他听见了但不敢应声。

显空提醒他，说："有人喊你咧！"

这时，巧巧已经进屋来了，说："显虚小师傅，这么好的豆腐，送一块给我尝个鲜吧！"

显虚将眼睛看了看显空。

显空说："你觉得好，就自己拣两块去吧！"

巧巧说："我就在你们这儿吃行么，当兵的大锅烧饭，做不出味道来。"

显空一时不知如何回答是好。

这时，老二到了门口，说："巧巧，你怎么跑到这儿来了。大哥有事找你呢！"

巧巧说："他找我有什么好事！"

高上尉坐在八弟的尸体旁守灵，见巧巧和老二来了，就站起来朝巧巧行了一个礼，然后责怪说："你不守灵，跑到哪儿疯去了！"

巧巧说："干吗要我守灵？"

高上尉说："你是八弟的人，你不守灵谁守灵！"

巧巧冷笑一声说："我是你八弟的鬼哟！"

高上尉忍住怒火，说："巧巧——不，八弟妹，有件事得和你商量一下，八弟何时下葬为好！你是他的唯一的亲人，一切都得听你的！"

巧巧骂了一句："去你妈的八弟妹！"骂了这一句后，她忽然静下来，将《前赤壁赋》读了一遍，又绕到后面，将《后赤壁赋》读了一遍。高上尉惶惑地问了几遍，问她想干什么，她都不回答。读毕回来，巧巧说："老八是抗日英雄，你们弟兄必须为他做七七四十九天佛事以后，方能入土安葬。"

老二一听急了，说："巧巧，这热的天气，放上一天就会臭，放上两天就会生蛆的。"

巧巧说："人死总要烂，总要臭，总要生蛆的，埋与没埋，对于他都是一个样。"

高上尉说："这个且不说，那样长的时间，恐怕日本人早就打到黄州来了。"

巧巧说："日本人来了，你们逃走就是，只要有我就行。"

高上尉见巧巧主意已定，一时说服不了，就拽上老二到问鹤亭里去商量。

依老二的看法，干脆将巧巧踢在一边，他们自己来张罗算了。高上尉不同意，弟兄们都知道巧巧是八弟的人了，话是他说出去的，就得算数，不然日后的命令谁还会听。

正谈着，老二忽然想起一个问题，说："大哥，八弟死前将你心爱的女人要去了，你是不是有些恨他，才有意让巧巧胡作非为。"

高上尉立即正色道："老二，这话可只能在你我之间说一次。你千万不能将大哥当作那小肚鸡肠的妇人。"

高上尉的眼光让老二产生了畏惧，他连忙说："小弟有口无心，说了瞎话，大哥切切不要计较。"

二人又商量起八弟的丧事，最后商定，先顺着巧巧的意思，请东坡祠的三个和尚帮忙做几场佛事，其间再找机会说服巧巧，早点将八弟入土葬了。

商量好后，高上尉和老二就来找显空。

显空不在，佛堂里只有显虚一个人靠在椅子上打瞌睡。

高上尉喊醒他，问显空哪儿去了。

显虚正要回答，又戛然而止，改口说不知道去哪儿了。其实，他知道大师兄找程汝怀去了，他们想让程汝怀下道命令，将这伙溃兵撵出赤壁。

显虚说不知道后，高上尉和老二并不急于走，就在佛堂里和他拉起家常来。显虚不敢得罪他们，就硬着头皮陪他们。慢慢地，他察觉到当兵的是有事求他们。于是就猜，大概是要他们帮忙替那个死人做佛事。

果然，半上午时，大师兄回来后，高上尉将这话挑明了。

显空听后，沉吟半天，才说他们只是受派来这儿管理东坡祠的。苏东坡活着时与佛门往来密切，对佛门多有照应。所以佛家在他死后多年仍一直派人照料他的香火。显空说他们不能做佛事，不然归元寺会怪罪下来的。

高上尉求了半天，显空就是不答应，后来他和老二气冲冲地走了。

见佛堂里没有外人，显虚就问程汝怀那里情况怎么样。显空叹口气说，程汝怀也把这伙人没办法，反劝他忍耐一时，就将这看作是为抗日做了贡献，出了力。

二人正在叹气，门外呼呼啦啦地进来一群当兵的，也不说话，几个人径直去抬那观音像。

显空慌了，拦又拦不住，便哀求地问他们想干什么。当兵的痞里痞气地说，天气太热，东坡祠里睡不下那多人，还占了一个角烧饭，只好将烧饭的一套都移到这儿来。显空说："这怎么行呢？"

显虚这时贴近他的耳朵，悄悄说了几句。

显空听后，连忙出了佛堂，往二赋堂找高上尉。

高上尉见到显空，便大声哭起八弟来。

显空心急如焚，见他哭得很动情，只好在一旁耐心地等。

高上尉越哭越起劲，见不到有停歇的迹象。显空正在焦急，老二在门口出现了。显空便将他拖住，要他快去制止。

回到佛堂，见显虚正和那几个当兵的在抢一件小东西。显虚显然是没抢到，情急之中打了一个当兵的，惹得那几个当兵的一齐将他按在地上，一顿好打。

老二见了，忙将手下的人赶开，再问是什么原因。当兵的回答说是显虚要抢他们在观音佛像后面找到的一颗石头。老二就骂他们什么金银财宝不好抢，却要抢一颗小石头。待手下的人将石头递过来给他看时，他也忍不住称奇。

老二将那颗小石头装进自己的口袋，回头对显空说："这种东西肯定不是你们佛家的。"

显空心里明白，嘴里却说："那是当然的。"

老二回头问当兵的："你们干吗要搬佛像？"

当兵的说："那边住得太挤，我们想将炊事班移过来。"

老二说："你们得听营长的命令，不能乱来。"

老二又回头对显空说："我大哥也有难处，不能看着手下人受罪不管。你无奈，我们也无奈，不如作个无奈的交换。你帮我们八弟做几场佛事，我帮你们劝那些人别将炊事班移过来。"

显空知道这是他们设计好了的套子。可事已至此，他不得不硬着头皮往里钻。

显空稍作收拾，就去了二赋堂。

坐定后，才感受到有一股尸臭在四周弥漫。他强忍着念了一个时辰的超度经，中午吃饭时，他一口也咽不下。

显空喝了两口水，忽然觉得一阵恶心，便唤过显虚，要他下午先替自己一会儿。交代完毕，显空便去佛堂静修。

不知过了多久，外面响起一阵嘈杂声。跟着老二闯进来，大声说："小和尚的道行太差，一上场就晕倒了，还是你亲自出马吧！"

显空起来，先去禅房看了显虚，并问明显虚是被那尸臭熏倒的。

显空再去二赋堂时，才知几个时辰里，那尸臭更厉害了，连高上尉这样极讲兄弟情分的人，也不得不用毛巾捂着鼻子。显空刚一坐下就感到胃里面有东西往上涌。显空以前在归元寺时，听住持和尚讲过做佛事的各种情形，其中就有夏天如何克服尸臭，住持说，修行好的，可以将臭变香，可以用一团香气罩住自己。显空想试试自己的道行到底如何，便极投入地诵起经来。一遍经刚念完，二遍经只开了个头，一团秽物从胃里冲上来，喷得满地都是。

高上尉和老二将他架出来时，他直摇头说不出话来。

显虚这时恢复了一些，从禅房里慢慢踱出，端了一盆凉水将显空全身擦了一遍。

显空缓过气来，说："这人一定是个十恶不赦的坏蛋，不然菩萨不会这样待我们，让我们的名声全丢光了。"

显虚说:"不一定全丢光了. 还有二师兄没试,他说不定能替我们挽回局面。"

显空说:"那你快去叫他回来。"

显虚朝高上尉要了一匹马,骑着去了豆腐店,将事情原委全和显无说了。

显虚本想借机在豆腐店里泡一阵,哪知显无听完他的话后,二话没说,抱着他跃上马背,合骑着马跑回赤壁。

显无回到赤壁时,正是虫鸟唧啾,黄昏如织,夕照之中,显无一身金碧,迎着恶臭,他一合掌,驻足俯首,念了一声阿弥陀佛,再向前走时,飘拂的僧衣下出现了一阵凉风。

显无来到二赋堂,别人都远远地站着,唯他能独自端坐堂前,手敲木鱼,嗡嗡地诵起经文。

显空这时挣扎着来了,看见如此情景,就颤颤地叫:"师弟,若是不行,千万别勉强!"

显无没有理他。

天黑后,溃兵们开始喝酒吃肉,显空和显虚什么也不想吃,远远地看着显无。

这时,有一阵凉风吹来,显虚吸了一下鼻子,说:"哪来的香气?"

显空也闻到了,说:"怪,这附近又没有花草,怎么这样香?"

二人说话时,高上尉也来了,身后跟着的巧巧,连声嚷道:"好香!好香!比雪花膏还要香!"

显空心里猜测,是不是显无在发功,嘴里却不说。

这香气一起，尸臭就渐渐消失了。

大家走到二赋堂，才明白那股异香果真是显无身上发出来的。都免不了称奇。

显空心里却暗暗难受，他没料到显无的道行比住持说的那境界还要深一层。

显虚忍不住悄悄说："若是归元寺知道二师兄的道行这么深，不知道会怎么提拔他！"

显空漠然地说："你受戒才几天，懂什么深呀浅的！"

显虚不再吱声。

这时，溃兵们都来看稀奇，将二赋堂挤得满满的。

高上尉借机大声说："三连副为了抗日慷慨捐躯，感动上天，特派高僧来为他送葬，这既是他本人的造化，也是大家的造化。"

老二补充说："我早说过，大家跟高营长走，绝对不会吃亏！"

正说得高兴，巧巧冷不防插进来说："老八他人贱，享不了这福。我不敢给他做四十九天佛事了，今晚就让他入土安歇。"

老二气极了，骂了声："你这臭婊子！"

高上尉拦住他，向巧巧说："四十九天是不行,三天行么？"

巧巧说："除非你再宣布我不是老八的人，不然就得今晚安葬。"

见高上尉没反应，巧巧一把抓住显无的衣领，一边拖一边说："老八的事你不用管了，你走吧！"

显无怕她也像那些妓女那样待他，就没有抗拒，站起来说了声："施主得罪！"

显无话音刚落，那股恶臭又铺天盖地而来。

葬完八弟，高上尉虽然了却一桩心事，但又多了一桩心事。

天黑前，他让老二带弟兄们去长江里洗澡，老二说自己肚子疼不能去。他就自己带人去了。一路上心里直蹊跷，老二过去从来不是这样，他独自留下，是不是在打巧巧的主意呢？高上尉于是决定半路折回去。他悄悄地回到二赋堂，果然听见老二在和巧巧说话。老二要巧巧嫁给他，说只要她点头，别的一切他自有安排。幸好巧巧不同意，说她要为八弟守寡三年，再考虑别的男人。老二说了许多哀求的话，甚至提到他高上尉，说他的心是铁打的，要巧巧别死心恋着他，他说过的话是不会改主意的。高上尉听到老二将一件什么东西送给了巧巧，说这是从和尚那儿抢来的。巧巧则惊喜地说怎么和尚也藏着这种东西。老二说了句天下最好色的是和尚后，屋里就有了动静，是两个人在扑打。打了一阵，老二大叫一声，说你这么狠心抓我的脸，叫我怎么出去见人。巧巧说，你再惹我，我就将你的卵子抓破了。

老二慌张退出来时，高上尉躲到一边去了。弟兄们还没回，高上尉听到东坡祠里有人说话，就踱过去。

显空自显无在二赋堂做佛事显出真功以后，心里一直不顺畅，以显无的这身功夫，归元寺地界内是无人可以相比的。自己苦心修炼这多年，可怜连显无的十之一二也不及。他心里闷得很，脸上却装作无事一样。见溃兵们都去长江里洗澡，东坡祠里空了，他就叫上显无、显虚一齐去看看。

东坡祠里空无一人，禅佛宏虚。深处里，往日很辉煌的苏东坡塑像，变得很凄苦，一根竹竿搁在塑像头上，竹竿上晾着许多脏衣服。被打碎的塑像嘴巴，露出一堆黄泥。

显空禁不住叹了一声："诗可相酬，酒可相酬，苏先生你怎么又落到了这种地步！"

显虚则说："秀才遇上兵，有理说不清。大师兄心放宽些，别替古人担忧。"

身后忽然有人插进来说："说得好！文人空谈误国，祸根之舌，失去了有什么可惜的！"

显空听了立即反驳："武夫血肉相搏，都因为心欲邪恶，施主何不洗心革面！"

高上尉一时接不上茬。

显空继续说："世事是什么？譬如这尊苏东坡像，眼睛看到的是它的颜色，手摸着感到的是它的软硬，敲它再听出它的声音，佛像就是由这些因素凑起来的，让人认为有尊佛像存在，而实际上并非是完全的真实。人也是这样，它只是因色、受、想、行、识的聚合，由血肉骨头思想感情等凑成的，所以人也是不真实的。而颜色、软硬、声音是因所谓佛像需要而派生的，血肉、骨头、思想和感情是要制造所谓人而生成的。佛像不真实，人不真实，它们还会真实么？所以佛是真实的，佛像是不真实的。涅槃是真实的，人生是不真实的。"

显空这一大通话其实是说给显无听的。所以，说完后，他直朝显无看。

显无脸上木无表情。

高上尉说："如此看来，我可以将这塑像踢成粉碎。"

显空说："不可，你不可以毁它。"

高上尉说："我读过一本叫《五灯会元》的书，上面记载，唐朝时，一位叫天然的和尚，曾在一个寒冷的早晨，用斧头劈开木雕佛像当柴，烧火取暖。"

显空说："天然可以如此。因为他心中有佛，佛便长存。你心中没有佛——"

高上尉抢着说："何为心中有佛？禅宗六祖慧能为了达摩始祖袈裟，曾三次受到佛门弟子暗算。死后虽全身胶漆并用铁甲裹住头颈，仍被同宗弟子派刺客取去头颅——如此心佛又在哪儿呢？"

显空说："施主话中已很明白了，难道心中还不明白！"

高上尉见辩不过，就开始说浑话："那么，那天夜里，不知哪位高僧隔窗偷听男欢女合之事，也是因为心中有佛么？"

显空想了想，记起那夜显无逃命在外，就怀疑是显虚干的。他说："谁胆敢做这种犯戒之事，赶快招供，不然我就向归元寺报告了。"

显虚额头上一层层冷汗直往外冒。想说出来，舌头又呆呆地不听使唤。

一直没作声的显无，这时轻轻地说："心中有佛，不说自明。心中无佛，说了也无用。佛既在心中，自然会时时和他理论！"

显空点点头，返身指着苏东坡像后的一滩水渍说："你的部下太不像话了，太辱没斯文了，怎么可以将尿撒在东坡先生身上呢？"

高上尉放纵一笑，说："这是尿么？这是龙虎汤呢！依我看来，这些文人多尝点大有好处，添些军人阳刚，文武双全不更妙么！"

显虚说："照这个道理，当兵的是不是也该喝点文人们的'斯文汁'呢？"

高上尉被这话噎住了。

显空皱着眉头说："太谬！太俗！"

高上尉说："又要你那个涅槃了，涅槃那么真，那么美妙，你怎不涅一回槃给大家看看？"

显空说："涅槃确为人生最高境界！"

高上尉说："可军人死于枪下最痛快。"

显空想了好一阵才说："空口难凭，佛俗两门，文武各家，各派一个代表就此比个高低怎么样？"

高上尉阴阴一笑说："你是不是想来个一石双鸟！"

这时，老二慌慌张张地跑进来，见了高上尉后，吁了一口气，说："大哥，你怎么跑这儿来了，弟兄们洗完澡后，找不见你，还以为你掉进长江淹死了呢！"

高上尉说："是不是有人盼我死？"

老二说："大哥你说的是什么话？"

高上尉说："你别多心，我是说这群和尚。"

早上，显虚去拿豆腐时，被王老板冷言冷语地奚落了一顿。他听出来，水桃将那天早上的事告诉父亲了。王老板将几块馊豆腐装进竹篮里，他也不敢吱声。

因为几个妓女住在二赋堂，显空早上不能去练字，做完功课后，就抱着一柄扫帚满地扫垃圾。溃兵们什么都不讲究，屎尿到处拉，脏东西到处扔，特别是那啃剩下的肉骨头，让他扫也不好，不扫也不行。

显虚回来时，显空还没将地扫完。

见了显虚，他忙说："你去将显无叫来，将这剩下的一块地方扫了。"说着就去一旁躲避起来。

显虚知道轮不到自己叫二师兄做事，他就故意提着豆腐进了佛堂，对显无说："这豆腐馊了，我去换一换。大师兄叫你去将我没扫完的那地方扫完。"

显无放下经书，走到院子里，一点也没犹豫，三下两下就将那些肉骨头扫得干干净净。扫完肉骨头，他舀了一盆水，净净手后又继续读经书。

显空在暗处看着这些，不由大吃一惊，一个上午都在嘟哝："佛在心中！心中有佛！"

中午吃饭时，显空一咬豆腐，见是馊的，就骂显虚。显虚开始没作声，后来见显无没知觉一样只顾埋头吃饭，就大着胆和师兄顶嘴。

他说："我怎么知道豆腐馊了，要骂只能骂王老板和水桃。"

显空说："豆腐是你拿回来的嘛！"

显虚说："从明天起我不拿了，行么？仍让水桃往这儿送。"

显空说："不拿才好，免得再吃馊豆腐。"

豆腐馊了又不能倒掉，怕犯戒，他们只好硬着头皮吃。他们说话时，显无已吃去多半，剩下的他俩对半分了。

饭后半个时辰，显空忽然肚子痛了起来。痛得很厉害，念经也止不住。

显虚忙去找住在东坡祠的军医。可军医不敢随便给外人看病，得高上尉下命令。

从失去巧巧以后，高上尉心里一直很难受，那天又偷听了老二的一席话，更是痛苦不堪。他不知道老二会背着他做些什么安排。这几天他常常独自一个人跑进黄州城，坐在一家名叫乐醉的小酒馆里，让半斤老酒在腹内翻江倒海舞龙腾蛟。老二也不阻拦他。今天上午快十点时，老二见他往外走，依然没说什么。把兄弟当中，过去他最喜欢八弟。在徐州时，他带人抢别个部队的军火。被查出来后，八弟将担子一肩挑了去。他当着宪兵队人的面，假装枪毙八弟，亲手朝他右胸开了一枪。八弟没死，他也躲过了这场灾难。八弟这回真的死了，他的确很伤心。

高上尉在乐醉酒馆喝完半斤酒，起身往外走到酒馆后门撒尿时，看见小巷内，一个极美丽的姑娘，捂着脸匆匆跑了过去。高上尉叫了一声什么，提着裤子追了上去。那姑娘跑得很快，像只彩蝶，高上尉总也捉不住她。

显虚进城找了几家酒馆也没找到高上尉，正焦急时，水桃迎面跑过来，嘴里直叫："显虚师傅，快救救我。"

显虚一看后面追来的正是高上尉，想上去拦又有些胆怯，情急当中，他大喊一声："立正！"

醉醺醺的高上尉听到口令，猛地一怔，好不容易站住了。

显虚又喊："向后转——齐步走！"

高上尉按着口令，乖乖地转过身，顺着来路往赤壁走去。

显虚以为水桃会感激他，扭头一看，水桃早已跑得没影了。

显虚跟着高上尉一直走回赤壁，然后对那军医说："我把你们营长送回来了，你总该给我师兄看看病吧！"

军医见推不掉，就给显空瞧了瞧。其实，就是那馊豆腐的原因，显虚年轻，显无功夫好，抗得住。显空年纪大功夫又差，就发了病。

太阳下山时，老二在院子里大声吆喝："集合！给长江洗澡去！"

当兵的扔下饭碗一个个随他去了。

院子里一下子空旷起来。地上的肉骨头显得很刺眼。一只野狗从什么地方蹿出来，扑在一块肉骨头上呜呜地咬着。

显空在屋里听见狗叫，就叫显虚去赶。显虚正在洗澡，只穿了一条裤衩，他见院子里一点动静也没有，就懒得再穿衣服，拿上一支木棒冲出门去。

那狗见势不妙，叼起肉骨头，跑到二赋堂那边去了。

显虚找了一圈没找着，正要再找，后门里闪出巧巧。巧巧刚洗完澡，只穿着一条很薄的裙子，往门上一站，两只黑黑的乳头隐隐可见。

巧巧说："小师傅，帮我将洗澡水泼了，行吗？"

显虚不知怎么回答。

巧巧又说："你这脸是怎么搞的？别人瞒得了，可瞒不了我。你这是叫女人咬的。"

显虚不敢抬头。

巧巧声音更动人了，她说："我这里有一件东西，你想看看么？"

显虚偷偷用眼角睃了睃，见正是那颗赤壁石。他听到巧巧叫他过去，心里没反应，脚却挪了过去。

显虚刚一进门，巧巧整个身子就贴了上来。他感到自己整个身子像是在火里烧熔了一样，然后，他疯了似的，哗地将巧巧的薄裙子掀下来，双双跌倒在床上。

巧巧一边快活地笑，一边教他如何动作，嘴里还不时叫一声："你真是童子金刚身呀！"巧巧越叫，显虚越来劲，如同外面的阵风，身上有股彻骨的舒适。

就在高潮久久不能跌落的时候，有人一脚将显虚从床上踢下来。

老二大声骂道："你这小杂种，比老子的胆还大，老子一枪将你的'无花果'敲下来。"

显虚像是从梦里醒来，光着屁股不知怎么办才好。

巧巧从床上坐起来，边穿衣服边说："老二，这不关他的事，有什么就冲我来。"

老二说："那好，我求你多时你都不答应，为什么要和这小和尚偷情？未必我连小和尚都不如！"

巧巧说："你和老八是拜了把子的，和他不一样。你若不怕对不起老八，那你现在就来吧，免得我穿衣服。"

老二愣住了。

巧巧说："老二，怎么不来，我等着呢！"

老二说："你别老二老二的，你不是大哥的人了。你是老八的人，你应该叫我二哥。"

巧巧说："是么，老二！二哥！"

老二说："我不和你缠，我单找这小杂种。"

说着，就张开手枪的机头，对准显虚。

显虚这时已镇静了些。他说："长官，别急！你若放了我，我可以帮你成全一件好事。"

老二想了想，便问他是什么事。

显虚就将下午在城里碰见高上尉追赶水桃的事说了。老二当即来了兴趣，要为高上尉成全这一段姻缘，就催问水桃的住址。显虚要老二答应放了他，并不能将他和巧巧的事说出去。巧巧在一旁插嘴说以后不许再管他们的闲事。老二都答应了。显虚就说了豆腐店的字号。

老二连忙出门去喊人，准备当晚就给高上尉成亲。

老二一走，巧巧又要显虚上床。显虚身上没劲了，刚好那只狗在门口出现了，他连忙说："等一会儿，我先去将狗撵走，不然师兄会骂人的！"

老二要军医给配点春药。军医装糊涂说不知怎么配。老二就骂他，说他知道高上尉娶巧巧时，那春药就是他配的，不然巧巧会那样轻易上高上尉的床？军医还是不肯。老二火了，说他是替高上尉办事，高上尉今天晚上若成不了亲，他就要砍军医的脑袋。军医这才没办法，配好药后，趁黑跟着老二以及另外几个弟兄进了城。

豆腐店里只有水桃一人，王老板出去讨账还没回来。

老二对水桃说：这一阵日本人的飞机到处扔细菌弹，城里的人都得打预防针。

水桃信了，伸出嫩嫩的手臂让军医戳。

军医将一针管药推完后，水桃就变了个人。笑声颤颤地直往当兵的怀里钻。

老二忙说："姑娘别急，快跟上我们，我们负责给你找个如意郎君。"

老二一丢眼色，两个弟兄上来架着她的胳膊就往外走。

高上尉睡得要醒不醒时，听到老二在身边唤他。他睁开眼睛问有什么事。

老二说："你要做新郎官了，还问我呢！"

高上尉说："老二你别捣我的鬼！"

老二听出这话里还有话，就忙将事情原委都和他详细说了。

高上尉半信半疑地走到二赋堂后面一看，果然有一个比巧巧还年轻漂亮的姑娘坐在床前，见他进来，水桃羞答答扑到他怀里。高上尉顿时将一切都抛到脑后，两条手臂像铁箍一样紧紧搂住水桃。

这时，外面响起空袭警报。

高上尉推了一把水桃没推开，他急着说："日本人的飞机来了，赶快找地方躲一躲。"

水桃一点反应没有，只管用双手搂着他。

高上尉正在挣扎，老二在外面说："大哥放心，日本飞机是路过这儿去炸汉口。"

高上尉这才放心上床。

高上尉渴了一阵，又碰上水桃是未开苞的姑娘，便格外卖力气。完事之后，人瘫得像一团泥，很快就睡了。

高上尉占了巧巧的床，气得巧巧跑出了赤壁。老二以为她和显虚在外面约好了地方见面，就没有在意。

显虚听说后，忙出去找。

找了半天没找着，返回时，半路上碰见了巧巧。问清楚后，他吓了一跳。原来巧巧跑到王老板那儿报信去了。在王老板那儿她听说程汝怀平时最爱吃王家的豆腐，又和王老板一齐跑到程汝怀那儿告状。

巧巧和显虚刚进赤壁大门，王老板和程汝怀派来的一个姓汪的科长也到了。

程汝怀也怕高上尉那一溜大炮小炮，要汪科长妥善处理。汪科长来后，先不急于见高上尉，而是和显空他们商量。商量好后才去敲门。

高上尉被敲门声惊醒后，听见水桃正缩在床角上哭泣。他说："你别哭，等会儿再给你打一针就好了。"他穿上裤衩，又说："保准你又像水蛇一样死死缠着我！"

高上尉开了门，见是显空，不由得一阵火起，他讥讽地说："你们这些和尚，光听窗还嫌不够，如今又想来体会洞房之乐。那好，我告诉你们，这么摄衣而上，履巉崖，披蒙茸，踞虎豹，登虬龙，攀栖鹘之危巢，俯冯夷之幽宫，划然长啸，草木震动，心鸣谷应，风起水涌——赤壁之游乐乎，可惜你们这些僧客不能从焉！"

显虚见高上尉将苏东坡的锦绣文章叙述得这般色欲横流，不由得连称："罪过罪过。"

高上尉说："我不信佛，快说你来干什么？"

显空说："蒋大施主令你们不许骚扰百姓，若有犯戒者，该当何罪？"

高上尉说："奸淫掳掠者，当斩不赦！"

显空说："说得好！"

显空好字一出口，王老板和汪科长等几个人拥了进来。水桃一见父亲，顿时哭成一个泪人儿。

王老板护着女儿说："你这强盗，我要杀了你，吃你的肉，喝你的血。汪科长，你可要代表程主任为我女儿做主呀！"

这时闻讯赶来的老二出面辩护说："我们没有强迫你女儿，是你女儿自愿的。"

王老板说："别以为我们不知道，你给我女儿打了针，是春药！你这吃人不吐骨头的家伙。"

王老板举起女儿的手臂，说："看，针眼！针眼还在！"

老二说："那是让蚊虫咬的！"

水桃哽咽地说："你们打的针。刚才他还说要再给我打呢！"

汪科长说："程主任已知道了，他还知道你们做事不是第一次。国有国法，军有军规。不过这事还是你们自己解决为好！"

高上尉站了半天才说："我醉酒了，这事全是下面弟兄操办的，我还以为是明媒正娶呢！只是目前国难当头，无论罚他们还是罚我自己，都将失去一个抗日志士，不知能否让我戴罪立功？"

　　显空说："施主不知读过《唐书·崔祐甫传》没有？唐代宗时，在甘肃一带驻守的朱泚军中出现猫乳鼠的奇事，代宗以为是祯兆，要公开庆贺。崔祐甫当即以猫乳鼠乃是失其性而力谏，阻止了此事。"

　　高上尉说："我记得清代沈起风的《谐铎》里，曾记载，说有一只终日憨卧，喃喃呐呐，像吹一只佛号，视鼠而不见的念佛猫。"

　　显空说："前世因，今世果；今世因，来世果。猫因鼠果，鼠因猫果。各有各的玄机。军人为国家栋梁，能擎西天之倾，填东海之陷，全靠一个纪律。知过而自裁，过不为过。知过而赎过，得过且过，知过犯过，则大过弥天，谁也宽容他不得！"

　　高上尉踱了几步，扭头吩咐老二集合队伍。

　　汪科长当他要闹事，说："高营长，你可知道，黄州城有两千军队供程主任调遣！"

　　高上尉不理他。

　　不一会儿，老二就将队伍集合好了。二百多人，一个个荷枪实弹，浑身的杀气。

　　高上尉走到队伍前，沉痛地说："弟兄们，高某人这一生什么都享受过了，就差不知死是红的是黑的是高是矮是胖是瘦？是三天三夜睡不过瘾的黄花姑娘？是七天七夜砍不断颈的麻脸好汉？我这就去那边看个究竟。我不在时，你们一不要为难这些和尚，二不要骚扰黄州百姓，有事都听老二的！"

他说完后，就举起手枪对准自己的太阳穴。

士兵们一齐吼起来："营长，你不能死！"

溃兵们的吼声雄壮得很。

老二上去一把夺过高上尉的手枪，说："这事怨不得大哥，都是我瞒着大哥操办的，该罚该杀，由我来代大哥受过好了。"

说着，他倒拿手枪，飞快地冲着自己的右胸开了一枪，然后扑倒在地上。

水桃不甘心，指着高上尉说："不！我要他死！"

汪科长说："谁死都一样。行了，就这样吧！再死人，程主任也不会答应的。"

王老板和显空他们被老二弄得不知所措，又见溃兵们那副凶神恶煞的模样，就一齐劝水桃就此罢休。

这边，溃兵们在军医的指挥下，忙着将老二抬进二赋堂。

高上尉心中有数，装出样子，愧疚地将汪科长一行送出赤壁。

送走汪科长，高上尉感到裤裆里涎乎乎的，正要去找水洗一洗。有人跑过来报信，说老二不行了。

高上尉赶到二赋堂时，军医正将一块白布往老二脸上盖。

高上尉不相信，不久前，在徐州老八不是用这个法子活过来了么。

他问："老二怎么了？"

军医说："他的心长得不是地方！"

高上尉不理解。

军医说："大家的心都在左边，可他的心不知怎地跑到右边去了。"

高上尉大惑不解。

军医说："这是天意，没法子的事。"

高上尉突然大吼一声："你懂个屁！"

夜里，高上尉再也无心睡觉，老想着一个问题：程汝怀怎么会知道他对女人用春药的事呢！他将夜想穿了也没想出个答案，却想出一个替老二报仇的办法来。

天明后，他听到院子里有扫地的声音，就开门出去。

显空见了他，主动说："施主要我们帮忙做佛事么？"

高上尉说："我不愿看这出猫哭老鼠的戏。"

显空念了几句经，不和他说了。

高上尉仍说："高僧前几天不是要与我们比个高低么！明天怎么样。你们只有三个和尚，留一个做见证，正好你们出两个，我们出两个，二对二！看看到底是你们佛涅槃而终幸福，还是我们武将饮弹身亡痛快！"

显空说："一对一便可。谁输了谁立马离开赤壁。"

高上尉扭头欲走。显空在背后说："只怕显无不同意。"

高上尉说："我自有办法逼他出马。"

两只蚊虫在佛堂里盘旋一会儿后，一只落在显无的耳朵上，另一只落在显无的脸上。显无专心诵经，丝毫不在意。

蚊虫的肚子慢慢胀大起来。

显空走进佛堂，正要和显无说话，一眼看见两只蚊虫，便止住不说，轻轻走上去，噘着嘴准备朝那蚊虫吹一口气。

显无忽然说："别动它们。"

显空只好停下来，看那蚊虫如何地吸血。

蚊虫终于吸饱了，从耳朵上飞起来，通体涨得红彤彤的，就像一架日本人的轰炸机。另一只蚊虫太贪了，吃得过饱，想飞时，翅膀力不够，一下子从显无脸上跌下来，掉在地上。

显空叹口气，蹲下去小心地将那只蚊虫弄到手心，然后放到窗台上去。

显无仍在一心诵经。

显空觉得那话太难说出口了，犹犹豫豫地几次欲言又止。

忽然，显无放下经书说："师兄找我是不是有事？"

显空不好回答，推说："没事。我找显虚。"

显无说："若有事就直说好了！"

显无越这样说，显空越是没勇气。正好这时显虚从门外进来，他就大声说："你又去哪儿了，怎么不好好跟二师兄学诵经？"

显虚说："我和高营长说话去了。他还让我捎信给你，要你别忘了昨晚许的诺。"

显空说："我的事你别管，你别老往当兵的那儿凑，别让那几个女的破了你的道行！"

显虚说："不会的，我怎么敢忘记大师兄你的教诲呢！"

显无开口说："师兄，你朝那当兵的许了什么诺？"

显空很沉重地说："师弟，我没同你商量就和那些溃兵打了赌，只要我们赢了，他们就马上离开赤壁。"

显无说："赌什么？"

显空说："涅槃。"

显无说："一对一是不是？"

显空说："是一对一。"

显无说："让我上？"

显空说："我禅性不及你，愧为师兄。为了佛门免遭羞辱，唯有师弟你上阵才行。"

显无听后淡淡一笑，什么也没说，就闭上眼睛合上掌，不再理别人。

一整上午显空的心都静不下来，他隔上一个时辰就去问显无，可显无一个字也不说。弄得显空中午的斋饭吃一点就放下了筷子。

饭后，显空要显虚去和高上尉说说，看那个赌能否取消。

显虚去找高上尉时，高上尉正准备午睡，听显虚一说，高上尉就让他给显空捎个信，说他有办法让显无答应出马。

高上尉说着就去了东坡祠。

此时，二赋堂里没有别人，妓女们都去江边放龟亭嬉闹去了，显虚听见二赋堂后面有动静，就猜是巧巧。

他绕到后面去，巧巧正一个人玩那块赤壁石。

显虚叫了一声巧巧，跟着就扑过去，并将手往她衣服里面塞。

巧巧一把推开门，站起来走到一张桌子后面。

显虚说："巧巧你怎么啦？"

巧巧说："我没想到你是这样一个人，为了自己竟将水桃出卖了。"

显虚说："我也是为了我们两个人。"

巧巧说："你虽是童子身，可心早就是婊子样了！"

显虚说："你骂我，菩萨不会容允的。"

巧巧说："我就是要让菩萨知道。"

显虚没趣了，想走。刚跨过门槛，巧巧在背后叫："显虚，你太让我伤心了！"说着就流了眼泪。

显虚跑回来，正想再抱她，外面传来妓女们的哭声，显虚在她耳边轻轻地说："下午你到赤壁山上等我。"

说完，显虚从后门溜走了。

显虚看见高上尉站在院子中间的一块树荫下，一个人在那里发笑。正想问，又发现另一棵树荫下站着显空。他装作没注意，低头往禅房里走。路过佛堂时，见里面有人打闹，他禁不住进去看看。

显无端坐在蒲团上一动也不动，就像什么事也不知道，一任溃兵们为所欲为。

显虚回头望了望显空，发现那棵树荫下已没有人了。他忍不住心里嘀咕：大师兄和二师兄今天是中了什么邪？

显虚无所事事，捱到太阳偏西时，他见巧巧往赤壁外面走，正要跟上去，佛堂里显无低低地唤了他一声。

显虚去见显无时，显无对他说："你今天哪儿也不能去，就在佛堂里待着。"

显虚正想辩解，显无又说："你身上有色气，弄不好会有杀身之祸。"

显虚顿时出了一身冷汗。

这时，一群当兵的将老二的尸体抬进佛堂。为首的说："我们副营长也是菩萨了，你们就一齐供着吧！"

显无说了声阿弥陀佛，又在蒲团上坐下不作声。

老二的尸体就放在显无和释迦牟尼像之间的一张太师椅上，脸色白得瘆人。

显虚心里恐怖得很，加上又惦记着巧巧，他以为显无发现不了，就悄悄往门边溜。

显无忽然回过头来，说："你大师兄呢？"

显虚忙说："不知道去哪儿了，要我去找他么？"

显无说："不用找，我心里都知道了。不过，现在你可以出去转转。"

显虚出了佛堂赶紧往赤壁山上跑。

刚到赤壁大门，巧巧迎面来了。

巧巧说："你去哪儿了，我等你半天。"

显虚说："我被二师兄扣住了。"

巧巧说："山上一个人也没有，差一点将我吓死了。幸亏后来在山顶上碰到一个当兵的，可我又怕他起歹心，就在一旁躲着。那当兵的也奇怪，将一面镜子放在那儿，也不知是照星星月亮，还是照太阳。摆来摆去的，弄了半天。"

显虚说："是奇怪，他一个人在那儿干什么呢？你认得出他么？"

巧巧说："怎么不认得，他就是高营长的马夫。"

显虚说："这事你得快点和高营长说。"

巧巧找着高上尉，说到镜子时，高上尉吓了一跳，说："这狗日的是在给日本飞机指路呢！"

高上尉亲自带人将那马夫抓了起来，一审问，果然是个汉奸。

马夫说：日本飞机近日要轰炸黄州，不知为什么，又怕炸了赤壁，所以才叫他用镜子指示一下。

高上尉立即派人将情况告诉了程汝怀。

他暂时不杀马夫，只是将其捆在院内的一棵树上。

天黑后，显无仍没有答应。

高上尉一声令下，几个当兵的，将那几个妓女的亵衣秽物全都搜出来，跑到佛堂，准备将它们挂在那些佛像上。

显无忽然睁开眼睛说了声："善哉！善哉！"

显虚明白显无这是接受高上尉的挑战了，连忙跑去告诉显空。显空高兴地说："这下赤壁有救了。"

第二天，太阳出来不久，两架日本人的飞机从东边飞过来，扔下许多炸弹，炸得黄州城哭嚎声响成一片。

赤壁这边却异常地安静。

显无一脸坦然，坐在蒲团上像一尊佛像。

高上尉坐在太师椅上，安逸地品着茶。听着那马夫不时嚎叫着饶命，嘴角挂着几丝轻蔑的微笑。

一只野狗从院子中间匆匆跑过，沉重的长舌极像那灼人的太阳。天空唯有不见边际的红色欲火。长江流淌着没有血性没有血色的血液，穿过如胸膛宽阔的平原，如头颅耸立的山巅。问鹤亭里一只麻雀在孤独地叫着，挹爽楼前缠绵的翠竹和蔓柳，不管有无风吹过，都是那么浪荡。而苍老的留仙阁则于清心寡欲中幸灾乐祸地盯着绿荫与骄阳的消长。

高上尉有些坐不住，他站起来，走到马夫跟前，用手枪对准马夫的额头。

他说："我枪毙了你！"

马夫脸上顿时没有一丝血色。两眼直盯盯望着枪口。

高上尉一扣扳机，枪竟没响。

马夫吓了半死。

高上尉说："逗你玩的，还不到时候呢，我枪里没子弹。"

他将弹匣下给马夫看，果然没子弹。

显无没有听到这些，悄无声息地如同梦里行走在蔚蓝天空和翡翠大地，又像远山上翻飞的洁白鸽群和旷地里扶摇的无色风筝。

高上尉坐了一会儿又不耐烦了。

他当着马夫的面从口袋里摸出一颗子弹，装进枪膛，说："这回可是真的。"

马夫见他举枪，极恐怖地叫起来："营长，你饶了我吧，来世我愿给你做牛做马！"

高上尉说："什么人都可以饶恕，就是不能饶恕当汉奸的！"

高上尉将枪口塞进马夫嘴里，一拉机头，接着就开始扣扳机。枪仍然没有响。

马夫裤裆里吓出屎尿来了。

高上尉说："你运气好，这是一颗臭弹！"

马夫有气无力地说："营长，给我来颗真的吧，我受不了了！"

高上尉立即扭头对一旁的显空说："怎么样，见识了军人的威风吧！"

显空没有说话。

黄昏时，一团虹霞从显无头顶天池中喷薄而出。显空和显虚情不自禁地匍匐下去。等他们抬起头来时，蒲团上的显无已经圆寂了。

显空心里诧异万分，他强忍着不露声色，回头对高上尉说："现在该看施主的表演了！"

高上尉不说二话，抬手一枪，将马夫击毙了。

显空一愣后，有些释然地说："施主不敢比试，认输也罢。那就请你马上带人退出东坡赤壁，并且永远不再犯境。"

高上尉冷笑起来，说："高僧太高，不解凡尘。对于军人来说，死了就是输，不死才是赢。譬如今天这汉奸，前天的老二，还有楚霸王项羽，谁会认为他们是赢家呢？"

显空非常生气地说："出家人不打妄语！"

高上尉拖长语气说："当兵的却是——兵不厌诈！"

高上尉说完，让手下扛起太师椅，扬长而去。

显空忍不住扑到蒲团前哭起来，说："师弟，我对不起你，我上了当兵的当，白费了你几十年的苦苦修行！"

显空哭了整整一个傍晚。

显虚也很气愤。却限于身份，不好放声大骂。只是小声在巧巧面前将高上尉咒了几句。

巧巧说："其实他不仁，你们可以不义嘛！"

显虚说："怎么不义？"

巧巧说："三国时，这儿不是有火烧赤壁一仗么？"

显虚说："那仗不是在这儿打的。这儿是文赤壁，打仗的武赤壁在蒲圻。"

巧巧说："你听谁说的？"

显虚说："都这么说。"

巧巧说："管他文呀武的，要烧都一样烧。东坡祠尽是木头搭的，若是放上一把火，看这群溃兵往哪儿躲！"

显虚想了想说："真亏了你想出这么狠毒的计谋来！"

巧巧说："女人狠毒都是男人逼的。"

显虚想将这计谋说给显空。就凑到跟前去，装作给显无收拾衣物。他一扒弄，显空哭得更厉害了。

显虚小声说："大师兄别伤心，我有个办法可以撵走这些当兵的。"

显空一听，立即不哭了，专心听显虚叙述。听完后，他沉思好久，最后终于咬牙点头答应下来。

半夜里，高上尉睡得正香，忽然被急促的钟声惊醒。睁开眼睛，只见外面一片火光。

显空则在院子里拼命地叫喊："救火啰！快来救火啰！当兵的放火烧了赤壁啰！"

高上尉匆忙跑出去，只见东坡祠烧得像只火炉，不时有人焦头烂额地从火海里钻出来。

高上尉指挥人往火里浇水。浇了几桶，一点用处也没有。这时，高上尉冷静下来，细细分辨显空的喊声后，心里明白是怎么回事，他索性懒得去浇水灭火了。

大火烧到天明时才熄。东坡祠成了一堆炭灰。

高上尉的手下在这场大火中死伤过半，摆在院子里的小炮和山炮，也被别的军队借救火之机偷走了。

高上尉知道自己再也不能赖在赤壁里不走了。他将老二和别的死者与老八一起葬在赤壁山上，又将伤员送到城内的医院，然后带着人马悄悄地走了。

巧巧躲在山上树林中，没有和他们一起走，可她不能再住二赋堂了，她在黄州只认识豆腐店王老板一家。王老板念她那天报信之情，同意她与水桃做伴，住在家里。

高上尉走的第二天早上，显空又搬了纸墨笔砚去二赋堂练字。才写了几张纸，他觉得一点意思也没有，扔下笔不写了。

吃过早饭，他叫上显虚到四乡去化缘，准备重修东坡祠。

天气逐渐转凉时，他们已收到许多砖瓦木料。

这时，形势异常紧张起来，到处都在传说日本人要打过来了。

八月底，鄂东行署的人全部搬离了黄州。豆腐店王老板也带着水桃躲到乡下去了。巧巧舍不得显虚，留在城里给王老板看家。

民国二十七年九月初一日，一队日本兵举着太阳旗开进了黄州城。

日本人进城后，一刻不停地到处骚扰。可是不知何故，却对赤壁视而不见，从未有人踏进大门半步。总是远远地一掠而过。

巧巧一个人在城里提心吊胆的，显虚就瞒着显空将她偷偷接到二赋堂里住。

到了九月半，月亮快圆的时候，赤壁里突然来了一个日本老头。

那天，显空和显虚正在院子里谈话，头天晚上，显空终于发现巧巧又住进了二赋堂，便要显虚将她撵走。显虚不同意这么将巧巧往火坑里推。自从火烧东坡祠以后，显虚不那么怕显空了。不时地总要和他顶几句嘴。两人正在小声争执，猛听见有人在背后念了一句阿弥陀佛。

显空回头一看，是一个挺和善的老头，连忙回了一个揖。正要搭话，忽然见显虚在一旁直努嘴，细看之后，才发现大门口站着一排日本兵。显空不免一阵慌乱。

这时，老头自我介绍说：自己是日本佛教高僧日莲所创日莲宗的真传弟子，又是苏轼苏东坡的忠实信徒，是他下命令不许轰炸和骚扰赤壁的，他来中国的最大心愿就是要在赤壁里住上一阵，只要能了这个心愿，他愿意布施重修东坡祠的全部费用。

日本老头的中国话说得很好。

显空一直沉默不语，直到最后他才低声说了两个字："不行！"

日本老头并不在乎他，说："其实，我想到哪儿谁也拦不住。

但有苏先生在此，我不愿强迫任何人。我知道你多年来一直在练习李鸿章写的这几个字。我们就此字各写一幅，谁写的好谁说了算！"

显空想起高上尉枪毙的那个汉奸，知道是马夫将一切告诉了日本人。

显空明白自己已无退路可走，就叫显虚将一应用具准备好。

日本老头去二赋堂时，刚好碰上巧巧在那儿梳头。巧巧不知道来的是日本人，一点也没回避，仅将一双好看的大腿叠起来，跷得高高的。日本老头却连正眼也没瞧一下，直直地盯着木板上刻着的《前赤壁赋》。

显空拼将全力写成一幅二赋堂匾，然后退到一边看那日本老头如何写。

看着看着，显空的脸就白了。

后来，日本老头一撂笔，得意地嘟哝了一句日本话。

两幅字摆在那儿，一眼就分得出优劣。

大家都不说话，巧巧走过来，扫了几眼说："显空师傅，你可得好好跟这位老先生学一学哇！"

日本老头笑了起来，说："显空法师，你说话可得算数啊！"

显空咬咬牙说："我活一天，这话就算数一天。"

日本老头高兴地走了。

显虚这才责怪巧巧："大家都不作声，你多什么嘴！"

巧巧听说这老头是日本人以后，气得直打自己的嘴巴。

显空回到佛堂静坐了半天。半下午时，他吩咐显虚将化缘来的木料，叠成一个柴垛。

显虚一个人忙到半夜，才将木料堆好。

夜里，月圆了，地上一片清纯。

显空焚香沐浴完毕后，出来对显虚说："我要去了。从今往后，这里的一切由你做主。你可千万别放那日本老头进来住。"又说："都怪我走错一步棋，若是显无还在，就不至于落到如今这个地步。"

显空爬到柴垛顶上坐定后，显虚用火柴将柴垛点着了。

显空涅槃之后，巧巧就搬到禅房和显虚一起住。二人过得很快活。虽然没有日本人来骚扰，但显虚总怕万一出个什么事故来不及了。所以，有天夜里，他偷偷将睡熟了的巧巧的头发剪掉了。巧巧醒来后和他大闹了一通，只是因为头发已掉，闹过之后只好作罢，并索性让显虚将她化装成一个小和尚。

过了不久，那个日本老头又来了。

听说显空的死法，日本老头大吃一惊。

第二天，显虚独自进城，直到天黑才回。回来时，他很高兴，对巧巧说："日本人准备将赤壁重修一遍，还答应让我先在这儿当一年住持，过了明年就让我当归元寺的住持。"

巧巧说："那日本老头是不是要住到这里面来？"

显虚说："这又不是什么好地方，谁爱住谁就来住呗！"

巧巧说："你忘了大师兄的话？"

显虚说："别傻！日本人连南京、武汉都占领了，我能拦得住他们！"

巧巧不再说什么了。

夜里，两人上床后，巧巧百般风流地缠着显虚，将显虚一回回地弄得软了又硬，硬了又软。等巧巧一放开他，立即像死狗一样睡过去。

巧巧自己睡不着，她找出一根很结实的绳子，系了一个活套，将显虚的脖子死死勒住。然后她将显虚的尸体拖到大门口，吊在门框上面。

巧巧站在那儿看了看门顶上写的"赤壁之游乐乎"几个字后，从口袋里掏出那块赤壁石吞了下去，她痛得整个夜里都在赤壁院内打滚，直到黎明时，才慢慢死去。

第二天上午，日本老头又来赤壁，绕过那截红色的古长江岸，远远地看见显虚的身子垂在大门中央。他赶忙往回走，边走边摇头长叹。

1993.6.6 于黄州

挑担茶叶上北京

今年的第一场北风从昨天天黑之后开始刮了整整一个晚上，早上起来时满地一派萧条肃瑟。门洞和台阶上，枯叶与杂草铺了厚厚一层，一些勺子似的枯叶里盛着浅浅的尘尘沙粒。稻场上干净得如同女人那搽过雪花膏的脸，黄褐色的地皮泛着油光和油光中厚薄不匀的粉白。田野上滚动着带着牙齿的干燥气旋。往日绿色的风韵犹如半老徐娘，眼见着抗不住那几片飘飞的枯叶的诱惑与勾引。飘飞的枯叶是只鬼魂。一会儿上下跳跃，一会儿左右回旋，它呜呜一叫衰败的消息就响彻了。

　　石得宝嘴里叼着牙刷往门口走，他看见石望山扶着一把竹枝扫帚站在稻场中间。石望山是他的父亲。他父亲每天总是起得很早，开门第一件事就是打扫家门前的这块稻场。通常被夜幕蒙盖了一回日落日出后，稻场上总会堆有十几堆冒着热气的猪粪狗屎。鸡公鸡婆除了也做做小巧玲珑的龌龊之事外，一早起来总在这空荡之处使劲地筛着痒，抖落笼中憋坏了的羽毛，把地上弄成茸茸的一片。还有禾草枝叶，这些无翅无脚的东西，永远都会在黑暗中不声不响地来到稻场上。垸里能看见石望山扫地的人不是很多，他们通常只是看看被石望山扫得干干净净的稻场，然后提着裤子钻进稻场边各家的厕所。父亲在风中伫立，北风用头和尾戏着他的衣襟。石得宝刷完牙，一仰脖子咕哝哝漱了一阵，他猛一吹，一口水喷出很远。

"这地不用扫了！"他说。

"天变冷了，早上别让风吹着，回屋吧！"他又说。

石得宝说了两句，石望山没有理他。地上有两行蹄印。一行是牛走过的，一行是猪走过的。石得宝感觉父亲也发现蹄印了。他望着父亲放下扫帚去到屋檐下取了一把锄头，然后一个个蹄印地修整那些小坑小凹。石得宝转身进屋，但那大的蹄印像是踩在眼睛里，小的蹄印则是踩在心里。他有点叹息父亲现在是英雄无用武之地。

妻子在房里唤了一声，石得宝连忙过去，见她是要解手，就扶着她下了床，走到马桶边坐下。屋子里水响一阵，他又过去扶着妻子回到床边。妻子往床沿一趴，要他拿条热毛巾帮忙揩揩下身，说是被马桶里溅起来的水弄脏了。石得宝拿来毛巾替她揩干净时，她嘴里不停地埋怨丈夫不该又起晚了，又倒不成马桶。

妻子从前四天开始就在发烧，而且不想吃任何东西，医生来看过两次总说是小毛病不要紧，但发烧总不见退。人虚得骨头像棉花做的，连马桶也无力端出去倒。

石望山自己这一生没有给女人倒过马桶，他也不允许石得宝做这伤男人阳气的下贱之事。石得宝在妻子病倒之后，他的一举一动都在父亲的监督之下，父亲怕他夜里偷偷给妻子倒马桶，将前门后门都上了锁，不给他以任何机会。石得宝没敢将这一点告诉妻子，只说自己趁早上父亲还没起床时去倒马桶。但是父亲每次都比他起得早。

妻子在床上躺好后，石得宝用手摸了摸她的脸。妻子将他的手从脸上取下来搁到自己胸脯上，要他捏一捏。石得宝捏了两下，不忍心再捏，虽然心里有些挂惦，他还是能克制住。妻子对不起他，让他天天受累，自己又没办法慰劳他。他正想说老夫老妻的怎么还说这种话，石望山在外面叫起来。

父亲指着光秃秃光溜的小路远端。

"那是不是会计金玲？"父亲说。

"好像是她。"他回答说。

"我看就是她，你瞧那一双手摆得像电视里的人。"父亲言语有些不欣赏的意思。

"这一大早，她跑来干什么！"石得宝问自己。

花花绿绿的小点点，从树梢慢慢滑到树根。山坡上的小路是挂在稻场边那棵树叶几乎掉尽的老木梓树上的。老木梓树下的落叶铺成一片金黄，树上雪白的木梓树籽映衬着粗黑的树干。金玲从这样的背景里出现，让石得宝多多少少吃了一惊。

"这么大的垸子，怎么就你家的两个人起来了？"金玲脆脆地说。

"难怪大家都要选你当村长，几代人都这么勤快。"金玲又说。

"还不如你哩，你一大早就赶了这么远的路。"石得宝说。

"哪里，我昨晚在得天副村长家里打了一通宵麻将，我赢了他们，不好意思提出散场，只好奉陪到底。"金玲说。

石得宝本来要提醒她，女人打麻将不能太熬夜了，一记起妻子正躺在床上养病，就没将这话说出口。他只问了问都是哪四个人，听说除了她同副村长石得天，另两个人也都是村干部，他心里就不高兴起来，忍了几下没忍住，就责怪他们不应该老是几个村干部在一起搓，最少也应该叫上一两个普通群众，免得大家说村干部腐败。金玲不以为然地分辩道：如果同群众一起搓，群众赢了当然无话可说，若输了说不定会背上欺压群众、鱼肉百姓的罪名。金玲的话让石得宝笑起来。他将金玲让进屋。金玲没说正经事，却先进房看望石得宝的妻子。两个女人拉着手说话，石得宝站在一旁，心里在不停地盘算可不可以叫金玲帮忙将马桶倒了。他正在琢磨，妻子自己先开口了。

"病了几天，马桶也没人倒。"妻子望着金玲。

"男人都是这样，别作他们的指望。"金玲说。

"想叫人帮个忙又没气力喊。"妻子还在这上面绕。

金玲却岔开话题，劝她还是早点到镇上去找医生会诊一下。石得宝忽然生起气来，他冷冷地告诉金玲，这事不用她操心，他已经准备好，早饭后就送妻子上镇医院去。金玲不在意地说他们本该早点去，时间拖长了病人吃亏。金玲接着告诉她，镇里通知他今天上午去开会，任何理由都不许请假，不许找人代理。镇上的会多，领导们总在布置任务。因为镇里住着地委的奔小康工作队，石得宝以为又是讨论落实检查总结前一段奔小康活动的情况，就叫金玲统计几个数字，好在会上汇报。石得宝要金玲赶快回去，将那些数据准备好，早饭后在公路边等他。金玲却当即将一组数字报给了他：村办企业产值增长百分之十九点一，人平均收入增长百分之十九点四，等等。看着金玲那口报鲤鱼十八斤的模样，石得宝在屋里找开了笔记本。找了一阵总算找着，他拿着笔记本一对照，立即指出金玲的数字不对，特别是村办企业，明明白白地只增长了百分之六。金玲告诉他，昨天镇里派人下来要数字，说是要，其实是摊派，全镇要求的增长数字是百分之三十。石家大垸村一向是拖后腿靠别人来填空洞所以镇里只给他们前面的那些数字。石得宝想了想，让金玲将她上报的那些数字都写在他的笔记本上。金玲一边记一边告诉他，镇里的数字也是县里压下来的，而地区在压县里，省里在压地区。中央压没压省里，他们都不晓得。

"中央不会搞假的！"石望山一旁突然说。

"那是那是。"石得宝边说边朝金玲眨眼。

金玲没有接话，她又提醒一次石得宝，别忘了去开会，也别迟到。石得宝晓得镇里召开村长会议，谁迟到就要罚谁。

金玲走后，他就忙开了，一会儿做饭，一会儿又去招呼妻子洗脸换衣服，同时又吩咐父亲到门外去张望，托人捎个信。叫昨天约好的拖拉机提前点来。

拖拉机来时，已快八点钟了。镇上的会总是九点钟开始。石得宝拿了一只躺椅搁在拖拉机上，又将棉絮拖了一床垫上，这才扶着妻子上去坐好。一路上妻子直想吐，拖拉机停了几次，每次她虽然呕得比拖拉机的声音还响，但什么也没吐出来。

"我这呕吐怎么也会来假的哩！"妻子不好意思地小声嘟哝，石得宝这才晓得她一直在听着他们的一切谈话。

到了东河镇医院，免不了一番忙碌，挂号，就诊，石得宝都是来回跑着步，后来医生开了一张条子，要石得宝领上妻子去抽血化验。他一打听，光这一项就得花一个多小时，心里就有些急。他同妻子商量几句后，就叫开拖拉机的小严帮忙照看一下，他到会场上转一转就溜出来。

他在镇委会院门口迎头碰上了丁镇长。丁镇长见了他很不高兴，说他迟到了十五分钟，丁镇长用手指磕得手表梆梆响。石得宝到会议室一看，全镇十五个村的村长已到了整整十位。大家都是熟识的，一见石得宝进屋，就有人同他开玩笑，问他是不是同村里的女会计一起到镇上逛街了。有人装作不明白，故意问是怎么回事。于是又有人将石得宝前两年为了物色一个年轻漂亮的女会计，特地在全村搞了一次石家大垸小组评选活动，历时半年，还聘请了几位城里的评委，但评委主任是他老婆，最后终于选出一位让他老婆十分满意的女会计来。最后一句话让大家哄堂大笑起来。那人在笑中补充一句，

265

说石得宝的名字就是由此而来，他自己的意思本来准备叫是得抱，老婆非让他叫石得宝。石得宝慢吞吞地反驳，说那些人的思想一点也没有转移到经济建设上来，不懂得利用人力资源，女人丑不怕就怕不会利用。他用手指指着笑得最响的那些人，说自己如果将来有事找他们办时，就派一个丑女人去，一天到晚跟在身前身后，让他们恶心得吃不下饭，最后绝对只有乖乖地将事情办了。石得宝这一说，大家突然都有了发现，纷纷说这一招用在讨债上肯定灵，让一个满头癞痢，不说话嘴里也流涎三尺的女人，往那些平日美女如云的老板办公室一坐，不出半个小时，就会有人将现金支票送过来。说着话，大家还要拿石得宝取笑，说这是不是他老婆用来对付他的高招。石得宝要大家别说他老婆，他说她现在躺在医院里还不知祸根在哪儿，别让她在那边打喷嚏，加重了病情。

正在这时，丁镇长走进会议室，问大家为什么笑。大家都不说话，石得宝主动说他们笑他找了一个丑女人当村里的会计，是成心想减少来村里去检查工作的上级领导的食欲。丁镇长板着脸叫他们别这么损，他说自己若真的想在那个村吃饭，就是满头癞痢的女人坐在对面，他也照吃不误。他这一说，一屋的人再次哄笑起来。丁镇长开始以为是自己的幽默所致，他马上发现情形并非如此，便半是恼怒地说他今天一定要好好收拾一下这群地头蛇。大家以为接下来会宣布开会，哪知丁镇长又出去了，他说哪怕缺半边人也不开这个会。

丁镇长说得出做得出，有一个村来的是副村长，他当即将其撵回去，非要村长自己来不可。石得宝坐在会议室里，心却飞到医院了。熬到十点半钟，丁镇长才宣布开会。他第一件事就是收会议迟到的罚款，钱不多，每个迟到的村长只需掏五角钱，但必须由迟到者亲自送到主席台上交给他。石得宝掏出钱往前走时，脸都红破了。第二件是由他自己宣布自己在镇党委书记老段到地委党校学习期间全面主持镇里的日常工作，他说完主旨后顿了顿，石得宝以为他是在要掌声，就带头鼓掌。四周有响应，但不热烈。丁镇长在主席台上说着那些可说可不说的话，石得宝在台下想起别的。现在冬播已结束，按季节是上水利建设项目的时候了。但段书记走前布置工作时已明确说了今年镇里不搞大型项目，由各村自己安排，项目宜小不宜大，让老百姓有个休养生息的空隙。另外一个就是计划生育，因为就要到年终了，多数在年前年后结婚的青年，差不多都在这时候生孩子，许多生二胎三胎的往往也夹在其中，趁浑水摸鱼，所以一到年底总免不了要大抓一阵计划生育工作。

石得宝没想到丁镇长布置的具体任务只是每个村向镇里交二到三斤茶叶，按村大村小来分，石家大垸村是全镇最小的村，自然是最少的二斤。石得宝正在奇怪丁镇长怎么杀鸡用牛刀，为几斤茶叶的事还这么正儿八经地开大会，并且一斤一两地分得清清楚楚，丁镇长就开始细说具体要求了。

大家一听说这些茶叶必须是冬天落雪时现采的，不能有半点含糊时，顿时一个个面面相觑。有人忍不住当场问起来，说是茶叶从来都是春天和夏天采摘，冬天采摘这不是违反自然规律吗？丁镇长解释说这是县里布置下来的，是政治任务，必须不折不扣百分之百地完成，他还告诫大家，这事不要向外张扬，避免产生不利影响。将来哪个村里出了娄子，就找哪个村里的干部追究责任。丁镇长要各位村长回去先做好准备，哪天落雪哪天就及时动手，到时候他会派人到现场去督察的。丁镇长也不等大家说话，一只手拿起桌子上放着的那个不锈钢保温茶杯，一边起身一边宣布散会。

出了镇委会大院，几位村长在商量找家餐馆点几个菜聚一聚，问到石得宝时，石得宝没有同意，他要到医院去招呼妻子看病。他匆匆地赶到镇医院，找了一阵没看见妻子的人影，回头再看外面的拖拉机也开走了。他估计妻子一定是看完了病，先回家去了。如果是这样她的病情一定不算严重，要不然就会留在医院住院。石得宝这么一想，也就放下心来。他扭头走出医院，穿过镇里的主要街道往镇中学方向走。

正在低头走着，街边忽然有人叫他，一看，那几位村长正坐在一家餐馆的门口。石得宝应了一声正想走，其中一个人跑上来扯住他就往餐馆里拖，然后将他按在一张桌子旁，他坐下来一看，开会的村长们几乎都在。石得宝正要开口，有人说除非他老婆要死了，不然就不许他走，因为谁叫他走了又回头哩！另外几个人却说他们正好可以私下开个会，扯一扯这冬天落雪采茶的事。石得宝本来打算到中学去看看读高二的女儿亚秋，眼看走不脱，他只好安心等酒菜上来。不一会儿就有人端来一个热腾腾的火锅。火锅有脸盆那么大，下面的炭火还没旺，有一股子猫尿臊，但大家都说好香。石得宝也闻惯了。家里存放的木炭，总是猫最喜欢撒尿的地方。

一到冬天，只要一点燃木炭，那股浓酽的味道是垸里家家户户温暖将至的前兆。十几个人围在桌旁，挤得像一群猪娃在槽边抢食的模样。也没什么好菜，三斤肉三斤鱼，外加猪血豆腐和腌辣椒，切好了一齐烩入火锅里，锅里才刚刚冒出几个气泡，就有人将筷子放进去捞了起来。

几杯酒一喝，大家就议论起采冬茶的事。村长们一猜就猜出是上面在想新点子给更上面的人送礼。大家都大为不满，说巴结领导也不应该挖老百姓的祖坟。村长们都是内行，他们非常明白，十冬腊月茶树是动不得的，莫说掐它那命根子芽尖尖，就是那些老叶子也不能随便动。不然的话，霜一打，冰一冻，茶树即便不死也要几年才能恢复元气。有人开口骂起来，石得宝马上劝开了，说这事还是不在外边议论为好。他这一说，立即就有人问他有什么好办法。石得宝也没有什么办法，现在茶场都承包到私人，让他们采冬茶等于让他们自己砸自己的饭碗。

酒喝到差不多时，有人提出各个村联合起来进行抵制，这话一出，大家突然都不说话了。石得宝见说话的人很尴尬，就劝他放心，在这儿说的话不会有人往外传，谁要是往外传，他就带头将这些都栽赃到谁头上。他这一说，好多人都随声附和，说是这儿说的话就在这儿忘记，不许带到门外去。渐渐地，又恢复了活跃的气氛，大家不再说采冬茶的事。反正离落雪还早，水还没开始结冰，等事到临头再说，能躲就躲，不能躲时总会有个解决办法的。因为这样的任务完不成除了说党性不强以外，总不至于落得什么处分。

散席时，餐馆老板一算账，每人也就十一块五角钱。大家分别拿了自己的那份发票，付了钱，出门后各奔东西。

石得宝依然往中学方向走。出了镇子，过了一道小河便是中学，操场上到处都是蹦蹦跳跳的学生，石得宝一不留神，一只皮球刚好砸在他的身上。学生们有些不好意思，他摸着砸着的部位说没事没事，并一伸腿将皮球踢了回去。操场上没有亚秋的影子，寝室里也没有，虽然还没到时间，他还是找到教室那边，一看亚秋正在那里埋头看书。石得宝从口袋里摸出五块钱递给亚秋，他叮嘱女儿不可太用功，该休息还是要休息。亚秋说期中考试她只得了第二名，期末考试时她一定要将第一名夺回来。见亚秋这副用功的样子，他心里想好的事有点不好开口，犹豫一阵他还是说了出来。他要亚秋今天下午下课后一定回去一趟，看看妈妈，顺便帮妈妈将马桶倒了。亚秋噘着嘴说爸爸和爷爷都是封建脑子，对马桶连碰也不愿碰一下。石得宝还要说什么，上课的铃声响了。

回家时，石得宝拦了一辆回村里去的机动三轮车，大家都管这种车叫三马儿。石得宝同车上的人一样付了两块钱，开三马儿的人嘴里说着不好收村长的钱，但伸出的手一点也没犹豫。半路上，碰见那辆拖拉机迎面而来。石得宝正要打招呼，拖拉机忽闪一下擦身而过。他看见挂斗上的躺椅和棉被都不见了。

"村长，我怎么听说镇里给每个村都布置了一项特殊任务！"开三马儿的人突然回头说。

"没有哇，我怎么没听说，你倒先晓得了。"石得宝有些吃惊起来。

　　"你别瞒我，是任务总要往下布置的，不如先吐露一点风声，好让我们有个心理准备，免得到时候一开会就吵架。"开三马儿的人说。

　　这话是实话，每次村里开会分配任务时，家家户户总是吵闹个不休不止，哪怕是多出一块石头也不让步。他们担心这回多一点下回就要多两点，再下一回就会多三点。石得宝向他们保证也没用，非得当即扯平均不可。

　　"这话你是从哪儿听说的？"石得宝开始反问。

　　"是丁镇长到车站送客时，同人聊天时说出来的，他没有明说是什么事。"开三马儿的人说。

　　石得宝开始不明白丁镇长为什么自己又在往外说，后来，他也觉得这是丁镇长故意放点风出来。石得宝想了想后他也放了点风，说是镇里开会是为了茶叶的事。车上的人一直都在竖着耳朵听，只是没有吭声。听到石得宝一说，他们立即松了一口气，纷纷说自己还以为又有什么摊派任务要下来，如果是茶叶的事，他们就放心了，大不了是为了定明年的特产税，茶叶树就在那儿长着，谁都可以去数有多少棵，想多交办不到，想少交也办不到。大家一松气，石得宝心里却紧张起来，他一点也没有办法预料村里人听说要他们采冬茶后是什么样的反应。担心他们现在越放松，将来反应越强烈。

　　一到家，石得宝就看见石望山坐在门口，手里拿着一个红薯在大口大口地啃着，红的薯皮和白的薯浆在嘴角上闪着各自的光泽。石得宝走拢去时，石望山出其不意地给了他一个耳光。石得宝被打蒙了，捂着脸下意识地叫着父亲，问这是为什么。石望山不说，叫他只问自己的妻子。

果真问过妻子后才晓得，妻子在医院检查后见不是什么大病，就拿了些药自己坐着拖拉机回了。进屋子后她脱下裤子坐在马桶上解过小便，不料起身时人突然昏倒在地上。父亲在堂屋里，干着急不敢进房动手帮儿媳妇一下，只好跑到隔壁喊别的女人过来。石得宝这才明白为什么一垸的男女见到他时，一个个都在捂着嘴笑个不停，他心里也有几分不好意思起来。石得宝不知说什么好，只有告诉妻子，女儿亚秋天黑时可能回来。妻子果然笑了一笑。他又将这话告诉石望山，父亲那像麻骨石一样的脸上，也有了些喜色。

石得宝到菜园里弄了一些菜。正在换季，刚被拔掉的辣椒禾上有不少很小的辣椒。石得宝将这些嫩辣椒摘了一些，又挑了一大把嫩辣椒叶子，其余正在地里生长的白菜和萝卜，也一样摘了一些，够炒一碗的。回屋子后，他又捉了一只母鸡杀了。妻子躺在床上叫他杀那只黄公鸡，石得宝没有做声，背地里打的是另一番主意。妻子病了不能吃公鸡，他不能让她在一旁白看白闻。

天黑之前，亚秋果然回来了，她一进屋就直奔母亲的房里。石得宝在厨房里做饭，耳朵却在听她们母女在说笑什么。这时，石望山在外面叫来客了。石得宝探头一望，是镇里的宣传干事老方。老方一进屋说赶得早不如赶得巧，今天这餐酒他是喝定了。石得宝心里不高兴，却又没有办法，只好装出些笑容来请老方赏光留下来吃顿便饭。老方说他来找石得宝有事要了解，就是想走也走不了，必须以工作为重。

老方刚坐下，亚秋便端着马桶从屋里出来，一步也不绕地擦着老方的身子走过去。石望山追出门外等着她回来后，小声责骂她不懂事，不应该在客人面前倒马桶。亚秋也不争辩，端着马桶一步不差地从原路返回房里。

隔了一会儿，屋里的鸡肉香味更浓了。亚秋从屋里钻进厨房，一边同石得宝说话，一边悄悄地拿了一只碗，把锅里煮熟的鸡肉盛了大半碗，端进屋里。石得宝开始一直在埋头往灶里添柴，发现情况后叫了几声亚秋。亚秋早将房门一掩不见了。

石得宝正担心老方感觉到了，老方就在堂屋开口叫起石得宝来。他丢下火钳跑出去，老方二话不说，从口袋里掏出十块钱搁在桌子上。然后转了身才说他没有带什么东西来，这点钱留下给石得宝的妻子买点东西补补身子。石得宝说这不是屁眼厕尿反了吗，他追到门口拉了几下怎么也拉不住老方，他就借口说不是还有事情要了解吗，老方说天色不早了，他得早点回去，需要了解的事请石得宝明天上午到镇委会去谈。

老方骑上自行车毫不犹豫地走了。

石得宝没有怎么说亚秋。石望山一个人将话都说了。他说亚秋是一碗饭养大的，总以为自己读书多，一点也不懂人情世故，就是要饭的赶上吃饭时主人也得给上一碗，何况老方是镇里的领导。亚秋不示弱，她说爷爷和父亲总是对那些人做忍让，使他们老是占便宜，结果是害人害己。石望山很生气，叫着要石得宝的妻子掌几下女儿的嘴巴。亚秋回到屋里，拍了两下巴掌后，大声说妈妈已打了我，并哭了几声。石得宝怕石望山气出毛病来，就大声喝住了亚秋，不让她再闹下去。

吃饭时，石望山已消气了，他只是遗憾地说了两次，没有个客人，好酒好菜都不香。

亚秋一回，石得宝妻子的病就减轻多了，晚上睡觉时，她主动抚摸了石得宝几下。石得宝问清她的病是妇科急性炎症，就想起自己每次往妻子身上爬时，妻子总抱怨自己不肯将下身用干净水抹几把。他避开这个话题，将上午镇里开会的内容告诉妻子。

"天啦，这种事亏得他们能想出来！"妻子惊叫道。

"我们也奇怪，他们在上面怎么能够凭空想出这种鬼点子哩！"石得宝颇有些慨叹。

"在这些事情上，有些人的确真有水平。"妻子说。

"他们水平高，也胆大，敢说敢做，可是我怎么开口向村里人说哟！"石得宝说。

"这种事只要你一做，管保下一回村长就选上了别人。"妻子说。

"算了，算了，别说这个。"石得宝有些心烦。

这垸和这村虽然叫石家大垸，但石姓人口却是少数，主要是1948年国民党军队撤退时，在这垸里狠狠地杀了许多姓石的人，当时垸里的人都不明白这是什么缘故，直到解放后很多年，他们才搞清楚石家的一个人在北京做了共产党的大官。石望山叫他十三哥。小时候他们常在一起放牛。十三哥给石望山写过一封信，却从来没有回来过。因为这个缘故，石家的人一直当着这个村的头头。但这几年搞选举，同族的总帮同族的人，石得宝当了三届村长，但得票一年比一年少，最近一次，他只比半数多了十几票。

石得宝一直想到半夜，他听见妻子在梦里还在惊叫着落雪天怎么采茶。他忽然突发奇想，要是今年冬天不落雪那该多么好。

第二天一早，石得宝起来送亚秋上学。屋外北风已不再吹了，稻场上很脏乱。石望山手中的竹枝扫帚在清晨的原野上刷刷地挥响。石得宝经过他身边时，他什么也没说。过了一会儿，石望山问石得宝是不是有什么心事难于启齿。石得宝回头张望，见石望山仍是低头扫的模样。亚秋在一旁撵着木梓树上的一群鸟，石得宝又一次望了望石望山，那边的目光并没递过来。他刚转身，身后又说要他不要太忧虑会伤身子的。石得宝没有再回头，他叫上亚秋，踩着重重的露水草朝田野中央走。

田野四望无人，几堆已烧了几天的火粪在互不依靠地各自吐着青烟，有浓有淡，有轻有重，或细或粗地袅袅缠绕着，深秋的凝重中因此透出些轻盈。

"爸爸，你是不是有外遇了？"亚秋突然问。

石得宝吓了一跳。

"你一定是有外遇了，不然不会这么心事重重。"亚秋继续说。

"别瞎说，好像一想心事就是在搞婚外恋，我是在想工作。"石得宝说。

"村里人都在自谋生路，连脑袋都削尖了，你一个破村长有什么工作可做。"亚秋说。

石得宝摸了一下亚秋的头，他晓得有些话是同孩子说不清的。但他还是告诉女儿，上面千条线，下面一条根，上面几级布置的任何事，最终都要归结到小小的破村长身上，别看他无职无权，可哪一样事离了他就办不成。他挥手拦住一辆三马儿。看着亚秋远去的背影，他轻叹了一声。石得宝料理完妻子，自己又来到公路上拦了一辆三马儿，到镇里去见老方。

老方他并没有什么重要的事，只是因为要写一篇新闻稿，需要摸一下各村的情况，特别是有关的有趣例子、小故事等。石得宝讲了一阵，老方都不满意，索性就摆手让石得宝走了。石得宝在镇委会各个办公室转了一圈，还没见到丁镇长，一上午的时间就完了。他往外走时，正碰上老方拿着碗到食堂里打饭。老方坚决要他在镇里吃了饭再走。石得宝因昨晚的事不好意思，整个吃饭过程他都没有抬头看老方一眼，直到碗里空了，他才对老方说自己吃好了。老方饭后又拉他到房里坐会儿，喝杯茶。老方越是亲切就越让石得宝感到心中有愧。喝茶时，他们很自然地聊到茶叶的问题上。老方已晓得丁镇长要各村落雪天采茶的事，他告诉石得宝，现在党的三大优良传统的提法已变了，叫做理论联系实际，密切联系领导，表扬与自我表扬。采冬茶的事就是为了密切联系领导。它是镇里段书记发明的，后来又引起县里的重视，成了县里头头们打开省城与京城大门的秘密武器。石得宝很奇怪段书记怎么会想到如此怪招。老方就说一招鲜吃遍天，虽然只是一点茶叶，由于是冬天落雪时采的，别人没有，领导一下子印象就深刻了。别的东西都是大路货，一重复领导就容易搞昏头，况且别的东西送多了还有行贿受贿等腐败之嫌。斤把两斤茶叶算什么呢，不就是见面递根烟的平常礼节吗！老方说得越轻松，石得宝心里越沉重，他怕这件事无法完成。老方不当一回事，认为"车到山前必有路，有路就有丰田车"一样。

石得宝告辞出来，正好碰上一上午没碰上的丁镇长。丁镇长迎面就甩来一句，说石家大垸村过去做事总是中游偏下，他希望这回他们能出个风头当个上上游。石得宝正说自己能力有限，丁镇长毫不客气打断他的话，要他回去早做准备，今年气候有些反常，夏天已是比往年热，据说冬天也将比往年冷，落雪的日子可能提前到十一月底十二月初。丁镇长还提醒他，别让区区两斤茶叶给难倒了。石得宝嘴上说不会，心里却着急起来。

石得宝临走时，问了问今年的民政救济金什么时候能发下来，丁镇长回答说光有了指标，钱款还未到。丁镇长又说将来哪个村没有完成镇里下达的任务，他就扣发哪个村的救济金，让那些日子过不下去的人都到村干部家去过年。石得宝只把丁镇长这话当作说笑之词，并没有往心上搁。

半路上几个本村的人拦着问他镇上开会是不是为了救济金的事，他们还等着买过冬棉衣。石得宝只好说就要下来了。

回到家里，石得宝见妻子下了地，坐在稻场上晒太阳。

一个星期以后，妻子的病完全好了。石得宝好久没同她亲热，几个晚上接连着没有空闲。这天晚上他正在妻子身上忙碌，妻子说外面落雨了。他没心思听屋外的动静，直到忙得浑身酥软才歇下来。

冷雨果然打在窗玻璃上，脆脆地响，石得宝翻身爬起来，打开电视机收看晚间新闻后面的天气预报。等了几十分钟，天气预报不仅说这一带没有雪而且连雨也没有。他关了电视机生气地对妻子说，城里的人只关心大环境，不管小气候。他钻进被窝。妻子抱着他，刚将他身子偎热，他突然推开妻子披着衣服再次下床。妻子问他去哪，他说到父亲房里去看看。

刚好这时那边屋里传来一串咳嗽声。

石望山正坐在床上戴着一副老花镜在看《封神演义》，一边看一边念念有词地小声叨唠着。石得宝上前叫了一声，石望山手里一哆嗦，《封神演义》差一点掉下来。

"我正看着紧张处哩，你把我吓着了。"石望山说。

"见你咳嗽就想过来看看。"石得宝说。

"没事，天冷了总有点儿。"石望山说。

"这种天气，会不会落雪？"石得宝说。

"这时候怎么会落雪，还早哩！"石望山说。

"会不会提前呢，不是说有一年十一月份就下了雪吗？"石得宝说。

"那一年世道大变。今年不会，最早也提前不到十二月半。"石望山说。

石望山拿起《封神演义》，刚送到鼻子底下，又放下来。

"这一阵你好像特别关心落雪，国内的也好，国外的也好，哪儿一落雪你就吃惊，是不是等着落雪，想做点什么。雪能做什么，只是化成水烧开了泡茶，好喝还润肺止咳。"石望山说。

石得宝掩饰地说自己就是想弄点雪水泡茶给石望山治治咳嗽，石望山看了看他没有做声。

早上起来，石望山一个人在雨里收拾着稻场。石得宝见雨不大，便光着头走下门前的石阶，不料一阵雨滴钻入他的后颈，他情不自禁打了一个寒战。石望山在一旁说，这场雨一过，冬天就真正来了。

过了一阵子，石得宝抽出一天时间，爬到木梓树上去用一把长竿作柄的柯刀，收获树上的木梓籽粒。木梓籽粒都结在当年的新枝上，新支被薄薄的初霜打过几场，变得特别脆。柯刀刀口朝天、刀背与刀柄间形成一个钩。石得宝用这个钩钩住那新枝、一拧长竿，新枝发出一声脆响，齐崭崭地断了，然后带着一束束的木梓籽粒掉到地上。木梓籽粒雪白如玉，妻子在树下捡起它，用手一搓，一捋，玉豆一样的籽就在箩筐簸箕之中铺上一层。木梓籽粒在树上更像雪。冬天的初雪，少有能积下来的，总是沾在地上不一会儿就化成一滩水，等到雪停时，便只有到树枝树叶上去找它们。雪在那些地方蜷缩成一团，大如拳头、小如豆粒，如果是在木梓树上，无疑就成了收获之前的景色。在树上干活从来都是男人们最喜欢的，它能记起和感觉到自己遥远的童年，特别是当树上有一只鸟窝，男人们手中的柯刀总是一次又一次地往鸟窝底下伸，当然，没待碰着，他们就停止了，并在怔了片刻后，顺手折下一枝结满籽粒的新枝。女人在树下总不能理解这点，她们一到这时便在树下细声细气地指着树的一边说，这儿还有不少没有收获哩！石得宝在树上一想到雪就没有了往年的那种怀想中的小小冲动。已经有两个在树下路过的男人提醒他树上有三只鸟窝，石得宝手中那高高在上的柯刀仍是一点干坏事打野食的欲念也没有。

像雪一样的木梓籽粒越来越少，黄昏之前，石得宝终于使它们荡然无存。他顺着树干放下柯刀，自己坐在一条干枝上出了一会儿神。石望山一见，就叫他快下来，说天黑了，人脚不沾地久了，会被邪气所乘。

他从树上下来后，脚下果然有些不舒服。他不顾这些，只想着一个问题，将一对目光盯着石望山。

"我们这儿有过不落雪的冬天吗？"石得宝问。

"有，但那样的年份可不好。"石望山说。

"你是说收成吧？"石得宝问。

"嗯。"石望山哼了一声。

"如果只影响收成，今年不落雪才对，才算苍天有眼。"石得宝说。

"有时候，民心比收成更重要啊！"石得宝又说。

"你不说我也晓得，你是有很重的心事，你该同别的村干部一起商量一下，有难大家承当，出了问题，也不至于一个人背黑锅。"石望山劝了一阵。

天黑之后，石得宝一个人出门往金玲家方向走去。翻过两座山嘴，就看见金玲家的窗户大放光明。他以为她又在家里打麻将，推开门却见金玲同一个男青年相拥着站在堂屋中间。他不高兴地说她这么大胆，自己会不放心让她掌管村里的财经大权。金玲笑着解释说自己在学跳舞，接着，她将丈夫从里屋唤出来，弄得石得宝有些不好意思，连忙从口袋里掏出几张发票叫金玲报销了。金玲拿出算盘，等那男青年走了，才将发票摊在桌上算起来。一共是五十多块钱，主要是开会坐三马儿的票，还有就是那天村长们在一起吃饭的那张发票，金玲将现金如数给了石得宝后，才说得天副村长对他将在外面吃饭的发票，拿到村里报销，嘀咕了好几次。石得宝不满地骂得天是个狗鸡巴，说话像放屁，村长开会在外面吃饭还不是因为工作。石得宝将钱装好后，又吩咐金玲通知几个村干部来他家开个短会。金玲晓得石得宝是想搓几圈麻将，连忙叫丈夫出去叫人。

屋里剩下他们两个人时，金玲打开录音机请石得宝跳舞。金玲脱了呢子大衣让石得宝将自己搂在怀里。石得宝前年也是这样让金玲教过一次，那次人多，两人单独在一起又挨得这么近，无论是否跳舞都是第一次。石得宝摸着金玲腰的那只手有些发抖，金玲感觉到了，笑着说，她都不紧张，石得宝紧张什么。石得宝一笑人倒放松了。过了一会儿，他将手从金玲的腰部挪到屁股上摸了几下。金玲要他别这样，他鄙视地说，外面都在传说他们之间有不正当关系，他要是连摸都没摸一下那不是太吃亏了。金玲咪咪地笑起来，并往他怀里贴紧了一些。石得宝干脆将她抱在怀里。金玲也不挣扎，直到石得宝累了手臂略松时，才抬起头来说，可以了，以后别人再怎么说都不会觉得吃亏的。石得宝不自觉地放开了她。金玲刚一转身又回过头来，用手摸了一下石得宝胡子拉碴的下巴。

金玲拿了一些瓜子到厨房里去炒。

石得宝独自坐在沙发上，不时摸一下自己被金玲摸过的下巴，他有几天没刮胡须了，胡须很扎手。他有些明白金玲那个动作的意思，自己已经四十多岁了，而她才刚满二十岁。石得宝用手掌在自己的头上打了几下，然后随手拿起一本残缺不全的书乱翻一通。后来他发现这本书竟是《毛泽东选集》。他正要批评金玲，刚好她丈夫回来了。石得宝说了他几句，他说你们什么不可以撕，为什么偏偏要撕这一本。金玲的丈夫说别的书都有用他们没舍得。石得宝警告他，这种事若放在二十年前，弄不好会杀头的。金玲的丈夫摸摸脖子说他幸亏那时没出生。金玲和她丈夫都只有二十岁，中秋节才结婚。

村干部陆续来了。金玲将瓜子端上来时，得天副村长第一个伸手抓了一大把放在自己面前的桌子上。石得宝皱皱眉头宣布开会。石得宝也没想好会议的主旨，采冬茶的事说与不说，他一直没有拿定主意，说了怕传出去先乱了阵脚，不说又怕到时候问题出来了，会像父亲说的那样一个人背黑锅。石得宝让大家分头汇报一下今年各人分管的几项工作。大家说了半天，也没有什么新内容。只有得天副村长提出村里的砖瓦厂今年产值和利润怎么报，是不是按惯例多报产值少报利润。大家正说按惯例时，石得宝却说今年利润要如实上报，但在分红时想办法多给一些群众。他这么一说，大家一下子

282

都记起来，这一届村委会明年年初就到期了，该换届了。

石得宝见大家实在无话可说了，在宣布散会之前，布置了一项任务，要大家明天上午在南坡金玲家的那片茶地边集中，挨家挨户检查一下村里的茶树越冬情况。得天副村长嘟哝一句，说这可是改革以来的新生事物，茶树越冬情况也要检查。石得宝瞪了他一眼，说今年可能有大雪大寒潮哩。

得天副村长不做声，转过脸要金玲将麻将拿出来，趁天气尚早大家一起搓一个东西南北风。他一提议，桌边上早围上四个人。金玲要他们中的谁让位给石得宝，民兵连长见自己的职位最低，只好起身，石得宝谦让了一阵，被金玲按到桌边坐下来。石得宝要金玲也上桌，金玲推辞说自己准备茶水。石得宝没想到自己的手气会这么差，整整两圈没有开和，金玲在一旁指点也没有用。得天副村长不停地笑话，说石得宝赌场失意一定是因为情场得意。石得宝嘴里不做声，心里却在猜疑是不是刚刚同金玲有过几下亲昵动作的缘故。金玲只是笑，待石得宝手中的牌听和以后，她装着给别人倒茶，将得天副村长他们三个的牌都看了，然后回到石得宝身边，偷偷地告诉他单吊三万。果然，吃了一圈牌后，石得宝将刚摸起来的三万留住，将手中的二万放出去，得天副村长马上叫了一声碰，并开出一个三万。石得宝一推牌，大家一看竟是个豪华硬七对。只此一盘，石得宝不仅输出去的那五十多元捞回来了，还倒赢了将近一百块钱。接下来石得宝和金玲如法炮制，一连粉碎了得天副村长的几个大和。得天副村长气得直叫，怀疑金玲在一旁当了奸细。这话多说了几句，他们就争了起来。得天副村长一不留神竟说石得宝同金玲关系特别。

气得金玲的丈夫当即上来要打得天副村长的嘴。

牌局一下闹散了。石得宝不让大家走，等气氛平静下来后，他要接着再来一个东西南北风，他说当干部的就要有哪里跌倒了在哪里爬起来的勇气，同时他还要大家用实际行动挽回在金玲家失去的威信和影响。这局牌打到半夜才散，最后只有石得宝小小地赢了几十块钱，得天他们一人输了十多块钱。

出了门，大家都说得天副村长的牌风不好，赢得起，输不起，得天副村长则反击说大家的眼睛被色和权迷住了。

石得宝到家时，石望山仍在看《封神演义》。他将石得宝叫进房里，小声地告诉他，他妻子大概是出门盯梢去了，也是才回来不久。石得宝到房里一看，妻子的一双鞋上果然沾满杂草和露水。他有些烦，上了床也不说话，将屁股狠狠地冲着妻子。妻子也不说话，两人僵持了一会儿。石得宝身上一暖和，加上心里还搁着一丝金玲的滋味，他忍不住一翻身将妻子压在身下。妻子见石得宝刚回来就能要自己，便放下心来迎合丈夫。

这一场交欢竟让石得宝睡过了头，醒来时，太阳已斜着照进屋里。他匆匆爬起来，打发般洗了吃了，正要出门又想起一件事，他转身问石望山今天有什么事没有，如果没事不妨给茶叶地上几担土粪。石望山正在抽烟，他用鼻子嗯了一声，说茶地的事不用他来考虑。

石得宝赶到金玲家的茶树地时，其他人都到齐了。

睡了一觉，大家的怨气都没有了。金玲的丈夫还同得天副村长对着火抽烟。金玲家的茶树地伺候得不好，地里见不到一点肥料的迹象。不过大家都很理解金玲，说他们两口子刚结婚正忙着下种，顾不上积肥是再自然不过了。得天副村长还号召大家每人在地里撒泡尿。金玲一点不怕，反说只要得天副村长敢带头，她自己也往自己地里撒泡尿。石得宝拦住他们，不让说下去。

　　看了十几家，茶树施肥情况有好有差，不过他们都比金玲家的好。石得宝装作无意地说："这冬天的茶叶采下来做成茶不知是什么味道？"得天副村长不假思索地说道："春茶苦，夏茶涩，秋茶好喝摘不得，冬茶就更不用说了。不论动物植物，凡是越冬的，一到冬天总是积足了营养。白菜和萝卜霜一打，味道比先前的美多了，茶叶也是这个理。"得天副村长说了一大通后，石得宝说既然如此，他们何不动员群众采冬茶，搞出新产品哩。得天副村长马上说这样不行，就像男人喜欢野女人的滋味，但这种滋味不能长远，不能过日子，过日子得靠糟糠之妻。现在的群众也还只晓得过日子，尝野味那是有钱有权的人的事。大家跟着说，不能拿群众的三百六十天、一天三餐饭来冒险，茶树被冻死可不是闹着玩的事，石得宝见大家一致反对，就没有再往下说。

　　中午，村干部们到村砖瓦厂吃了一顿便饭，有鱼肉但没有酒。饭后休息时，金玲趁无人时小声问石得宝是不是真的想采冬茶，如果真的想采，她可以将自己家的那几分茶地交给村里做试验，反正她也不想种了。石得宝没有接她的话。

他开口时是说金玲结婚结得太早了。金玲说她晓得自己前程无望，就想早点结婚有个依靠。石得宝想说她是小小年纪就贪欢，却没说出来。

下午最后一站是石得宝家的茶地。石得宝好久没来自己家茶地转转，一进山坳，茶树和茶地的模样好得让他不敢相信自己的眼睛。村干部们也都一致称赞说这是今天见到的最好的一块茶地。石得宝说这都是他父亲的功劳。分责任田那年，石望山就动手将这一块地改为种茶。开始时他不时让石得宝来这里帮帮忙，后来，他别的不管，自己一心一意地摆弄这茶地，从种到采到卖，他都不要别人插手，他也从不要石得宝的一分钱。这样过了整整十年，有一天石望山突然提出要将自己家房子拆了重盖。石得宝说没钱盖不了。石望山掏出一个存折递给石得宝，上面有整整两万块钱。这件事不仅轰动了全垸，连县里的记者也晓得了，老方陪着他们来了一趟，后来省里的几家报纸都登了这个消息。大家站在茶地边又是提起这段往事，都说石得宝摊上个好父亲的确是得了一件宝贝。石得宝说老人本来就是宝嘛。

转了一天，石得宝吩咐大家到各自联系的小组去，督促那些没有给茶树施过冬肥和施得不够的人家，赶紧补施足够的肥料，最好是鸡粪和猪粪。用它做肥可以提高土壤温度。形成小小气候。他特别提到金玲家的茶地，要她带个好头。金玲笑嘻嘻说她准备搞一回试验，采一回冬茶试试，茶树若冻死了也不怕，省得她春天做茶时，一双手染得像枯树皮。好几个人说她靠着一个好公公，这一生不愁吃不愁穿。金玲的公公在镇上开了座五金商店，赚的钱像河水淌来一样多，石得宝没有批评金玲，他在心里已将她那茶地当作了采冬茶的突破口。

虽然看过全村的茶地，石得宝心里反而更不踏实，其中原因还包括这一次采冬茶的事居然能在这么长的时间里保守住秘密不外露。往常不用说村干部，就是普通群众也能很快得知某项任务的内情。每年年底，石得宝还没去开会，村里的人就晓得谁要吃救济，谁的救济金是多少。这些说法总是与镇里实际发放的情况相差无几。眼下的这种沉默只能说是有关知情人都意识到这件小事在本质上的严重性，都不敢轻易捅这个马蜂窝。

又熬了几天，还是不见有任何关于采冬茶的小道消息在群众中流传。天气在一天天地变冷，电视里已经预报过一次冷空气南下的消息了。冷空气南下往往会引发降雨或降雪。石得宝坐不住，决定到邻近的几个村里去看看。

天气很冷，一般的人无事都不外出，石得宝很顺利地找到了那几个村的村长，他们也都很着急，便跟着石得宝一个接一个村串，最后竟串成六个人的一支小队伍。他们同石得宝一样，一直将采冬茶的事捂在心里，一个字也没往外透露，他们实在不晓得如何向群众解释采冬茶的道理。天黑时，六个人推着自行车在乡间的机耕路上一边走一边商量。寒风像小刀一样在他们浑身上下一阵又一阵地乱刺乱砍。分手时，他们还没有想出办法来，只说是先熬着等到雪下来了，再看着办。

石得宝一到家就听说丁镇长坐着车子来过村里，点名只见他一人，听说他不在，丁镇长很不高兴，幸亏石望山同他聊天时无意中提到种茶，丁镇长才缓和下来。丁镇长问石望山种茶技术能不能有所突破，让茶树一年四季都能采茶，下大雪也不怕。丁镇长还让石望山领着到自己家茶地里转了一圈。丁镇长走时什么话也没留下，说走屁股一抬就走了。石望山告诉石得宝，丁镇长亲口对他说过，天柱山茶场去年冬天就曾采过茶。石得宝晓得丁镇长这是不便说明，在通过别人做暗示，要他抓紧准备。石望山又说丁镇长同自己谈过十三哥在北京的情况，十三哥离休了，但身体不好，既怕风又怕阳光，所以很少出门走走。尽管十三哥人老了，但他还是石家人的骄傲。往后不知哪一代里才有人能做到那么大的官。石得宝在父亲的梦呓般的喃喃自语中，忽然想到一个主意。

第二天天一亮石得宝就爬起来，妻子听到厨房里有响动，披了衣服过去看时，他已将一碗冷饭用开水泡了两遍后吃光了。他先将邻村的村长们邀到一块儿，然后告诉他们丁镇长可能在暗示可以到天柱山茶场买冬茶。村长们一听说有地方可以买到冬茶，都说花点儿钱买个清静也值得。

依然是六个人，他们租了一辆三马儿直奔天柱山茶场而去。茶场的彭场长正好在，听到他们说明来意后，彭场长顿时面露难色。彭场长说：他们去年是采了几斤冬茶，那也是没办法，是镇里段书记下了命令，不执行就换人。结果今年茶叶产量就明显下降了，而且最好卖的谷雨茶产量降得更厉害，搞得场里几乎没有利润。石得宝以为他是在讲价钱，就主动说，只要他们愿意卖，价钱好商量。彭场长苦笑着算了一通账，采冬茶不像春夏茶只要有茶树都行。冬茶得挑好地上的好树，然后放开了采几亩地才能得一斤活牙叶，几斤鲜芽叶才能炒一斤成品茶，加上茶树被冻死冻伤，第二年减产减利，一斤冬茶少说也要两千七百块钱才不亏本。石得宝他们吓得张开大嘴半天合不拢，直到吃饭时他们才纷纷说，开始以为每斤过不了三百块钱，三百块钱他们还敢卖敢买，两千七百就简直成了天方夜谭。

　　彭场长留他们吃饭并喝了两瓶孔府宴酒。往回走时，他们心情才不至于太低沉。他们吃饭没有叫上开三马儿的人，那人心里有气，一路将三马儿开得风快，拦了几回也没拦住。大家正提心吊胆，忽然一阵天摇地动，等到清醒过来时，才发现自己同三马儿一道躺在一块烂泥田里。三马儿是邻村的，邻村村长很生气，赌着气说回去后要好好将开三马儿的这人修理一番。

　　幸好路上的三马儿不少，他们很快换乘了一辆。坐在车上，他们又庆幸自己是翻进烂泥田，不然这会儿说不定连小命也丢了。大家像是死过一回，说起冬茶的事语气坦然多了，一个个都说完不成任务他丁镇长总不至于将他们都吃了。

　　正在豪情满怀时，三马儿突然一个急刹车，村长们以为它又要翻了，一个个脸色变得苍白。片刻后，车却停稳了，宣传干事老方出现在车厢后面，说是丁镇长有请各位村长。他们下了车，果然望见丁镇长的桑塔纳像一只老虎一样趴在公路当中。丁镇长从车里伸出头来，叫石得宝到他车上去，其余的人依然坐着三马随他到镇里去。

石得宝上了丁镇长的车，车内很暖和，他将沾满泥巴的大衣脱下来，正要放在座位旁边，司机叫起来说别脏了我的车。他一时不知所措。幸好丁镇长发了话让他就放在座位上，丁镇长说车子总是要被人弄脏的。石得宝原以为丁镇长要剋自己一顿，责怪他不该同村长们串通一气对付上级领导。谁知丁镇长一路上竟只字不提冬茶和与茶有关的事，只是和颜悦色地同他说着闲话，如亚秋读书成绩如何，他妻子的病完全好了没有，石望山同石家十三哥的关系密不密切等等，甚至还问他家一年养几头猪几只鸡。丁镇长越是不批评他，他心里越是忐忑不安。桑塔纳进了镇委会后，丁镇长还是不放他回到村长们中间去，而是将他一个人带到自己的办公室里，并亲自烧上一盆炭火让他烤衣服。石得宝惶惑一阵才镇静下来，他想事已至此，干脆当面将话挑明了说。

石得宝咳嗽几声，然后又喝了几口水才开口。

"丁镇长，这冬茶的任务我们完不成。"石得宝只说出几个字，额头上就渗出一层汗珠。

"我也是这样向上级反映情况的，可任务还是不能推辞。"丁镇长找了两块餐巾纸让他擦擦汗。

"你找我们话还好说，你找群众话就不好说了。"石得宝说。

"既然好说，那就别叫困难了。你放心，谁帮我抬庄我丁某是不会忘记的。"丁镇长说。

"其实你可以叫天柱山茶场做这事，那是镇办企业，有话好说一些。"石得宝说。

"我跟你说实话，那是段书记的后花园，我们都进不去，进去了说话也没人理。"丁镇长说。

"这是公事，和段书记商量一下不就行了。"石得宝又说。

"段书记有段书记的关系，他已让茶场办了。"丁镇长说。

石得宝从丁镇长的话中隐约听出，这冬茶的任务是从两条不同的线上传达下来的。这时，吃饭的时间到了，丁镇长领导着他到大会议室叫上另外五个村长到食堂吃饭。石得宝见自己身上泥巴已烤干了，那些人一个个还像泥猴子，不由得不好意思起来。他上前去同他们搭话，他们都带理不理的。上了饭桌，五人自动围在另三方，石得宝想同他们坐在一起，丁镇长却拉着他坐在身边。丁镇长也让人上了酒。两杯酒下肚，有人就说他们今天能喝上丁镇长的酒是沾了石得宝的光。石得宝听出这话里的味道，便往旁边岔，说如果不是自己约他们出来，他们的确喝不上丁镇长的御酒。丁镇长任他们打嘴皮官司，只是笑，不搭腔。待到最后，他才举杯给大家敬酒驱寒，并希望大家像对段书记一样对待他布置的工作任务。丁镇长硬话软说，使大家很尴尬，酒一喝完就纷纷告辞。石得宝也要走，丁镇长当着大家的面叫他稍等一会儿，他让司机开车送他。丁镇长虽然开玩笑说，石家大垸村是镇上最小的村，这像大户人家一样，老么总得多关照一些。村长们一点也没有被这话逗笑，一个个表情严肃地走出食堂。

丁镇长的桑塔纳真的将他送回家里，半路上还捎上了他存放在路边小卖部里的自行车。石得宝第二天才发现自己的自行车被人放了气，铃铛盖也被人下走了。他感觉这事肯定是别的村长们干的。因为他们的自行车是存放在一起的。他后来抽空到那小卖部去问，卖货的女人承认是村长们干的，并且还让她给他捎话，说他是个拍马溜须舔屁眼的小人。石得宝一肚子的委屈不知从何说起。

有一天，他在砖瓦厂办公室用电炉烤火，忍不住同金玲说起这事，金玲毫不犹豫地说这是丁镇长施离间计，目的是不让村长们团结起来对他的一些做法进行抵制。石得宝嘴上不相信领导会对下级玩手腕，心里已认了这个事实。天气越来越冷，只要一预报寒潮，石得宝就去找那些村长们商量如何统一行动，采或不采冬茶，然而那些村长都避而不见。偶尔堵住一个人，也没有好话说给他听。冷嘲热讽，话里带刺，明里说他是丁镇长的红人亲信，暗地却骂他是丁镇长的干儿子。还警告说别看他现在得宠于丁镇长，等段书记从党校学习回来，准保叫他吃不了兜着走。

石得宝被这些话激怒了。丁镇长比自己还小几岁，他们居然这样骂他。他恨恨地说：不管他们怎么做怎么说，他偏偏要帮丁镇长这一回，看谁将来敢一口咬下他的鸡巴！他打定主意，只要一落雪就去找金玲，让她先采点冬茶对付一下。反正金玲也没将那点茶树当回事。

回村时，他先弯到金玲家。听到家里有人声，敲门却不见答应，他推了推，门从里面插上了。他以为金玲在家做见不得人的事，再一想又觉不对，她才结婚正是恩爱得如胶似漆的时候。他明白一定是两口子大白天在屋里干好事，于是就站在门口大声说，金玲快开门，我找你有事。过了一会儿，门果然开了，两口子衣冠不整，脸上都挂着不好意思。石得宝心里痒痒的，他没有坐，直截了当地说：村里准备在她那茶地里做试验，要她在不向外扩散消息的同时做好准备工作，他强调说这几天一定要给茶树施一次肥，过两天他要来检查的。金玲一时没反应过来，似乎还沉浸在枕边的恩爱之中，她恍惚地问做什么试验。石得宝不高兴了，他不回答，只是叫金玲自己好好回忆一下。

石得宝离开金玲家的屋基场，踏上田间小路时，金玲忽然在身后大叫，说是她想起来，她这就准备采冬茶。石得宝吓了一跳，连忙摆手不让她叫。路旁田里，一个正在给小麦浇水粪的老人抬起头来，问金会计在叫什么，这个时候怎么就准备采茶。石得宝掩饰说老人听错了，金玲是叫自己坐会儿喝杯茶再走。他独自走了一会儿，心里觉得再精明聪慧的女人，一旦坠入情网就会变得稀里糊涂。

过了三天，石得宝真的一早就来金玲家的茶地检查，每棵茶树底下都像模像样地撒了一些猪粪。金玲伸出手给他看，嫩红的手掌上有两个水泡。金玲还做出一副要脱衣服的样子，说她的两只肩膀都磨破了皮。石得宝晓得她有些做作，但还是心生怜悯，说他到时候会想办法替她做补偿的，金玲似乎是无意地说她这块茶地每年可产五百块钱的茶。石得宝心中有数，有意讹她，说那天搞大检查时，你不是说只能产两百块钱的茶嘛？金玲怔了一下，随即露出委屈的模样说自己没说这话，若说了也是说错了。她撩了撩身上的大衣衣襟，说这件呢子大衣要四百多块钱，就是用卖茶叶的钱买的。石得宝没有往下说，他怕金玲也像彭场长那样精打细算，那样这几棵瘦茶树就更值钱了。

石得宝走时要金玲留神天气预报，随时做好准备。

半路上，他碰见了得天副村长。得天副村长气喘吁吁地说：镇委会老方带着县里的一帮人到村里来了，正在村委会门前等，他这是找金玲拿钥匙开门。石得宝看看手表，见才九点半钟，就提醒得天副村长别在金玲家打嘴巴官司，快去快回，争取在十点半钟以前将他们打发走，免得村里又要招待他们吃饭。

石得宝走得很快，五分钟后就赶到了村委会。老方远远地迎上来，先将来人的来意说了。听说是县文化馆的人，石得宝微微皱了一下眉头。老方说他们是来搞文化活动调查的，同时也兼着采访，准备县里的春节文艺晚会的节目。石得宝忍不住责怪老方，说他不该将这种与他们不相干的人往村里引。老方拿出一个笔记本，指着上面的名单说，他是逐村排队往下排的，一个村一次轮流转，而他们还是排在最后。石得宝说越是最后越吃亏，年底轮上那些下来打年货的人，开销可就大了。石得宝要老方明年若还排队就将他们村排在中间，摊上七八九三个月的高温，谁下到农村，一见苍蝇多虫子多，没有电没有自来水，像蜻蜓点水一样，屁股一沾凳就回头，这样的客人接待起来才舒服。老方答应下来，同时又要石得宝给他一个面子，别让他下不了台。他告诉石得宝，县文化馆虽然是个很无聊的单位，但在那里拿工资的人一大半是县里头头的子女，上班时唱歌跳舞，画画照相，水平高点的就写诗写小说，活得不晓得有多潇洒，隔上一阵便要到下面来走一走，换换口味。有些单位对他们不重视，结果都吃了大亏。石得宝说他心中有数。他上前去同带队的蒋馆长握了握手，回头欲同那同来的六个人握手时，几个女孩都借故躲开了。

金玲还没来，石得宝站在门口迫不及待地请蒋馆长作指示。蒋馆长矜持地说等进了屋再慢慢细谈。石得宝不停地看手表，心里急得直冒火。十点过了得天副村长和金玲才匆匆赶来。金玲解释说从茶地里回来她就去小卖部买洗发液，得天副村长去找她时，两人已走岔了。石得宝小声责怪他们，说这些人若送不走，中午的饭钱由他们俩负担。

村委会有一阵子无人来办公，桌椅上都是灰尘，他们手忙脚乱地打扫又去了二十分钟。除了蒋馆长以外，那六个人瞅着椅子，好久才勉强坐下去。蒋馆长先说了一通文化工作的意义，接着又是此行的动机和目的。石得宝一看手表，竟到了十一点钟。他对文化工作没有一点认识，心里又装着中午吃饭的问题，蒋馆长一说完，他就将汇报的事推给金玲，说金玲在村里分工负责文化宣传。金玲小声分辩说村里从来就没有分工由谁来管文化。石得宝劝她说：全村就她的舞跳得最好，哪怕没分工，这事也轮不到别人。金玲反应能力不错，她套着蒋馆长的话，慢慢地说开了。讲到村里如何同封建迷信作斗争时，得天副村长插话说：村里有个瞎子算命像神仙，当年曾预言他第一个老婆不能算数，非得娶第二个老婆才能安居乐业，后来他果然在三年内结了两次婚。得天一开口就将县文化馆的人都吸引住了。金玲讲，得天副村长补充例子，会场气氛很生动。

石得宝同老方打了声招呼，说是去安排中午的饭。他去了四十分钟才回，进屋时手里提着几只鸡和一大块猪屁股。当着大家的面，他穿过会议室将这些东西提进村委会那久未起火的厨房。

不一会儿，外面又进来了个包着头巾的女人。正在说话的金玲和得天副村长见了她不禁一愣。得天副村长小声问她来干什么。包头巾的女人说，是石得宝叫她来为客人们做饭的。石得宝在厨房门口招手让包头巾的女人过去，他吩咐了几句后，依然回到自己的座位上。包头巾的女人在会议室与厨房间来回忙着，一时出去弄青菜，一时又提着酒和干菜回来。然后，厨房里又是辟辟叭叭的柴火响。随后又有水汽贴着厨房门框飘进会议室。得天副村长又在举例子时，包头巾的女人忽然在厨房里叫起来，她要石得宝去帮忙将鸡杀了。石得宝面有难色，说他平时连别人杀鸡也不敢看，他要得天副村长去，蒋馆长不肯，要得天副村长留下多讲一些实际的东西。蒋馆长同行的一个男人去帮忙，一个女孩也跟了进去。

一阵鸡的扑腾声传得很响。石得宝还在聆听，那个女孩咚咚地跑出来，刚一出门就迫不及待地蹲在地上呕吐起来。汇报当即停止了，大家都围上去问怎么了。女孩不肯说，这时，那个男人垂着沾满鸡血和鸡毛的手走出来，好几个人围上去，那人低声说了句什么，文化馆的那些人，脸都变色了。

骚动过后，汇报继续进行。石得宝拎着开水瓶给大家添水，文化馆的人一个个都断然拒绝了。

汇报完后，石得宝殷勤地说，大家都是难得请来的客人，今天中午就在这里吃个便饭，虽是家常菜，但厨师的手艺非常不错，连省里来的人都称赞不已。蒋馆长正在表示感谢，他手下的那些人一个个起身往外走，说是家里有事得赶快回去，蒋馆长说人家饭菜都准备好了，我们就不用谦让了。那个呕吐的女孩说，就让馆长作他们的代表，留下多吃点儿，见大家都走了，蒋馆长也不好单独留下，拿起桌上的茶杯和提包追了出去。

老方不知其中名堂，走也不便，留也不妥，这时，从厨房里走出一个满头痫痫的女人，大大咧咧地说，她已光荣地完成任务了。老方一下子明白过来，他哭笑不得地说：石得宝，这种事你也做得出来。石得宝苦笑着回答，说这是上次开村长会时，大家研究出来的办法。金玲和得天副村长在一旁咪咪地笑，说他们猛一见到这痫痫的女人包着头巾进来，就猜到石得宝在搞什么诡计。老方也要走，石得宝不让，他说鸡也杀了一只，索性就做了下酒菜。他让金玲将借来的猪肉和酒、干菜等都还了回去。自己拎上自己家的死鸡与活鸡，拉上老方回家里去好好叙叙。

金玲和得天副村长随后锁上村委会大门。

"你这总统府大门也不知下次是什么时候开。"老方说。

"村长，村长，撑着也不长。村里的事难办呀，干脆永远关门，村里群众的日子可能还要好过一些。"石得宝说。

"我是体会到你们的难处。"老方说。

"但有的人不这样看。"石得宝说。

回家后，妻子一会儿就将鸡烧好端到桌面上来。石得宝将一只鸡大腿夹到老方碗里。

"情况我都晓得，可我是党委中最小的官，只有看的份，没有说的份。就说冬茶的事吧！"老方说。

石得宝怕石望山听见，要老方将声音放小点。

"丁镇长见段书记搞冬茶送礼非常有成效，就趁机也让大家搞冬茶，说是上面要，其实还不是自己先到上面去讨好卖乖，不然上面的人怎么会想到茶可以冬天采。说是上面腐化，可谁叫你下面的人投其所好哩！说穿了，大家都是拿着公家的钱不当钱，拿着公家的东西不当东西，拿着公家的人不当人，只有拿着公家的官职才当回事。"

老方的说话得石得宝直点头。

"那你说，这冬茶我们还搞不搞？"石得宝问。

"搞，怎么不搞，搞了总对你有好处。"老方说。

"要是这样，我就不搞。"石得宝说。

"这就是你的不对，当官的诀窍只有一个，丢掉人格，捡起狗格！"老方说。

"这样说，我就更不能搞了。"石得宝说。

"我再劝你一句，与其让别人搞，不如自己来搞。你搞时还记着体恤群众，可若是换了别人，他会不顾一切地把情况搞得更糟。"老方说。

石得宝看着老方一连喝了三杯酒，他也一仰脖子将一大杯酒灌进喉咙。老方又将石得宝数说了一通，别看文化馆这帮人不值钱，但说不定哪天就派得上用场。今天看起来略施小计获得成功，实际上耽误了大事，他们一传出去时，就算实说只是一个痴痴女人烧火做饭，二传三传就走样了。到时候上面的人不吃你们的，不拿你们的，你们工作就被动了。石得宝说他巴不得现在就有人不要他们采冬茶。老方一搁杯子，说石得宝是不是巴不得他现在就离席。石得宝赶忙赔不是，将杯子塞到老方手里，再用自己的杯子同他连碰了几下。

老方酒量不算大，六两酒就喝了个九分醉。石得宝听见他骂段书记和丁镇长都不是好东西时，便开始往他杯里掺凉水。老方说他好久没有这么痛快地喝过酒了。

这时，石望山从门口进来，一见到老方就问他有没有十三哥最近的消息。石望山只要一见到上面来的人，总要打听十三哥的消息。老方自然不晓得，但他醉醺醺地说一到冬天就死一批老同志，冬天冷了人的血脉流通不畅，十三哥这种上年纪的人，一说出问题就要出大问题。石望山对他这话很不满，他说老方这样子才会出大问题哩。石得宝也怕老方出问题，散了席后，不让他骑车回镇上，而是在垸里找了一辆拖拉机，连人带车送回镇里。

采冬茶成了石得宝的一块心病，他一听到茶就头疼。石望山不晓得这秘密，他将猪栏里的猪粪取出来，摊在稻场边让太阳晒。天气出奇的好，早上连雾也没有，太阳扎扎实实地一连晒了五天，只是每天下山之前在一层薄雾中稍稍遮掩一阵。石得宝看着父亲一遍又一遍地用锄头在摊开的猪粪中翻动，留下一排排整整齐齐的小沟。正午时，猪粪随着锄头的犁动，徐徐地冒出一股股热气。石望山已将山坳中的茶地挖成一片土坑。他等着这猪粪的彻底干燥，然后将它挑上山，埋入坑中。这是提高土壤温度的最好办法，别人只在育种育苗时才用，但石望山年年都这么伺候自己的茶树。几只苍蝇在猪粪上笨拙地飞翔着，石望山抬头看了看天空。阳光比前几天更暖和，寥寥的几朵白云在不紧不慢地飘移，一只苍鹰在太阳底下盘旋，那种高度不会是在寻找食物，悠闲中几分高傲的姿态只能是像人们的一种潇洒。山风从苍鹰的翅下扑地而来，顺着田野上一片通红的枫叶的指引，山风在田埂上、小河里起起伏伏地吹拂。当跳舞一般的那片枫叶迎着石望山而来时，石望山把手中的锄头举得老高老高。在他将锄头举起后不久，红枫叶哗啦一声从半空中跌落地上，打了一个滚，轻轻地停在石望山的脚边。石望山根本就没看四周，毫不犹豫地解开裤子。挣了半天也没挣出一点尿，石望山就唤石得宝快过去帮忙，石得宝犹豫了一下，只因四周除了妻子以外再也没有其他女人，他才匆匆地将一泡尿撒在那片枫叶上。石望山放心地用锄头刮起枫叶，将它扔在大路中央任由众人用脚踩。

山风一下子看不见了，满地都是阳光，田也好，地也好，枯禾枯草也掩饰不住它的肥沃，冬日的温暖正是这肥沃酿造的。石望山又开始翻动猪粪，而且频率明显加快了许多，雪亮的锄板像白帆一样从黑乎乎的猪粪上快速驶过，激起两排黑油油的浪一般的痕迹。

"明天你帮我将这些猪粪挑到茶地去。"石望山突然说。

"看样子该要落雪了！"石望山突然又说。

石得宝听了第二句话后才明白父亲为什么突然又要自己插手茶地上的事了。

太阳还同前一天一样让人心醉。茶地躲在山坳里，北风吹不进来，阳光却一点也露不掉，都快进入严冬，茶叶还是那种青翠欲滴的样子。石望山骄傲地说：他这地现在还可以采摘几斤毛尖。茶叶是绿的，地上的坑无论四周还是底部都是黑色的。石得宝每一担猪粪都是在石望山准确得像秤和尺子的目光中倒入地坑中。石望山抚摸着一棵棵茶树，吩咐哪个坑里多放一些，哪个坑里少放一些，那语气俨然是对待孩子，谁肚量大多吃点，谁肚量小少吃点。

"我小时候你这样照顾过我吗？"石得宝问。

"那时有你妈，用不着我。"石望山说。

"妈妈说过，你只爱庄稼不爱人。"石得宝说。

"那是她小心眼，能让人吃饱穿暖不就是爱吗！"石望山说。

父子俩坐在一棵茶树的两边，同时将嘴里的烟抽得叭叭响。石得宝在想着心思，石望山也有自己的心思。

"老方那天的话提醒了我，我们自己家有人在北京当大干部，自己却忘了招呼。说不定十三哥喝的茶还是找别人要的，那多没味道。明年春上，我说什么也要亲手做上一两斤好茶，送给他尝一尝。若满意，以后我年年负责供应他的茶。我想十三哥会满意的，家乡的东西永远是最好的，谁的也比它不过。"石望山一个人唠叨了半天。

石得宝越听越难受，烟没抽完他就挑上扁担箢箕往山下走。

半夜里一阵燥热将石得宝弄醒，他用力推开妻子压在自己身上的半个身子。妻子以为他又要她，迷迷糊糊地说都四十几的人，怎么比年轻时还有干劲。他没有搭腔，将一只脚伸出被窝，翻身睡去。不知过了多久，石得宝忽然感觉到冷。他起床走到后门撒尿时，听到近处的山岭上发出阵阵呼啸声，紧接着外面的树木瓦脊一齐动起来，一股强大的寒风扑进门里，逼得石得宝仓惶后退几步。

寒风一阵比一阵吹得紧，偶尔有一段喘息时间，还没等石得宝迷糊上，那种尖厉的声音又响起来了。五更时，屋顶上响起了头几下沙沙声，转眼之间沙沙声就响成了一片。从门缝和窗缝里钻进来的风里带着一股潮湿的气味。屋檐下响起滴嗒声时，石得宝终于睡着了。

冷雨下得满天满地灰蒙蒙的，天亮得晚了许多。雨不大也不小，架势也不紧不慢，一副悠着点的痞气味道。石得宝从早晨观察到傍晚，最后相信石望山的关于落雪的预言是不会错的。这样的天气，不下点雪就不会变晴。

吃过晚饭，石得宝拿上手电筒和雨伞钻进漆黑雨幕中。路上没有碰见一个人。他径直走到金玲的家门前，敲了半天，屋里才有人说他们已经睡了。石得宝站了一会儿，本不想开口，终究还是忍不住对着门缝说：看样子雪就要下来了，得早点将箩筐、簸箕和炒锅等一应用品准备好。石得宝走出老远，听见金玲家的大门响了，灯光透出金玲的身影，她站在门口叫了三声石村长。石得宝没有拧灭手电筒，任那光柱在雨中晃来晃去，同时他也懒得回答。他心里忽然生出一种好没意思的感觉。回到家里，妻子没头没脑地说了他一句。

"人家没留你多坐会儿？"

"你这话是什么意思？"石得宝反问道。

"就这意思。"妻子说。

石得宝将手电筒猛地往地上一摔，碎玻璃哗哗啦啦地跑了满屋。

"你明白不明白这是什么意思？"石得宝大声说。

妻子当即跑进房里哭起来。石望山手里拿着那本《封神演义》从自己屋里出来，看了一眼又回屋去了。他在屋里大声说话，要他们夫妻相互敬重恩爱。又说石得宝最近工作上一定又遇到了难题，当妻子的这时候切切要晓得体谅。石望山一说，石得宝心中的气先消了。他弯腰捡起手电筒，费了很大劲才将后面的盖子拧开，然后找了一段小圆木和一把锤子，叮叮当当地将摔扁的部位重新敲圆。

天亮之前，妻子将石得宝推醒，说她听到鬼叫了。石得宝侧耳细听一阵，屋外果然有一种古怪的尖叫。他起床推开窗户，拧亮手电筒照了好久，终于发现是风吹过那堆废酒瓶发出的声音。他关上窗户，说女人天生胆小。妻子还没等他完全钻进被窝就偎到他的怀里。妻子说若是女人都胆大那还要男人干什么，女人找男人就是为了有个依靠。石得宝要她以后别疑神疑鬼。妻子说，她其实最怕的是他在外面有别的女人。石得宝在她胸前拧了一把，说自己若有别的女人，还会隔一两天就要要她一回。妻子撒娇似的在他怀里扭了一下身子。

冷雨下到第四天上午，天空中开始飘起纷纷的雪花，到了中午，雨丝全变成了雪，在空中狂飞乱舞。久雨之后的雪花，个头很笨重。落到什么东西上，像被摔碎的玻璃屑。

石得宝匆匆赶到金玲家，见她正同几个男人在打麻将，他立即不高兴地说她怎么越来越不像个村干部了，打麻将的时间比工作和劳动的时间还多。金玲笑嘻嘻地说他们打完这圈就撒。石得宝不问三七二十一，上去将那垫布一抖，桌上的麻将牌全乱了。金玲惊叫着说最低也该让她将这一盘打完，她的豪华硬七对已经听和了。石得宝一见金玲那痛心的样子，自己也心软了，就让他们再打一圈，结果这一圈耗掉了一个多小时，金玲连登四五庄不下来，将那个豪华硬七对的损失弥补回来了。

金玲拿上箩筐对丈夫说自己去茶地干点活，丈夫没有追问。石得宝倒追问起来，问她是不是将采冬茶的事告诉了丈夫。金玲说，先不说清楚，过后想说清楚也难。石得宝不好再说什么。

茶树上积满了雪，石得宝用手将雪摇落，两人找半天也没找到一只芽叶。金玲说这有点不对头，是不是上级领导坐在四季如春的房子里，忘了冬天草木不长。石得宝挠着头皮想了半天，他也没见过冬茶是什么模样，便想象着让金玲拣那最嫩的叶片采。他打着伞替金玲挡着雪，金玲的两只手一会儿就冻红了，两个指头也开始发僵。石得宝开玩笑，要她将手放进他的怀里焐一焐。金玲竟真地这么做了。正在这时，有人在旁边叫了一声，说太好了，我有好多年没见到采茶妹与情哥哥在一起的情境。金玲吃惊地缩回手。石得宝回头一看，竟是镇里的老方。

老方奉了镇长之命，特地下来检查采冬茶的情况，并通知明天带茶叶到镇里去开会。石得宝问他冬茶怎么采。老方也不晓得，他看看茶树，又看看金玲的箩筐，犹犹豫豫地说大概就是这样吧。

老方也陪着金玲站在雪地里，并不时将金玲的手拉进自己的怀里。三个人说说笑笑倒也不觉得太冷。村里有几个人从附近路过，好奇地问他们在茶地里干什么，石得宝说是在搞一项试验。有人说，茶叶不能搞试验，这几年搞叶面施化肥，结果产量虽然上去了，味道却差了许多，弄得茶叶都不好销出去。石得宝说他们一出点小问题就不相信科学。那人说现在没什么可相信的，连自己对自己都怀疑。老方插嘴问那人，八月十五是中秋，腊月三十过大年他相不相信。那人说这也不一定对，日历也会印错。

过了不久，村里人得知消息，陆陆续续赶来看稀奇。石得宝见人越来越多，担心他们出去瞎传瞎说，就吆喝着要他们回去，大家退了几步，又站着不动。石得宝生起气来，说谁不走，他们就到谁家的茶地去搞试验。大家嘟哝着说这种试验恐怕又是劳民伤财，慢慢地都退去了。

忙到天黑，也只采了小半箩筐稍嫩点的茶叶，石得宝估计炒制后连半斤茶都不够。炒了之后，用秤一称，果然只有四两多一点。石得宝看着这不够分量的一丁点儿茶叶，不停地发愣。老方不管这些，他拈了一撮茶叶入进怀里用开水泡了一会儿，然后小心翼翼地呷了一口。老方眯着眼睛不吭声，过了一会儿又呷了第二口，然后一睁眼说：狗日的，这冬茶的味道的确妙不可言。他不管石得宝怎么个态度，从荷包里掏出一个早就预备好的塑料袋，拈了一大把装进去，打好结后放进贴身荷包里。老方说这也算大雪天陪冻的报酬。石得宝不好说他，只有说这点茶叶明天怎么向丁镇长交代。金玲用秤再称了一次，茶叶只剩下二两半左右。

老方笑着说他有办法。老方将秤盘里的茶叶分成一两的两堆，半两的一堆。半两这堆他又分成两份，一份给石得宝，一份给金玲，让他们自己留着尝个新鲜。他叫金玲拿出两听没有卖出去的茶叶，轻轻地将封皮揭开，再打开盖子，取出一两茶叶后，又将冬茶放进去盖在上面。接着又重新封好封皮。石得宝问这样弄虚作假怎么行。老方要他放心，反正这茶叶是要送人的，也不是丁镇长自己喝。对于他们来说，只要丁镇长不晓得有假就行。石得宝觉得这样做不妥，但又没有更好的办法，只好迁就老方的意思。

这时，金玲叫起哎哟来。她那手被雪一冻，又马上伸进热锅里炒茶，出现了冻伤后才有的那种奇痒。炒茶的手染得发青，看不清皮肉模样。金玲的丈夫心疼地抱着那双小手，不停地抚摸，嘴里忍不住责怪丁镇长太不顾别人的死活了。石得宝看着金玲的手，只有说对不起，让她跟着受苦受累。

天太晚了，老方懒得摸黑路，就在石得宝家里睡。

第二天，他俩一齐到了镇上。丁镇长一见到石得宝手里拎着两听茶叶，立即高兴起来，说还是石得宝抓工作扎实，说五就五，说十就十，不打折扣。石得宝不好意思同他多说，放下茶叶连忙去大会议室。村长们差不多都来了，他们围着火盆像个铁桶一样，见石得宝进来大家都抬头望了一眼，却没有一个人给他挪挪位置。石得宝转了一整圈，仍无人理睬，心里不由得冷笑一声。他不动声色地将桌上的开水瓶拿到手里，抽出瓶塞，举过那些人的头顶，问谁要添水。大家还是不理睬，石得宝将开水瓶一倾，冲着火盆边一个茶缸倒下去。那水却是泻在炭火上，一股白烟缠着火灰冲天而起。火盆边的人赶紧四散而逃。石得宝放下开水瓶一边说对不起，一边欲帮那些沾满灰尘的人拍打干净。那些人都果断地挡住了他的手。石得宝笑一笑，也不是认真地要这么做。丁镇长进来后，问这是怎么回事，石得宝说自己给他们添开水添错了地方。

丁镇长宣布今天开会的主要内容是落实发放到各村的救济款。大家一听到这个话题，都暗暗兴奋起来。丁镇长将有关政策说了一遍，然后就让各村村长汇报自己村的情况。大家都是胸有成竹，账本都在心里，虽然每人只给五分钟发言时间，但各人将自己村的情况说得十分清楚。等到十五个村长都说完后，丁镇长就宣布休息一阵子。有几个人准备上厕所，丁镇长将他们叫回来，先问了一下各村落雪的情况，有没有人畜遭灾，大家都说这点小雪没问题。丁镇长突然说：可你们自己却出了问题。他从提包里拿出石得宝送来的两听茶叶，说你们都叫苦说采冬茶太困难，石家大垸村哪一点不比你们更困难，可石村长就有这股子不服输的精神，昨天落雪，今天茶叶就交上来了。丁镇长将两听茶叶敲得桌面叮当响，他要各村将自己做工作的情况说一遍，十几个人中没有一个人先开口。丁镇长生气地说：你们刚才要救济的时候怎么一个个那么会说，几斤茶叶怎么就那么难。你们少打几圈麻将，少到群众家里喝几餐酒，问题就早解决了。丁镇长点名叫了几位村长也没有用，他们像约好了一样，就是不开口，他要石得宝介绍一下经验，石得宝也不肯说。丁镇长生气地往门外走，走到半截又回来对石得宝说，看来今天只能落实石家大垸村的救济款了。他要石得宝马上拿出一个救济方案交给他。丁镇长走到窗口，看了看外面，连说了三声：你们看，雪停了，这么好的机会被白白错过。

丁镇长迟迟不宣布继续开会，大家心里明白，冬茶的问题不落实，丁镇长也不会落实救济款如何发放的问题的。果然，僵持到十一点四十，丁镇长宣布今天的会到此为止，什么时候再开听候通知。

丁镇长正要走，石得宝忽然站起来要他等一等。

"上下级之间都要相互体谅，但丁镇长你作为上级更要多对下级体谅些，这场雪是停了，可这并不等于说从此再不落雪了，说不定一个星期以后又要落雪的。这么多村长没有一个人说过不字。丁镇长你不是教导我们说做工作要有耐心吗？"石得宝说。

"说句老实话，咱们镇没有哪一个村有厚油水。每回换届时，镇里总少不了动员人出来当这个群众头儿。一年到头，少不了受群众的气，镇领导要是不理解说不定哪天大家都会辞职不干的。除了占集体的便宜，多抽几包烟，多喝几杯酒，我们能见到什么好处。我们总在挨批，国家干部总在涨工资。我们当村长当到死，也没人给定个股级局级，可你们国家干部只要能熬，一生总能提几级。"石得宝继续说。

"就说这落雪采茶，这事无论怎么掩饰，也是个遭人咒骂的事，若是捅大了说不定还能闹到中央去。中央说不准坑农害农。落雪采茶，三岁小孩子也明白是什么性质。但各位村长也明白我们的国情。事实上也没有让镇领导有更多的难堪，所以，镇领导也不要让大家太难堪。现在群众一年下来能见到上面好处的就这点救济款，若是过年前不能兑现，村干部可就没有年过了。脾气好的人只是到家里闹一闹，脾气不好的说不定就用那鸡爪扒的字写成状子，这一状也不知会告到哪里。"石得宝又说。

这一番话将丁镇长说得一愣一愣的。村长们也在"是啊"、"是啊"地不断附和。丁镇长接受了石得宝的意见，将会议继续开下去，并初步确定了救济款发放的对象名单和金额。丁镇长再三强调这是初步定下的，村长们心里明白，丁镇长这是不见兔子不撒鹰。便都表态，下次落雪就是攥也要将群众攥到山上去将冬茶采回来。丁镇长提醒大家一定要注意，茶叶最多只能采两芽，因为少，所以必须精。

散会后，丁镇长将石得宝单独留下来，说他今天说了自己那么重的话，自己都接受下来了，这是给了他天大的面子。

所以希望他还能还自己一个面子。说着他将一听茶叶打开，将茶叶全都倒在一张报纸上。石得宝看着两种不同的茶叶，脸色刷地一下变得通红。丁镇长痛心地说无论如何也没料到石得宝居然想出这种办法来胡弄自己。过去，在自己的印象中，石得宝虽然工作方法少了点，但人是诚实可靠的。没想到石得宝一下子变得这样。石得宝实在羞不过，又不能将老方说出来，他一狠心，当场表态说他一定要给丁镇长弄两斤上好的冬茶来。丁镇长从提包里拿出一个精致的小铁盒，让石得宝看里面装的茶叶。丁镇长告诉他，这是段书记在天柱山茶场定做的冬茶，全部都是一芽的。丁镇长说自己做过调查，全镇上能超过天柱山的只有石得宝的父亲石望山的那块茶场。实际上，只要石望山同意，仅那块茶地就可以很轻松地采出两斤冬茶来。石得宝答应了丁镇长，就采自己家那块茶地的茶。丁镇长说自己在北京有个重要的关系，到时候就全靠他这极品冬茶来打发。临出门时，丁镇长表态，到时候他多给一笔救济款，由石得宝自己掌握分配。

镇上的雪没能存住，满街都是糊状的雪水，石得宝在屋檐下蹦蹦跳跳地走着，冷不防有人捉住自己的一只胳膊。那些村长又在餐馆里聚着，单单等他来。一落座，就有人说他们这一阵中了丁镇长的离间计。石得宝正不知说什么好，又有人提起他用痫痫女人对付文化馆那帮人的故事。说得大家哈哈直笑，边笑边说石得宝真会活学活用，别人开个玩笑他就能实际做出来。说笑一阵，大家又和好如初。吃饭时，大家自然又提到冬茶。石得宝将自己骗丁镇长又被丁镇长识破了的经过说了一番。村长们叹息了一番，都承认自己斗不过丁镇长，丁镇长身后一定有大人物在撑着，他们再团结也没有用，丁镇长大不了换个地方再做他的官，而换来的人说不定更难对付。大家又数起丁镇长的好处，然后叹惜他在段书记的阴影下工作，不用点手段也的确没有出头之日。最后大家一致认为，反正农村是穷定了，多那点茶叶，少那点茶叶都没有利害关系，反倒是丁镇长万一利用冬茶打通了什么关节，为镇里要个什么项目来，说不定真能给全镇带来什么变化。大家约好了，再落雪时各村一齐动手，并由党员干部带头。

　　石得宝一回到家里，就被石望山狠狠剋了一顿，说他竟敢逆天行事，创茶叶史上的世界纪录，落雪天也能采茶。让他这个当父亲的都感到脸上无光，恨不得将自己家的茶树都砍了，免得一见到它们就觉得耻辱。石得宝没有争辩，只是告诉他采冬茶的事是天柱山茶场带的头。石望山气愤愤地说那是因为天柱山茶场属于集体，垮了毁了无人心疼，只要自己荷包里捞足了就行。石得宝不同石望山争吵，他推说要传达镇里的会议精神，出门绕了一圈后，来到自己家的那块茶地里。

　　四周的山上还是白茫茫一片，茶地里的雪却快化光了。只有叶片或树杈上还有少数如玉雕凿出来的雪球。两只野兔不知躲在哪篼茶树下面，听见脚步声，它们不慌不忙地跑上山坡，然后回头望了一阵。它们认出石得宝是个陌生人，才继续远去。石得宝听石望山说过茶地里有一对野兔同他挺熟，见了他也不回避。融化着、破碎着的雪球，不时在茶树中哗啦地响着。石得宝看见茶树上真的有许多细嫩的芽尖，而自己在以前竟一直没有注意到。他不由得暗暗佩服丁镇长对一件小事的钻研劲头，居然能够熟识到一块具体的地。石得宝在茶地里抽了四支烟，就是想不出如何对父亲说起将要在这儿采摘茶叶。

下山后，他顺路到一些等待救济的人家走了走，告诉他们钱款很快就要下来。有人为了表示感激，偷偷地告诉他，说得天副村长在到处造他的谣，说他挖空心思想办法巴结上级，让金玲这时候采茶拿去送人，还许愿明年让金玲当副村长。石得宝对这话很恼火，转身就去了金玲家，将得天副村长的话告诉了她。金玲说得天副村长是在为当村长做准备。石得宝问金玲手上的冻伤怎么样了。金玲说她丈夫特地去镇上买了一架频谱仪，照了几次就将痒止住了。石得宝听说买这个东西花了好几百块钱，就说金玲不是随便一个男人可以养得起的女人。金玲不愿听这个话，她说自己若完完全全是那种人，为什么还会去受冻采冬茶哩！石得宝将去镇上的经过都对金玲说了，金玲说他家的事她也没法帮他。石得宝问金玲想不想当副村长。金玲想都没想就说，如果石得宝还当村长，她当当副村长也可以。她说她喜欢同石得宝在一起，石得宝身上什么男人的味道都有。

临走时，金玲提醒他，万一有什么难处不妨去找找老方，这个人总有些出人意料之外的新点子。

雪停了之后，天却不见晴朗。一连几天，老刮着北风，阴云一会儿薄一会儿厚。石得宝老是抬起头来看，他总感觉到这雪还没有下完。

雪停了之后，电视里播了一条讣告。石望山听了半截，跑出来一惊一乍地问是谁死了，是不是十三哥。石得宝心里说这十三哥可能还不够格在电视里播讣告哩，嘴里却在安慰父亲说死去的老干部不是姓石。

夜里，屋外出奇地安静。没有一丝风声，也没有小兽窜动的响声。窗户上很亮，如同一弯月亮挂在中天。石得宝迷迷糊糊地以为天晴了。就完全放下心来，睡了落雪以来的第一个安稳觉。早上，石望山的开门声惊醒了他。石得宝竖着耳朵听，父亲通常每早开门时，总要习惯地随口说一句，天晴了或又是晴天、落雨了或又是雨天、天阴了或又是阴天等等，既有变化又没变化的话。石望山什么也没说，这让石得宝感到很奇怪。他耐着性子又等了一会儿，见外面还没有动静，他忍不住一骨碌地翻身爬起，冲出房门。在面对大门的一刹那间，他惊呆了。

父亲蹲在大门口，一言不发。大雪从他的脚尖前铺起，一直漫向无边无际的山野。天地间没有别的颜色，洁白如莹的雪花在一夜间不知不觉中改变了整个世界，并且那几乎密不透风的扬扬洒洒的雪花还在继续下着，洒落在石望山头上和石得宝手上的六角形羽毛般大小的雪花久久没有化开。

"几十年没有见过这样的大雪了。"石望山说。

"雪大好过年。"石得宝说。

"十三哥最后一次离家时，也是下着这样的大雪。我还记得他的脚印转眼就被雪花填平了。"石望山说。

石得宝突然不愿接话了。落雪了，说不定丁镇长又要派人督促。他站在石望山的身后，盯着父亲佝偻的脊背和头上如霜似雪的须发。他突然明白，自己永远无法开口对父亲说出那曾经对丁镇长说过的话。石得宝一转身回到房里。脱掉衣服钻入被窝，打算睡过这一天。

　　中午过后，石望山站在房门槛外对着房里叫着他的小名，说他该起床了，这么大的雪肯定有人遭灾，他当着村长就应该及时去看看。石得宝一下子悟过来，连忙起床，穿上父亲为他准备的防雪滑的木屐，拄着一根棍子钻入雪中。

　　半路上他碰见丁镇长和镇里的两个干部。他正要为采冬茶的事作解释，丁镇长却问他村里有无人畜受灾。石得宝说他正要去了解情况。丁镇长生气地说这是失职，如果出了人命他是要负责的。另一个干部说丁镇长天一亮就开始逐村视察，到这儿是第四个村了，还说丁镇长今天一定要跑完八个村子，剩下的七个村明天跑完。石得宝一时感动起来，便领着丁镇长朝一些可能出事的地方走去。村里果然塌了房子伤了人和畜。得天副村长的父母单独住，他们的两间小屋被雪压垮了一半。可得天副村长不知到哪儿打麻将去了，他父母又同儿媳妇闹翻了脸，两个老人只有躲在随时可能塌掉的那剩下的一间小屋里，抱头痛哭。丁镇长很恼火，当即领着老人进了得天副村长的家，凶狠地对得天副村长的妻子说，只要老人出一点事，他就送她去蹲监狱，同时又宣布得天副村长停职察看。丁镇长将随身带来的救济款散发给各受灾户，同时又要石得宝赶紧动员全村人动手抗灾，先将各家房顶上的雪扫掉。

丁镇长走后，石得宝就忙碌起来。

天黑后，金玲跑来告诉他，丁镇长在去邻村的途中，滑下山崖摔断了一条腿。石得宝着急起来，问丁镇长现在在哪儿。金玲说往后的事传话的人也不太清楚，只听说丁镇长不肯回去，非要将今天的八个村看完。

第二天上午，邻村的村长跑过来问石得宝冬茶怎么采，并告诉他丁镇长的确摔断了一条腿，用木棍固定之后，他让几个人扶着，硬是撑到半夜将八个村都看完。今天一早又出发看剩下的七个村去了。邻村村长说他很受感动，所以特地抽空跑来学点经验。回去就动员一些人上山采冬茶。石得宝告诉他同采春茶一样的办法。邻村村长走后，石得宝一横心准备同父亲说，但一见到父亲那满是沧桑的面孔，一点勇气又一次消失得干干净净。

雪一停，太阳就出来了。

石得宝到镇上去看望丁镇长。丁镇长架着一对拐杖，忙得比以前更厉害。石得宝说了几句慰问的话，便告辞了。然后一间间办公室寻找老方。最后才发现老方躲在镇广播站里写全镇人民抗雪灾的汇报材料。石得宝要他帮忙做做父亲石望山的工作，让其同意采那块地里的茶叶。老方说他现在得赶这个材料，县里马上就要。石望山的工作怎么做他仓促之中想不好，但他明天上午或下午总会抽空去的。

太阳一出，雪就开始融化，家家户户的瓦沟下垂着一串串冰吊儿。

石得宝坐在家门口张望着老方来的方向。石望山从外面回来，见了石得宝就匆忙发问：

　　"这么大的雪，你到茶地去干什么？"

　　"自己家的东西，随便看看。"石得宝说。

　　"我一看脚印就晓得是你，你还将几枝茶树杈的顶给掐了。雪一化，地上就会上冻，那几个枝子会冻死的。"石望山说。

　　"那是随手掐的，当时忘了，以后再也不会这样。"石得宝对自己说出这句话来，感到惊诧不已。他不晓得自己如何才能收回这话。

　　"我的地不是金会计的地，我的茶树也不是金会计的茶树，任谁也不许乱来。"石望山说。

　　"我晓得那是你的命根子。"石得宝说。

　　他将门口的椅子让给石望山，自己进屋倒水喝。开水瓶是空的。石得宝端上杯子出了后门到邻居家讨了一杯水。他同邻居闲聊了几句亚妹的学习情况，从原路返回时，一进后门，正好听见老方大叫着说石老伯你十三哥在北京出事了。石得宝听了心里一惊。老方又说你十三哥得了癌症，昨天晚上专门打电话到镇上报信，让这边准备一下，随时进京去办理丧事。石得宝走拢去时，石望山正急得手足无措，嘴里不停地说，这怎么可能呢，北京那么高级，怎么就医不好他的病。老方又说，那打电话的人说北京有个从前给光绪皇帝看病的老中医开了一个偏方，但要用病人家乡的茶叶做药引子。石望山说这还不好办；他们要多少他可以给多少，就是挖几棵茶树送去也可以。老方说只是这茶叶必须很特别，数量虽然只需两斤八两就足够，可它必须是冬天落雪时现采现炒。石望山一愣，将两眼在老方脸上扫来扫去，然后问老方是不是哄他，拿他开玩笑。老方着急地说他开始也不相信，后来请教了镇上的一个中医，人家说药理是对的，癌症多为内火旺，冬天为寒，落雪为最寒，这时采的茶叶必定是大凉大寒，正好可以消火。老方还补充说自己大小是个国家干部，拿一个七八十岁的老人开玩笑有什么好处哩？石得宝听到这里就晓得是怎么回事，他递了一支烟给老方，老方要他赶紧召开紧急村委会，在村里动员一下，趁雪没化赶紧采了茶叶炒好送到北京去。

　　石得宝真的离开了他们。然后站在一处高坡上往下看动静。隔了一会儿，他看见父亲石望山在雪地里匆匆地走着，肩上挎着一只箩筐。又过了一会儿，自己的妻子也同样挎着一只箩筐，踩着父亲的脚印往山坳上的那块茶地走去。然后是老方。老方是向他走来，远远地就得意地说自己这是妙计安天下。他要石得宝将多余的八两冬茶交给他，他说自己当了六年的宣传干事，也想用这冬茶来改变一下命运。石得宝心里有些厌恶，嘴上不好直说，就责怪他不该用老干部的健康来编恶作剧。老方不以为然地说，都这把年纪了，任谁也免不了一死。石得宝沉默了一会儿突然对老方说他只想一个人待一会儿。

　　老方一路用脚踢着地上的雪，边走边唱着歌：

　　　　桑木扁担轻又轻，
　　　　一片茶叶一片情，

船家问我哪里去，
北京城里看亲人。

石得宝记得这首歌，老方不记得下面的词，大声哼着曲子。石得宝记得另一段歌词是：

桑木扁担轻又轻，
头上喜鹊叫不停，
我问喜鹊叫什么，
它说我是幸福人。

老方在雪野中终于消失了，石得宝并没有用眼睛看，他是在心里感觉到的。浮现在眼前的唯有山坳中的两个人影。白茫茫的雪坡上像是有不少缝隙，父亲和妻子在其中一点一点地游动着。雪地是一块暂时停止涌动的波涛，两个人是两只总在渴望前行的帆船。石得宝仿佛看见寒冷正从他们的指尖往心里侵蚀，他自己亦在同一时刻里感到周身寒彻。

金玲不知从哪儿突然钻出来，不安地指着山坳问石得宝，怎么采冬茶的事就他家独担了？金玲好看的眼一直在眯着，雪地里阳光太刺眼，只有戴上墨镜眼睛才能完全睁开。金玲说这时候采茶，一片芽子一把雪。

一九九五年十月十六日完稿于汉阳南湖
二〇〇五年九月十四日订正于武昌东湖

《中国好小说》丛书

我们策划出版《中国好小说》丛书，宗旨是汇集当代中国好作家的最强阵容，精选当代最好的中短篇小说，以不定期的开放模式陆续出版。

这些作家大都获过各种国内外文学奖项——茅盾文学奖、鲁迅文学奖、华语传媒文学大奖、英仕曼亚洲文学奖、法国《世界报》文学奖以及澳大利亚"悬念句子文学奖"等。

他们的作品在中国当代文学史上具有重要地位，我们选编了他们的代表作和成名作，这些小说已经成为当代文学的经典性作品，标志了每一个作家的个性和特质，具有珍贵的史料价值和收藏价值。

《中国好小说》第一季

中国好小说·毕飞宇
中国好小说·迟子建
中国好小说·方　方
中国好小说·苏　童
中国好小说·王安忆

《中国好小说》第二季

中国好小说·阿　来
中国好小说·韩少功
中国好小说·刘醒龙
中国好小说·铁　凝
中国好小说·张　炜

按姓氏音序排列

（京）新登字 083 号

图书在版编目（CIP）数据

中国好小说 . 刘醒龙 / 刘醒龙著 . —北京：中国青年出版社，2014.3

ISBN 978-7-5153-2240-7

Ⅰ . ①中… Ⅱ . ①刘… Ⅲ . ①小说集 – 中国 – 当代 Ⅳ . ① I247

中国版本图书馆 CIP 数据核字（2014）第 045177 号

责任编辑：程鬣眉
书籍设计：瞿中华
封扉字体：谷龙（谷龙纤圆体）

出版发行：中国青年出版社
社址：北京东四 12 条 21 号
邮政编码：100708
网址：www.cyp.com.cn
编辑部电话：（010）57350521
门市部电话：（010）57350370
印刷：三河市世纪兴源印刷有限公司
经销：新华书店

开本：810×1092 1/32
印张：10.375
字数：200 千字
版次：2014 年 8 月北京第 1 版
印次：2014 年 8 月河北第 1 次印刷
定价：29.00 元

本图书如有印装质量问题，请凭购书发票与质检部联系调换
联系电话：（010）57350337